初めてのモンスタ　料理
んておいしいの……
ああ、手が止まらない！）
噛みしめればじんわりと熱い肉汁が溢れ出す。
淡白ながらも旨味に溢れた肉汁が、
空腹の身体に染み渡る。
リゼット
義妹に聖女の証を奪われ、
ダンジョンに追放された元聖女。
元冒険者だった祖母に教わり、
ダンジョンに憧れを持っていた。

巨大モンスターの襲撃を退け辿り着いたのは、
緑の庭園だった。
死んだトレントを棚にして、爽やかな黄緑色の果実――
白ブドウがたわわに実っている。
「甘い……おいしい」
いくらでも食べられる。このまま凍らせてソルベのようにしてもきっとおいしい。

ダンジョン探索は仲間とともに
ディー
ダンジョン内で仲間に解雇されたところをリゼットに拾われた鍵師の青年。モンスター料理には抵抗あり。
レオンハルト
ダンジョンで一番有名なパーティーのリーダー。とある事情からリゼットと一緒に迷宮最深部を目指すことに。モンスター料理には慣れてきたところ。

夢の話
「海は、君の瞳と同じ色をしている」

「え……？」

「きっとリゼットも、海を気に入ると思う。

君さえよければ案内するよ。

海の旅路も、星の見方も」

「ありがとうございます。

とても――とても楽しみです」

知らないはずの潮騒の音が
聞こえた気がした。

捨てられた聖女はダンジョンで覚醒しました
The abandoned saint awoke in dungeon
真の聖女？
いいえ
モンスター料理
愛好家です！
[著]朝月 アサ
[Ill.]chibi

口絵・本文イラスト：chibi
デザイン：杉本臣希

CONTENTS

The abandoned saint awoke in dungeon

第一章　ダンジョン送りの元令嬢

「――罪人リゼット。貴女《あなた》にはこれより、ダンジョン領域にて聖務についてもらいます」

聖女の透《す》き通った声が、リゼットの背中にかかる。山間《やまあい》を吹《ふ》く冷たい風が、白銀の長い髪《かみ》をふわりと揺《ゆ》らした。

リゼットは声に振《ふ》り返ることなく、顔を上げて前を見つめる。

青い瞳《ひとみ》に映るのは、深い山中に存在する城郭《じょうかく》都市の姿だ。護送馬車の小さな窓からも見えた堅牢《けんろう》な城壁《じょうへき》と、出入りのために一か所にだけ作られた門が、リゼットの前にそびえたつ。

元々はノルンという小さな村だったその場所に、ある日突然《とつぜん》ダンジョンが現れた。すると国内外から多くの人々が吸い寄せられるように集まって、村はいまの姿にまで成長した。

いまノルンを管理するのは、国ではなく女神《めがみ》教会だ。世界に秩序《ちつじょ》と平和をもたらす女神を信仰《しんこう》する女神教は、世界で最も力のある宗教であり、リゼットが属するはずの場所だった。

――聖女として。

リゼットはクラウディス侯爵《こうしゃく》家の長女として生まれ育った。

だがいまはすべての栄誉《えいよ》と身分、資産を剥奪《はくだつ》され、家名も奪《うば》われた。残っているのは身に着けた衣服と、両手を繋《つな》ぐ枷《かせ》のみだ。

「五〇〇〇万ゴールドを教会に納めれば、その罪は浄化《じょうか》されることでしょう。最後に何か言いたいことはありますか」

リゼットは振り返り、微笑《ほほえ》んだ。

そこに立つのは白い聖女服を身にまとった若草色の髪の、美しい少女だ。

――聖女メルディアナ。

その身に女神の聖痕《せいこん》を宿した女神教会の至宝であり、リゼットの腹違《はらちが》いの妹。聖女は春の陽《ひ》だまりのような笑《え》みを浮《う》かべて、父親譲《ゆず》りの青い瞳で罪人となった姉を見つめている。

「聖女様のご温情とお見送りに感謝いたします」

女神教会の罰《ばつ》に死刑《しけい》はない。最も重い罰がこのダンジョン領域送りだ。

ダンジョン領域内で罪人に科せられた額の聖貨――すなわちゴールドを稼《かせ》ぎ、教会に納めるまで外に出ることはできない。

しかしそれが叶《かな》った罪人は、いままでほとんどいない。

ダンジョン領域に罪人が一度足を踏《ふ》み入れれば、たとえ死んでも出ることはできないと言われている。ましてや訓練を受けていない貴族の子女が突然モンスターの出現するダンジョンに放《ほう》り込《こ》まれて、生き残ることができるはずもない。これは執行者《しっこうしゃ》をダンジョンにしただけの死刑に過ぎない。

リゼットの罪は、女神の代理人である聖女を侮辱《ぶじょく》したこと。

事実か冤罪《えんざい》かは問題ではない。疑いをかけられた時点でリゼットの人生は終わった。女神教会の力はそれだけ強い。

そして罪を告発したのは実の父だ。侯爵家の当主代行でもあり、聖女の父親からの訴《うった》えを、誰《だれ》が疑うというのだろう。

父は、当主だった母が亡《な》くなった直後に、隠《かく》し子のメルディアナを家に引き取り、溺愛《できあい》した。

リゼットに聖女の証《あかし》である聖痕が現れた時も、メルディアナの願いに応《こた》えて、禁忌《きんき》の術を使ってまでメルディアナに聖痕を移殖《いしょく》した。愛《いと》しい娘《むすめ》を聖女に仕立て上げるために。

そしてリゼットは、いまダンジョン領域の前にいる。

リゼットは空を見上げ、微笑む。最後に、聖女と護送団に向けて一礼して。

「それでは皆様《みなさま》、ごきげんよう」

貴族としてのすべては奪われた。だが、知識と誇《ほこ》りだけは誰にも奪えない。

それだけを持って、前を向いて、リゼットは堅牢な城壁の内側へと己《おのれ》の足で入っていった。

一度も振り返ることなく。

◆　◆　◆

門の中――ダンジョン領域に足を踏み入れた瞬間《しゅんかん》、バチンと雷《かみなり》が弾《はじ》けるような音が耳元で響《ひび》く。

リゼットは一瞬眉根《まゆね》を寄せ、しかし大仰《おおぎょう》に騒《さわ》ぐことはなく前に進んだ。閑散《かんさん》とした広い道の中央には、女神教会の神官が一人立っていた。

「ノルンへようこそ。まず、こちらがあなたの身分証となります」

灰色の髪の若い神官は、まずはリゼットの鉄の手枷《てかせ》を外した。重荷から解放されたリゼットに、今度は手のひらに収まるほどの金属製のカードを渡《わた》す。

白金でできているかのような輝《かがや》きを持つ薄《うす》いカード。

そこにはリゼットの名前と種族、年齢《ねんれい》、そして『罪人』という文字が刻まれていた。丁寧《ていねい》なことに『罪の浄化まで五〇〇〇万ゴールド』とまで書いてある。これがリゼットの新しい身分と枷だ。

――五〇〇〇万ゴールド。

それは一般《いっぱん》的な国民が人生二回分を悠々《ゆうゆう》と過ごせる金額だ。侯爵令嬢時代ならともかく、自力で生きていかなくてはならなくなったいま、まともな仕事をして稼げる金額ではない。

領域は城壁と魔法《まほう》の壁《かべ》でぐるりと囲われていて、門はこの身分証で通行管理されている。犯罪者身分ではこの領域を出ることはできないと、王都からここに来るまでに説明されている。

一生この檻《おり》の中で過ごすか、まともではない仕事をしてゴールドを稼ぐか、あるいは死による救いを求めるか――

リゼットに許された選択肢《せんたくし》はそれだけだ。

リゼットはカードの裏を見る。そこには既《すで》に取得されているスキルが書かれている。


【貴族の血脈】【火魔法（初級）】【魔力《まりょく》操作】


（魔法系……おばあ様のような前衛系がよかったけれど……これなら戦えそうね）

ダンジョン領域は外の世界とはまったく別の世界だ。その根拠《こんきょ》のひとつがスキル。ダンジョン領域に入ると己の才能がスキルという形となって現れる。

魔法の才能、武器の才能、身体《しんたい》的な才能、特殊《とくしゅ》な異能。

その才能がこのカードにスキルとして刻まれている。情報が常に書き換《か》わっていくこのカードは、学術と錬金術《れんきんじゅつ》に優《すぐ》れたノーム族がつくったとされ、現在は女神教会と冒険者《ぼうけんしゃ》ギルドが管理している。

スキルはダンジョン領域内でしか真価を発揮しない。領域外では大幅《おおはば》に威力《いりょく》が低下するため、どれだけスキルが強力でも外ではほとんど意味がない。だからこそ世界は秩序が保たれているとも言える。強力なスキルが領域外に放たれれば、世界の在り方も変わるだろう。ルールも、力の序列も。

更《さら》に目を凝《こ》らせば現在のスキルポイントと取得可能スキルの一覧を見ることができる。

そこにあった【先制行動】——モンスターとの遭遇《そうぐう》時に膠着《こうちゃく》状態となることなく先んじて行動できるというスキルを確認《かくにん》し、リゼットはひそかに笑みを浮かべた。

「危険なダンジョンに入らずとも聖貨を集める方法はあります。絶望はしないよう——」

「ありがとうございます、神官様。それでは私は早速《さっそく》ダンジョンへ行きますので、神官様も気をつけてお戻《もど》りください」

「え？　まだ話は——」

引き留めようとする神官を颯爽《さっそう》と振り切り、リゼットはダンジョンの入口へと駆《か》けだした。

背中側——領域の外側には、まだリゼットをここまで護送してきた一団の存在がある。

一刻も早くこの場所から離《はな》れ、ダンジョンに行きたい。リゼットは力強く地面を蹴《け》って走り出し、街の北の端《はし》へ向かった。

ダンジョンへと。

ダンジョン領域にいるのはリゼットのようにダンジョン送りになった犯罪者だけではない。むしろ犯罪者は割合的には極少数《ごく》だ。ほとんどは元々いた村人たちやその子孫、ダンジョンの恵《めぐ》みを受け取る商売人や、武器や道具の職人、その家族、そして一獲千金《いっかくせんきん》を夢見る冒険者たち。

門の付近は人が少なかったが、ダンジョンの入口に近づいていくほどに人の密度は高くなる。それこそ王都にも引けを取らないほどに。

人々とすれ違《ちが》いながら、そしてダンジョンに向かう人の流れに乗りながら、リゼットは都市の最《さい》北端《ほくたん》に位置する白銀の岩山へ向かう。ある日突然、地中から爪《つめ》を立てるように現れた不可思議な岩山は、その周辺にあった岩とはまったく違う種類のものだった。まるで生きて呼吸をしているようだったと当時の人々は証言している。

異質な存在をノルンの村人たちは恐《おそ》れて近づこうともしなかったが、ほどなく女神教会が訪《おとず》れ、そこをダンジョンと認定した。

女神教会はすぐさま新たに教会を建て、城壁をつくってダンジョンを管理し始めた。そこに冒険者や人々が自然に集まりだし、いまのこのダンジョン領域がある。

リゼットはダンジョンの穴が見える場所まで辿《たど》り着く。

入口はきちんと整備され、周囲は石畳《いしだたみ》が敷《し》かれていた。暗い穴の奥《おく》にある階段を下って冒険者たちがダンジョンに入っていく。あるいは出てくる。

リゼットは白銀の岩山を間近で見上げ、感嘆《かんたん》の息をつく。

この山は何の材質でできているのだろう。白く滑《なめ》らかな乳白色。生物の牙《きば》や骨のような生々《なまなま》しさもあり、本当に生きているかのようにも見える。

「なんて神々《こうごう》しいのかしら……」

リゼットはときめきに心を震《ふる》わせる。異質だからこそ魅惑《みわく》的であり、無限の可能性を感じさせる。周囲が賑《にぎ》やかすぎて王都の観光名所のようで少しばかりロマンに欠けるが、些事《さじ》である。

「それでは、いざ――」

「あのぉ。そこの人、ちょっとこっちに来てくれないー？」

決意と共に踏み出そうとしたリゼットに、間延びした声がかかる。

声の方に視線を向けると、黒いローブを着た黒髪《くろかみ》緑眼のエルフが、人の流れから離れた場所に立ってリゼットに手招きしていた。

エルフらしい整った顔立ちをしているが、どこかのんびりとした雰囲気《ふんいき》を纏《まと》ったエルフだった。しかしその深い森のような瞳を見た瞬間、何故《なぜ》か背中に冷たいものが走った。

（私、早速何かしてしまいました？　ダンジョンに入るマナーがなっていないとか）

少し不安になりつつ、人の流れから離れてエルフの元へ行く。外見は完全に人間の少女だが、その耳は尖《とが》っている。その耳こそがエルフ族の特徴《とくちょう》だ。

エルフ族は寿命《じゅみょう》が人間の十倍はあり、その分成長が遅《おそ》い。人間とエルフの混血であるハーフエルフは成人までの成長速度は人間と同じらしいが、ハーフエルフは耳がもっと短い。彼女《かのじょ》の耳は純血エルフの長さだ。少女に見えても、おそらくリゼットの何倍も長く生きているだろう。

「こんにちは。私に何か？」

「君、初めて見るけど新人さんだよね？」

緑色の瞳がくるくるとせわしなくリゼットを隅々《すみずみ》まで見ている。

「はい。本日こちらにやってきたリゼットと申します。以後お見知りおきを」

「これはこれはご丁寧にどうも。あたしは錬金術師ラニアル・マドール」

――錬金術師。ダンジョン領域に一人は住んでいるという、不思議な道具を作製する異能の人々。

「リゼット、君まさかそのままダンジョンに入る気？」

「ええ、そのつもりですが……何かマナー違反《いはん》をしていますでしょうか」

家からはほとんど何も持ってこられなかったが、いまリゼットが身につけている衣服は着心地《きごこち》と耐久性《たいきゅうせい》を重視した服で、リゼットが持ち込めた唯一《ゆいいつ》の形ある財産だ。冒険者の実用性と貴族の優雅《ゆうが》さを両立させたこの服は、祖母が贈《おく》ってくれた形見でもある。もし冒険に出る日が来たら、と。

それがいまこうして役に立っているのだから祖母の慧眼《けいがん》には恐れ入る。たとえこれがマナー違反だとしても、手放すつもりはない。

「いいお召《め》し物だけど防具とか全然つけていないし、杖《つえ》も剣《けん》も持ってなくない？　見たところアイテムも持ってないし、アイテム鞄《かばん》すらない……」

エルフの錬金術師はリゼットを品定めするように頭から爪先《つまさき》まで見下ろす。

「ダンジョンにドレスコードはないけどー、とりあえず入ってみようって場所でもないよ？　まずは外で働いて資金をつくって装備を調《ととの》えて、仲間を雇《やと》ってからが安全だね」

のんびりとした口調だが、口を挟《はさ》む隙《すき》もないほどの勢いで言ってくる。

ひとまずマナー違反ではないことに、リゼットは安堵《あんど》した。

「ご親切にありがとうございます。でもなんとかなる気がしますから」

「そんな無茶な。根拠はあるの？」

「いえ、まったく」

根拠も資金も何もない。

「もう、仕方ないなぁ。はい」

ラニアルは呆《あき》れて肩《かた》を竦《すく》めながら、リゼットの手にハート形のアミュレットを押《お》し付けた。

「これは無謀《むぼう》な新人さんへのサービス。死んだら帰還《きかん》できるアイテム『身代わりの心臓』だよ」

「……そんな貴重なものを私に？」

「あはは、そこまで貴重じゃないよ～。これで帰還すると命は助かるけど、一度は死んじゃうし、手に入れたアイテムも失うかもだし」

それでも命は助かるらしい。そしてアイテムは失ったとしても経験と知識は持ち帰ることができる。それはアイテムとは比べ物にならないぐらいの宝だ。

「探索《たんさく》が進むにつれて本当に必要になってくるのは『帰還ゲート』の方。魔法でもアイテムでもどっちでもいいけどね。ま、一回死んでダンジョンが危険なものだとわかったら、あたしのお店『黒《くろ》猫《ねこ》の錬金釜《れんきんがま》』に来てね」

「はい、必ず」

「うんいい返事。あとこれ、荷物を入れておくアイテム鞄をついでにプレゼント」

ラニアルが肩にかけていた、使い込まれた革鞄を渡される。

「アイテムなんでも容量いっぱいまで入れられるからね。二十種類くらいかな？」

「色々とありがとうございます……あの、どうしてここまでしてくださるのですか？　いまの私では返せるものが何もないのですが」

「ん〜、君そのうち太客になってくれそうだし、なんだかおもしろそうだし。ちょっとした投資というか？」

首を少し傾《かし》げていたずらっぽく笑う。子どものように無邪気《むじゃき》に。そこには悪意のかけらもない。久しぶりに触《ふ》れる人のぬくもりだった。

リゼットは革鞄をしっかりと抱《だ》きかかえる。

「ありがとうございます。このご恩は必ず返します」

「うんうん。それじゃあよきダンジョンライフを〜」

◆　◆　◆

人の流れに沿いながら、ダンジョンの奥へ繋がる階段を下りていく。下りる人ばかりで、上ってくる人はいない。上りと下りで階段が分かれているようだ。

淡《あわ》い光に照らされた階段を進めば進むほど、少しずつ周囲にいた冒険者の数が減っていく。

そしていつの間にかひとりだ。

あんなにたくさんいた人々はどこへ行ったのだろう。きっと別の場所に出ているのだろう。パーティを組んでいなければ、同じ場所から入ってもバラバラの場所に出ると聞いたことがあったリゼットは、さして驚《おどろ》きもせず歩き続ける。

肌《はだ》に触れていた冷えた空気は、やがて湿《しめ》り気を帯びたあたたかな風に変わっていく。靴底《くつぞこ》に当たる石の感触《かんしょく》は、踏み固められた土の感触に。それも少しずつ柔《やわ》らかくなっていく。

奥に広がっていた暗闇《くらやみ》に不意に明るい光が差し、周囲の壁が消え、天井《てんじょう》が消えて。

リゼットはいつの間にか深い森の中をひとりで歩いていた。

「素晴《すば》らしいわ……」

感嘆の息を漏《も》らし、空を仰《あお》ぐ。木々に覆《おお》われていてほとんど見えないが、わずかな隙間から空の光が差し込んでくる。遠くからは鳥の鳴き声も聞こえる。

「ダンジョンの中は本当に異世界なのね。ダンジョンの外もその影響下《えいきようか》にあるようだけれど……いったい誰がどうやってこんなものを作ったのかしら。教会は女神の恩寵《おんちょう》と言っているけれど」

素朴《そぼく》な疑問を口にしながらダンジョンを見つめる。かつて過ごした領地の森によく似ていた。鬱蒼《うっそう》としていて、静かで、生命力に満ち溢《あふ》れている。

リゼットは小さく微笑み、散歩気分で前に進む。木の葉が降り積もってできた柔らかい土を踏みながら。恐れはなかった。足取りも軽い。

ここには自分とダンジョン以外に何もない。世間のしがらみも重圧も。何も。

空気がおいしいとさえ思った、その瞬間――

嫌《いや》な予感がして身体《からだ》が勝手に一歩下がる。先ほどまでいたその場所に、緑色の液体の塊《かたまり》が降ってくる。しかも三つ立て続けに。

びちゃびちゃと音を立てて地面で跳《は》ねる、流動性のある緑色の塊――スライムだ。

もし後ろに引いていなかったら、頭からスライムを被《かぶ》って窒息《ちっそく》していただろう。ぷるぷるとゼリーのように揺れるそれらから少し距離《きょり》を取る。

スライムを見据《みす》え、戦う意思を固める。リゼットはもう無力ではない。いまのリゼットにはスキルがある。魔法がある。戦う力がある。

（落ち着いて――）

身体の奥底、魂《たましい》の内側から、リゼットの意思に応じてスキルが発動する。初めてにもかかわらず、指先を動かすごとく自然に。前に進もうとする心を助け、導くように。

【先制行動】【火魔法（初級）】

「フレイムアロー！」

リゼットの前に赤い炎《ほのお》が生まれ、三つに分かれてそれぞれが矢となり、スライムたちに突《つ》き刺《さ》さる。その瞬間、炎は一気に燃え上がりスライムを焼き尽《つ》くした。

「勝った……？」

丸焦《まるこ》げになって動かなくなったスライムたちを見つめながら、リゼットは自分に問いかける。

——勝利した。

間違いない。敵はもう動かず、リゼットはまだ立っている。熱を帯びた風が白銀の髪をふわりと揺らす。そのとき胸を満たしたのは喜びでも達成感でもなく、震えるほどの安堵だった。

——通じる。自分の力は、選択は、ダンジョンで通じる。

「よかった……」

ほっと胸を撫《な》で下ろす。

初期スキルポイントをすべて使って【先制行動】を獲得《かくとく》しておいて正解だった。戦いは先手必勝。初手で全体魔法攻撃《こうげき》ができれば、第一層のモンスターとは戦っていけそうだ。初期取得魔法で全体攻撃が可能な魔法を覚えていたのは幸運だった。

「うん、これならなんとかなりそうね。慎重《しんちょう》にガンガン進めましょう」

その後もスライムや巨大《きょだい》な昆虫《こんちゅう》、食虫花、オオガエルをフレイムアローで倒《たお》しながらダンジョンの森を散策する。

その途中《とちゅう》で道に落ちている短剣を拾った。ダンジョン内で初めて手に入れたアイテムだった。

（誰かの落とし物かしら）

見たところ何の変哲《へんてつ》もない短剣だが、鑑定《かんてい》スキルのないリゼットには、どれほどのものかはわからない。それでも貴重な武器だ。腰《こし》のベルトに短剣を差し込む。

「それにしても……うう、なんていいにおい……」

モンスターが焼けるときのなんとも言えない香《こう》ばしい匂《にお》いがリゼットの食欲を刺激《しげき》する。

（……モンスターって食べられるのかしら）

そう思った瞬間、空腹感が増す。そういえばこの半日、何も食べていない。

それ以前も食事はほとんどなかった。罪人なので。

「…………」

視線の先には焼いたばかりのカエル。

こんがりと焼けていて、中まで火が通っていそうだった。

「いえ、いえ、そんな……下味もつけていないしソースもない。ナイフもフォークも、お皿も……」

何より、はしたない。

だがこの生きるか死ぬかの状況《じょうきょう》で、はしたないと言っている場合ではないのではないか。空腹感と食欲は、常識と思考を強制的に塗《ぬ》り替《か》えていく。

小さいころに祖母にサバイバル生活を教わっていた時の感覚が、急速に甦《よみがえ》ってくる。

（毒があるかもしれない……身体に悪い影響があるかもしれない。でも――）

きょろきょろと辺りを見回す。このエリアにはリゼット以外の冒険者はいないようだった。誰かに見られる心配はない。

リゼットは先ほど拾った小振りな短剣（未鑑定）を手に取る。近くの木から取った大きな葉を、カエルの足首に巻き付けて、その上からぎゅっとつかんで固定する。

短剣の刃《は》を脚《あし》の付け根の関節に当て、何度も刃を入れて切り落とす。

「なんて重量感……それに、熱い……」

充分《じゅうぶん》に発達した筋肉がずっしりと重い。火は芯《しん》にまで通っていた。滴《したた》る肉汁《にくじゅう》や湯気から熱が伝わってくる。

表皮を削《そ》ぎ落とし、肉の部分を露出《ろしゅつ》させる。ややピンクがかった白い肉は、鶏肉《とりにく》とよく似ていた。カエルは食べたことがあるため抵抗感《ていこうかん》は薄かった。もちろんここまで大きくはなかったが。

どきどきと胸が高鳴る。未知への期待、恐れ、あるいはロマン。そのすべてに。

「いただきます……」

立ち上る湯気を眺《なが》めながら、肉にかぶりつく。短剣が当たった場所は避《さ》けて、むしり取る。

マナーも何もあったものではない。教育係が見れば卒倒《そっとう》するだろう。だがきっと、この肉にはこの食べ方が一番ふさわしい。

噛《か》みしめればじんわりと熱い肉汁が溢れ出す。淡白《たんぱく》ながらも旨味《うまみ》に溢れた肉汁が、空腹の身体に染《し》み渡る。

（おいしい……）

涙《なみだ》が零《こぼ》れそうなほど。

そして食べる勢いが止まらないほどに。

（なんておいしいの……臭《くさ》みもまったくなくて肉汁もたっぷりで……ああ、手が止まらない！）

夢中で食事をしていたその刹那《せつな》、激しい耳鳴りのような高い音が森に轟《とどろ》いた。

雰囲気が一変する。のどかな春の森から冬に巻き戻ったかのように空気が張り詰《つ》める。

リゼットが肉を手にしたまま顔を上げると、少し距離を置いた場所に黒い球体が浮かんでいた。その表面には細く鋭《するど》いトゲがびっしりと生えている。自分の身体を守るためにか、あるいは敵を攻撃するためにか。

その姿はまるで――

(空飛ぶ巨大ウニ!)

トゲが刺さると痛そうだと思いながら、肉を握《にぎ》りしめたまま戦闘《せんとう》態勢を取る。その奇妙《きみよう》な姿はリゼットがいままで出会ってきたモンスターとは違う。生物とはとても思えない。

未知への恐れから、背中に冷たい汗《あせ》が流れる。

(ここは逃《に》げて、ダンジョンの外に戻ってみる?)

生命の危機を感じる相手と無策で戦うのは無謀だ。スキル【先制行動】があればきっと逃げることはできるだろう。

(でも――)

リゼットは錬金術師からもらった『身代わりの心臓』を思い出す。たとえここで死んでも、ダンジョンの外に放り出されるだけ。いま、このダンジョン内での死は終わりではない。

それでも、死ぬのは怖《こわ》い。だが逃げるのはもっと怖い。

ここで逃げればきっと心が恐怖《きようふ》に囚《とら》われて、もう二度と前に進むことはできない。

(――私は、前に進む!)

もう失うものは何もない。この魂は誰よりも自由だ。

逃げずに戦う。リゼットは心を決めた。

【先制行動】

――力が湧《わ》いてくる。身体の、魂の、一番深い場所から。

（フレイムアローよりも、もっと強い炎を――）

【火魔法（初級）】

炎が――赤く煌《きら》めき、金に揺れ、白く脈打つ。燃え上がる。

リゼットは杖代わりに肉を突き付ける。

【魔力操作】

炎を複数の矢にするのではなく、ひとつに集約する。敵を一突きで屠《ほふ》る槍《やり》のように。

「フレイムランス！」

魔法の炎が巨大ウニを真正面から貫《つらぬ》いた。激しい炎が中心と周囲のトゲを焼き、巨大ウニは白い煙《けむり》を上げながら地面にぽとりと落ちた。

衝撃《しょうげき》で、巨大ウニの身体がふたつに割れる。どこか甘《あま》く香ばしい匂いがした。

黒い身体の中央には、光り輝く琥珀色《こはくいろ》の大きな石が詰まっていた。ウニにあるはずの身ではなく、石が。宝石のようなそれをリゼットは呆然《ぼうぜん》と見つめる。

「勝った……？」

勝利を否定するものは何ひとつない。

「勝った？　勝ったわ……やったぁ！　私って結構すごいのでは？」

飛び跳ねてはしゃぐリゼットの目の前で、黒いウニの殻《から》が霧《きり》のように消えていく。

「あっ――もったいない」

そして、琥珀色の石だけが残った。両手で持ち上げられるほどのサイズの宝石のように輝く石だけが。その真上に、青い光球が浮かんでいた。

光を見たとき、当然のように理解できた。これに触れればダンジョンの外に戻ることができると。

そして、その向こうの森の茂《しげ》みの中に、先ほどまではなかった下へ向かう階段が現れていた。

このまま戻るか、さらに奥に進むか――

リゼットは決めた。

◆　◆　◆

「冒険者ギルドへようこそ！　身分証明カードをお預かりします」

受付女性の明るい声がリゼットを歓迎《かんげい》する。

ダンジョンを出てすぐ、最高の立地に建つ冒険者ギルドに、リゼットは足を踏み入れた。

世界には数多くのダンジョンがあり、冒険者ギルドも領域内には必ず存在するが、リゼットがその中に入るのは初めてだった。

冒険者が集《つど》う場所は、とても広く、清潔で、そして独特の雰囲気が漂《ただよ》っていた。ぴりぴりとした緊張感《きんちょうかん》と、そして欲。賑わいの中で交換《こうかん》される情報。他の冒険者を品定めする視線。

リゼットはそれらを見ることなく、カウンター越《ご》しに身分証明カードを渡す。

青い制服を着た穏《おだ》やかな雰囲気の女性は、カードとリゼットの顔を交互《こうご》に見て明るく笑った。

「あなたが新しく来られたリゼットさんですね。ノルンへようこそ」

「はい。何もかも初めてですので、こちらの仕組みを教えていただけると助かるのですが」

「では冒険者として登録させていただきますね。現在の状態と適性を調べますので、こちらの板に手を置いて、少々お待ちください」

言われた通りにカウンターの銀色の金属板に手を置く。ひやりとした感触が伝わってきた。

これで何かがわかるのだろうか。

わくわくするリゼットの前で、カウンターの裏側で何かを見ていた受付嬢《うけつけじょう》の表情が引きつる。

「……ん？　えっ？　……ええっ！　……も、もしかして、もうダンジョンに入られたのですか？」

どうしてわかったのだろう。

この板に手をのせることでダンジョン踏破《とうは》状況までがわかるのだろうか。

（興味深いわ）

できることなら身を乗り出して、カウンターの裏側を見てみたい。だが、ぐっと堪《こら》える。

ダンジョン領域の常識は外とはかなり違うのだろうと自分を納得《なっとく》させて、リゼットは答えた。

「はい。とても素晴らしい体験でしたわ」

「早速どこかのパーティに入ったんですね」

「いいえ、ひとりで行動しています」

受付嬢の顔がさあっと青ざめる。

「そ、そんな……初心者が単独でダンジョンに入って無事出てこられるなんて聞いたことない……」

ぶつぶつと呟《つぶや》き、はっと顔を上げる。

「もしかすると、リゼットさんはすごい才能があるのかもしれません！」

「ありがとうございます」

褒《ほ》め言葉を素直《すなお》に受け止めた。初心者に自信を付けさせて鼓舞《こぶ》するためのものだろうが、褒めてもらえるのは嬉《うれ》しい。口元が緩《ゆる》みかけたが、うぬぼれて慢心《まんしん》しないように気をつけて引き締《し》める。

「えーっと、それでもまずはパーティを組んだ方がいいですよ。雇《こ》用《よう》料はかかりますけれど、生存率が格段に上がりますから」

錬金術師も同じようなことを言っていた。

仲間と得意不得意を補い合い、助け合う。それができれば探索の効率も安全性も飛躍《ひやく》的に向上《こうじょう》するだろう。ベテランを雇えば教えてもらえることも多いかもしれない。

だが、ひとつ大きな問題がある。

先立つもの、つまりはゴールドがない。

「パーティは六人まで組めます。もしよろしければこちらでメンバーを紹介《しょうかい》させていただきますが」

「ご親切にありがとうございます。ですが私はもう少し一人で冒険してみたいと思います」

人を雇えるゴールドはなく、別のパーティに雇ってもらえるような実績もない。実績のないリゼットを雇ってくれるのは、とんでもない善人かよくいる悪人ぐらいだろう。

「へへっ、だったらオレたちのパーティに入れてやるよ」

そしてこのように向こうから声をかけてくる場合も、ろくな話ではないと相場が決まっている。

声のした方を振り返ると、二十代半ばとみられる冒険者の男性がへらへらと笑いながらリゼットの真横に来て、カウンターに肘《ひじ》を置く。

冒険者歴は長いのだろう。慣れている雰囲気を纏っている。しかし装備の手入れは悪い。肩当ての部分の革ベルトがかなり傷《いた》んでいる。

そして目を見ればわかる。こちらを食い物にしようとしているかどうかは。

「お声をかけていただきありがとうございます。ですが私ではそちらのパーティのお役に立てそうにないので、辞退させていただきますわ」

人生は食うか食われるか。善意と悪意の区別もつかずに親切を受けていれば、食い物にされる。

「いやいや充分お役に立てるぜ。借金返済の手伝いをしてやるよ」

「……どうして私の事情をご存じなのですか」

「みんな知ってるさ」

下卑《げび》た笑いを浮かべる。向こう側に立つこの冒険者のパーティとみられる男たち三人も、同じような目でリゼットを見ていた。

——不名誉《ふめいよ》な噂《うわさ》が流れていることは間違いない。とんだ洗礼だった。

「ほら、遠慮《えんりよ》するなって」

馴《な》れ馴れしく伸《の》びてくる手にぞっとする。絶対に触《さわ》られたくない。叩《たた》いて振り払《はら》おうとしたその瞬間——

「やめろ」

低い声と共に横から伸びてきた手が男の腕《うで》をつかむ。

そこにいたのは整った顔立ちをした、明るい金髪《きんぱつ》の男性だった。精悍《せいかん》なエメラルドグリーンの瞳に、鍛《きた》えられた均整の取れた身体。手入れの行き届いた白銀の鎧《よろい》。腰には立派な長剣《ちようけん》に、背中には盾《たて》。

賑やかだったギルド内がいつの間にか静まり返っていた。

リゼットにもわかった。彼《かれ》はここにいる他の冒険者たちとは根本的に違う。

纏う雰囲気が違う。表情が違う。リゼットと年齢もそう離れていなそうな青年は、決して砕《くだ》けない鋼《はがね》のような確固たる意志を秘《ひ》めている。見ている側の息が詰まりそうになるほどの。

「嫌がっているじゃないか。無理強《むりじ》いはやめた方がいい」

声は落ち着いているが、静かな威圧感《いあつかん》があった。冒険者の男は顔を引きつらせ、それでも仲間や同業者の手前、平静を保ちながら腕を振り払おうとした。

だが、ぴくりとも動かない。

「わ……わかった。わかったよ。冗談《じようだん》だっての」

媚《こ》びるようにへらっと笑う。腕が解放されると、舌打ちをして早々と逃げていった。

「チッ、覚えてろ！」

捨て台詞《ぜりふ》を残してギルドから出ていく男の後ろを、仲間らしき男たちが追いかけていった。

「ありがとうございます」

「ああいう手合いもいるから気をつけて。あまり刺激はしない方がいい」

リゼットが手を叩こうとしていたことを察していたらしい。先ほどよりも随分《ずいぶん》穏やかな口調で言って、リゼットの前から離れていく。

「いろんな方がいらっしゃるのね……あの方は？」

受付嬢に問いかける。おろおろするばかりだった彼女は落ち着きを取り戻し、小さな声で答えた。

「本当は他の冒険者さんのことは言ってはいけないんですけど……彼はレオンハルトさんです。いまもっともダンジョン攻略《こうりやく》に近いパーティのリーダーの方ですよ」

「まあ……私にとっては雲の上の人ですわね」

レオンハルトと共にいるのはパーティメンバーだろう。

前衛の戦士と思《おぼ》しき男性とハーフエルフの騎士《きし》、回復術士の服を着た清楚《せいそ》な女性、魔術士と思われる赤髪の美しい女性、鍵師《かぎし》と思われるリリパット族の男性。リーダーを含《ふく》めて合計六人。

理想的なパーティだ。そしてほぼ全員が育ちの良さそうな雰囲気を纏っていた。

（おそらくほとんどが貴族……鍵師の方はその伝手《つて》で雇った冒険者かしら。あのような方々が何のためにダンジョンに？）

興味は尽きないが、考えても仕方ない。

（それにしても、妙《みょう》な噂が出回っているのは由々《ゆゆ》しき事態ね。これだと今後もパーティを組むのは難しいかも）

リゼットはカウンターの受付嬢に身体の向きを戻す。目が合うと、受付嬢もリゼットと同じ考えに至ったらしく。

「えーとそれではパーティメンバーはまた今度ということで」

「ええ、そうしてください」

「それではまずは簡単な依頼《いらい》から始めていきましょうか」

「依頼？」

「はい。領域内や外から受けた依頼をあちらの掲示板《けいじばん》に貼《は》り出しています。もし引き受けられそうなものがありましたら言ってくださいい。依頼をクリアすればゴールドが支払われますよ」

クリームイエロー色の壁一面《かべいちめん》に掲《かか》げられた巨大な木製の掲示板には、依頼の内容が書かれた紙が大量に貼られている。ギルドを訪れた冒険者たちは隈《くま》なくそれらを確認し、吟味《ぎんみ》していた。

リゼットも近づいて見てみる。紙には依頼の品と期限、報酬《ほうしゅう》などが書かれている。人探しの依頼もあるのか、似顔絵が描《か》かれたものもある。

リゼットはカウンターに戻り、アイテム鞄からダンジョン内で拾ったアイテムを取り出す。モンスターを倒したときに落ちた、リゼットには緑のぷにぷにとした球体にしか見えない素材だ。

「採取の依頼はこれでよろしいのかしら」

「は、はい。納品を確認しました。それではこちら報酬の二〇〇〇ゴールドです」

一〇〇〇ゴールド銀貨が二枚。あっさりと報酬が支払われ、リゼットは拍子抜《ひょうしぬ》けした。こんなに簡単にゴールドが手に入るなんて。念のために拾っておいて正解だった。

「ではこれと、これと、これも」

「えっ？　わっ、うそっ」

依頼に合致《がっち》していそうなものを次々と出してカウンターに置いていく。

「〜〜〜ッ！　の、納品を確認しましたぁ。これらの報酬の一万六〇〇〇ゴールドになります！」

こうしてリゼットはあっさりと当面の資金問題を解決した。


リゼットは冒険者ギルドを出て、受付で描いてもらった地図を確認しながら錬金術師ラニアルの店『黒猫の錬金釜』に向かう。

依頼品を納めることでそれなりの資金ができた。五〇〇〇万ゴールドには程遠《ほどとお》いが、ダンジョンに潜《もぐ》る準備資金の一部にはなる。

「…………」

冒険者向けの店が立ち並ぶ大通りを歩きながら、リゼットは眉根を寄せた。ダンジョン領域に来てからここまで、すべては順調に進行している。妙な噂以外は。その噂が厄介《やっかい》だった。

（尾行《びこう》されている……）

背後に妙な気配を感じる。いくら人通りが多くても、下手な尾行の気配ぐらいは読むことができた。立ち止まれば向こうも立ち止まり、角を曲がれば向こうの歩みが速くなる。

ウインドウショッピングを装《よそお》ってガラスを見る。映っていたのはギルドで絡《から》んできた冒険者だ。

このまま宿を探して呑気《のんき》に食事と睡眠《すいみん》というわけにはいかなそうだ。そしてここであの冒険者たちをなんとかできたとしても、根本的解決にはならない。噂が消えない限り。

どうしようか考えながら歩いているうちに『黒猫の錬金釜』と書かれた看板が掲げられている小さな店の前に辿り着く。

ひとまず用事を済ませよう――チョコレート色の重厚《じゅうこう》なドアをノックする。返事はない。

開けて、中を覗《のぞ》き込む。薄暗《うすぐら》い店内は静かで、客の姿はなかった。それどころか店主も店員も誰もいない。鍵を開けたまま出かけているのだろうか。だとしたら不用心すぎる。

「あのー、どなたかいらっしゃいますか？」

中に入りながら奥に向けて声をかけるが、反応はない。店の中を見てみるが、棚《たな》はあるが商品らしきものはほとんど並んでいない。本当にここが錬金術師の店なのだろうか。

しかしこの匂いは何だろう。奥から甘いような辛《から》いような刺激的な匂いが漂ってくる。

そして次の瞬間、小規模な爆発音《ばくはつおん》が店の奥で響いた。

「か、火事？」

白っぽい煙がもくもくと漂ってきて、リゼットはすぐさまドアを開けた。火事だとしたらすぐに退路を確保すると共に、煙が充満しないようにしなければならない。

しかし煙はすぐに収まり、焦げ臭さだけが残った。

「あははー、失敗しっぱい」

緊張感のない笑い声と共に、奥から黒髪のエルフが煤《すす》だらけの顔をタオルで拭《ふ》きながら出てくる。

「あ、お客さん？　いらっしゃい――ってリゼットじゃん！　また会えて嬉しいよ！」

太陽のような満面の笑みが薄暗い店内で輝く。

錬金術師ラニアル・マドールは興味津々《きょうみしんしん》といった様子で、タオルを投げ捨てカウンター向こうの椅子《いす》に膝《ひざ》をのせ、ぐっと身を乗り出してきた。

「あの、先ほど何かが爆発したようですが」

「いつものこといつものこと！　それよりダンジョンはどうだった？」

「いつも、ですか……ダンジョンはとても素晴らしい体験ができましたわ」

「なるほどなるほどぉ。あ、ドア閉めてくれる？」

室内の焦げた匂いもかなり落ち着いてきている。リゼットは言われたとおりドアを閉め、再びカウンターに戻る。

きらきらと光る緑色の瞳と目が合った瞬間、ぞくりと背筋が冷える。それとほぼ同時に錬金術師は目を見開いて椅子から転げ落ちた。

「あの、大丈夫《だいじょうぶ》ですか……？」

「な、な……なんでそんなに強くなってるのおお！　スキルも増えてるし、何より初心者が一回ソロで潜って生還ってぇ普通《ふつう》じゃないよ！」

どうしてリゼットのスキル情報や冒険状況がわかるのだろう。まるで冒険者ギルドの受付でカードを読み取っているかのようだ。

戸惑《とまど》いながらカウンターを覗くリゼットの前で、錬金術師は床《ゆか》に倒れたまま納得したように手を叩いた。

「あ、そっか。【貴族の血脈】かぁ。獲得スキルポイントが三倍になってるんだ。べんりー。ラニアル・マドールの目に曇《くも》りなし」

「え？　このスキルにはそんな効果が……？　いえそれよりも、どうして私のスキルや強さが」

「あ、あたし鑑定スキルが使えるから」

「鑑定スキル？」

「人や物の鑑定ができるの。鑑定してほしいものがあったら有料で鑑定するよ～」

緑の瞳がきらりと輝く。

そこでリゼットは気づいた。あの身体の奥底まで見られているような視線。あれこそが鑑定スキルなのだと。最初のときも、そしていまも、そのスキルでリゼットの状態を読み取っていたのだ。

（鑑定スキル……確か獲得可能スキル一覧にあったはず……取ろうかしら？　……いえ、ここに来れば鑑定してもらえるのだからいったん保留しておく？　うーんでも、とんでもなく便利そう！）

リゼットが考え込んでいる間にラニアルは椅子に座り直し、カウンターに肘をつく。

「そうそう。気になってたんだけどさぁ、なんでお貴族様がダンジョンに？」

「女神教会からダンジョン送りにされましたの」

「えーっ、貴族のお嬢様なのに」

「人生いろいろですわ」

「君をダンジョン送りにした人は、まさか正直にダンジョン潜るとは思ってなかっただろうね～。冒険者相手の仕事をさせる気だったと思うよ」

もちろんその程度はリゼットも予想していた。だからこそ教会関係者から早めに逃げておいたのだ。望んでもいない働き口を紹介される前に。

しかし向こうの方が一枚上手だった。既に不名誉な噂が流れてしまっている。下手をして一度転落してしまえば、這《は》い上がれないほど深くまで落ちてしまうだろう。

（なんとかしないとこれから動きにくくなりそうね）

とはいえ、こちらからできることなど無さそうなことが、もどかしい。

「ラニアルさん、とりあえずいただいたアイテム代をお支払いしたいのですが」

「いいよいいよ。サービスだからさ」

「ですが……」

「じゃあもし階層のボスを倒したら、出てくる魔石を売ってくれない？　あれ貴重でさぁ、冒険者ギルドに依頼出してもなかなか入ってこなくて――」

「魔石とは、これのことでしょうか」

空飛ぶ巨大ウニが落とした琥珀色の石をアイテム鞄から取り出し、カウンターの上に置く。

ラニアルは再び椅子ごと後ろに倒れた。

「あの、大丈夫ですか？」

カウンター奥を覗き込んでみると、ラニアルは床に転んだまま笑っていた。

「あはは、もうサイコー。君は才能あるよ。ダンジョン攻略する才能が。すごすぎ」

受付嬢に続いて錬金術師にまで言ってもらえて、少し自信が持ててきた。

「ありがとうございます。ダンジョンは小さいころからの憧《あこが》れでしたから、嬉しいです」

「いやいや、お嬢様の憧れる場所じゃないでしょ」

「おばあ様が若いころに冒険者をしていたんです。私もいつかダンジョンに行くことを夢見て、おばあ様といっしょに小さいころから森で訓練をしていました」

懐《なつ》かしさが胸を満たす。あのころは毎日が最高に楽しかった。あの日々があったからこそ、ダンジョンの中でも恐れずに行動できた。

「とはいえ訓練と実戦は別物ですわね。ダンジョンでは外の常識や法則が通用しないとは聞いていましたが、まさかここまでとは」

「スキルとかもねー。魔法の威力も、外と中じゃ比べ物にならないよ」

「魔法といえば、ラニアルさんにお聞きしたいのですが、魔力を回復する薬はありますか?」

「あるよ〜。体内の第五元素を回復するエーテルポーション」

「それではこれで買えるだけください」

依頼達成で得たゴールドをすべて出す。

「いやいやいや！　バランス悪すぎぃ！　どれだけダンジョンに籠《こ》もる気？　アイテム鞄の中は回復薬、魔法系ならエーテルポーション、毒消し草、帰還ゲート、復活アイテムとか身代わりの心臓、携行食料《けいこう》を入れるのが定番だよ！　あとそれとは別に寝袋《ねぶくろ》は必須《ひっす》ね」

「なるほど。それではエーテルポーションの他に、包丁とフライパンと食器、あと塩と香辛料《こうしんりょう》。寝袋はありますか？」

「キャンプか！　いやあるけどさ。人の話聞いてた？」

「はい。ですが少しワケがあってできるだけ地上には戻りたくないので、しばらくダンジョン内で暮らそうかと思いまして」

リゼットにとっては、いまやダンジョン内よりも地上の方が危険だ。ほとぼりが冷めるまでは身を潜《ひそ》めておいた方がいいだろう。それにはダンジョン内で生活するのが一番だ。

「はあ……なるほどねぇ。じゃあオススメはこの調理器具セット。ひとまとめにできるから鞄に入れやすいでしょ」

錬金術師が出してきたのは、深めのフライパンの中に包丁や調理器具が入っていて、それに蓋《ふた》がついたセットだった。

他にエーテルポーション、塩と砂糖と香辛料といった調味料、ふかふかの寝袋が用意されていく。

錬金術師おすすめの装備を携《たずさ》えて、リゼットは再びダンジョンへ向かった。尾行されていようとお構いなしに。

ダンジョンにさえ入れれば、一人きりになれるのだから。

聖女メルディアナの愉悦
【Side　メルディアナ】

——時は少し巻き戻《もど》る。

罪人リゼットをダンジョン領域に送り込《こ》んだ帰り道、聖女メルディアナはいままでになく上機嫌《じょうきげん》だった。

（ああ、やっとお姉様がいなくなった！　なんて清々《すがすが》しいのかしら！）

聖女は王族並みに豪華《ごうか》な馬車の中で、厚いクッションに身体《からだ》を預けながら微笑《ほほえ》む。聖女が乗る馬車はこれから王都に戻る。道中で結界を張り直す儀式《ぎしき》を行いながら。

（あんな恐《おそ》ろしい場所で生きなければならないなんて、かわいそうなお姉様！）

メルディアナも教会も慈悲《じひ》深い。恐ろしいダンジョンに潜《もぐ》れだなんて強制はしない。ダンジョンの外で卑《いや》しい冒険者《ぼうけんしゃ》相手に身体を売って稼《かせ》げばいい。そして身も心も壊《こわ》れてしまえばいいと、メルディアナは思っていた。

リゼットはそれだけの罪を犯《おか》した。

（お姉様はわたしの欲《ほ》しいものを全部持っていた……お姉様ばかりずるいわ。これは当然の罰《ばつ》よ。わたしが家に来るまで、わたしを差し置いてひとりだけ贅沢《ぜいたく》をしていた罰。自業自得《じごうじとく》というものよ）

メルディアナの母はクラウディス侯爵《こうしゃく》家で働くメイドだった。しかし女当主の入り婿《むこ》との間に子を宿し、当主の嫉妬《しっと》を恐れて屋敷《やしき》から逃《に》げ出した。その後は酒場で働きながら女手一つでメルディアナを育ててくれた。

月日が流れ、侯爵家の女当主が亡《な》くなり、侯爵代行となった父親がスラムまで母とメルディアナを迎《むか》えに来てくれた。

しかし母はその直前に亡くなっていた。

母は最後まで信じていた。いつか愛した人が迎えにきてくれると。だが、父は間に合わなかった。死の床《とこ》でも愛なんてものに縋《すが》り続けていた母の目を、メルディアナは一生忘れない。

メルディアナは侯爵家に引き取られたが、侯爵家の血を一滴《いってき》も引いていないメルディアナに対する風当たりは良いものではなかった。

そんなメルディアナに、当主代行である父と、姉のリゼットは優《やさ》しく接してくれた。

――メルディアナはそれが許せなかった。


ねだれば何でも与《あた》えてくれる父と姉。

それはメルディアナを弱い存在として認識《にんしき》しているからだ。歯牙《しが》にもかけない存在だからこそ、ペットのようにかわいがることができるのだ。

特にリゼットに対しては恨《うら》みが深かった。同じ父親を持つのにどうして姉はすべてを持っていて、自分は放置されていたのか。どうして母はスラムで衰弱《すいじゃく》して死ななければならなかったのか。

そうして決めたのだ。姉のものをすべて奪《うば》ってやろうと。

手伝いは父がしてくれた。凡庸《ぼんよう》な父だが、メルディアナへの愛は深かった。母への罪滅《つみほろ》ぼしでもあったのかもしれないが、どうでもよかった。そしていますべてが叶《かな》った。

メルディアナは笑った。いまこの瞬間《しゅんかん》が、メルディアナにとって幸福の絶頂だった。

聖女一行はノルンと王都の間にある教会に立ち寄る。儀式と休憩《きゅうけい》をとるために。

祝福の儀式は聖女であるメルディアナにしかできない神聖なものだ。

この大地は、呪《のろ》いで満ちている。

大地から湧《わ》き出す呪いを、女神《めがみ》の結界で封《ふう》じ込めているからこそ、この世界は成り立っている。

しかし結界は傷つき綻《ほころ》びることがある。弱った結界を張り直すのが聖女の仕事だ。

聖女が休憩する貴賓室《きひんしつ》へ世話係たちと共に移動しながら、メルディアナは思う。

（ド田舎《いなか》の教会ね……こんな土地見捨ててしまえばいいのに）

王都周辺と豊かな土地だけ守れば充分《じゅうぶん》なはずだ。そうすれば巡礼《じゅんれい》なんて面倒《めんどう》ごとも減らせるのに。

王都に戻ったらそう提案しよう。女神の娘《むすめ》である尊い聖女の言葉には、誰《だれ》も異を唱えないだろう。

「長旅でお疲《つか》れでしょう。こちらで疲れを癒《い》やしてください」

「ありがとうございます」

貴賓室に入り、聖女の案内役のひとりである教会騎士《きし》に微笑みかけると、教会騎士の頬《ほお》がわずかに紅潮する。

メルディアナは自分の美貌《びぼう》を良く知っていた。表情やちょっとした所作から生み出される効果も。

だからといって誰も彼《かれ》もに愛敬《あいきょう》を振《ふ》りまいたりしない。権力者と美形にだけだ。この教会騎士は見目が麗《うるわ》しい。

「それにしても聖女様が直々《じきじき》に罪人の護送に付き添《そ》われるとは」

「ええ……たしかに怖《こわ》かったですが……あの方はわたしの家族だったのですもの。最後まで見届けるのがわたしの務めです」

「なんとお優しい……聖女様を傷つけた大罪人にさえ、そのようなご慈悲をお与えになるとは」

メルディアナは儚《はかな》げに微笑む。

「ご安心ください。聖女様を傷つける者はもうダンジョン領域の中。二度と出ては来られませんよ」

「そうですね……でも……わたし、怖いのです。もしかしたらお姉様がわたしに復讐《ふくしゅう》を考えているかもしれないと思うと……」

「それは……」

「わかってはいるんです。お姉様はもうあの場所から出られないって……でも、お姉様はキリングベアーよりも怖い御方《おかた》。恐ろしい魔術《まじゅつ》や人を使って、わたしを……」

「聖女様……」

「ごめんなさい……」

うつむいて目元を拭《ぬぐ》うと、騎士だけではなく世話係たちも動揺《どうよう》する。この世で最も高貴で儚い聖女という存在に。

「ご安心ください、聖女様。すべてお任せください。このダグラス、必ずや聖女様をお守りいたしましょう」

強い決意を聞いてメルディアナは微笑んだ。これでこの教会騎士もメルディアナの所有物だ。

メルディアナが望めば何もかも思い通りになる。当然だった。聖女はこの世界の頂点に立つ存在なのだから。

（お姉様、自業自得なのよ。わたしに現れるはずだった聖痕《せいこん》を横取りしたのだから。わたしは返してもらっただけ）

聖女の証《あかし》である聖痕が現れたのは、メルディアナではなくリゼットだった。リゼットに聖痕が現れた瞬間、幸いなことにその場にいたのはメルディアナだけだった。

メルディアナは激怒《げきど》した。自分ではなく姉が聖女になるなんておかしいと。

そして事が公《おおやけ》になる前に、リゼットを閉じ込めて、黒魔術師に聖痕の移殖術を行なわせた。だからリゼットに聖痕が現れたことはメルディアナと父、そして黒魔術師以外には誰も知らない。

（わたしは間違《まちが》ったことを正しただけ。これは正義の行ないなのよ。女神の間違いを正して差し上げたのだから）

聖女のいない国や土地は呪いで滅《ほろ》びる。

王族よりも貴重で尊い存在——それが聖女だ。

次の日、メルディアナは聖堂の女神像の前でいつものように聖女の力を使おうとした。

女神の力を降ろそうとしたのだが、祈《いの》りのポーズを取っていくら念じても、一向に女神の力が降りてくる気配がなかった。

メルディアナは訝《いぶか》しむ。

いつもは聖痕から自然と力が湧いてくるのに、今日は何も起こらない。いつまで経《た》っても儀式が進行しないことに周囲も動揺し始める。

「今日は調子が悪いみたい」

メルディアナは女神像の前から離《はな》れる。

その言葉に聖堂に詰《つ》めていた神官や騎士たちも驚愕《きょうがく》し、動揺した。畏縮《いしゅく》するネズミのような無様な様子が、メルディアナの怒《いか》りに火をつけた。

「なんですかその顔は。不敬な！　祝福がないのはあなたたちの祈りが足りないからでしょう！」

憤慨《ふんがい》し、叫《さけ》んだ。

(イライラする――わたし以外みんな無能なくせに、わたしが悪いみたいに！)

メルディアナはひとりで聖堂から出ていく。

こんな土地滅びてしまえばいい――そう強く思いながら。

どうして女神の力が降りてこなかったのか――その理由を深くは考えなかった。

この土地の人々が不信心極《きわ》まりないせいで、女神に見捨てられたのだとしか思わなかった。

第二章　異国の冒険者

ダンジョンは生きている。

生きて、常に姿を変えていく。

同じ入口を通っても、前回とは違《ちが》う地点に出る。今回もリゼットの前に広がるのは森の景色だったが、前回よりも森の浅い場所なのか、光がたくさん差し込《こ》んでいた。

リゼットは第一層をぐるりと探索《たんさく》する。柔《やわ》らかい土を踏《ふ》んで歩き、巨大《きょだい》な昆虫《こんちゅう》やスライム、カエルを先制攻撃魔法《こうげきまほう》で燃やしながら。

そして少しずつダンジョンというものを理解していく。ダンジョンの中にはおそらく一日という概念《がいねん》がない。いつまで経《た》っても暗くならず、空は青いまま。夜がないのだ。

夜営を考えなくていいのは楽だが、生活リズムが崩《くず》れてしまいそうだ。

そしてとてつもなく広い。どこまで行っても果てが見えない。他の冒険者に会わないのは、この広さのせいだろうか。だとしても、同じ場所にいるのなら戦闘音《せんとう》が聞こえてきそうなものだが。

「そろそろ食事にしようかしら」

空腹を感じて呟《つぶや》く。

頭を燃やしたカエルのモンスターを眺《なが》めながら。

ちょうど水場——池も近くにある。池からモンスターが出てくる可能性も考慮《こうりょ》して、森と水場の境の日当たりのいい場所で料理をすることにした。

食材は前回と同じカエルだが、今度は購入《こうにゅう》した調理器具でしっかり調理することにする。

目的はモモ肉。脚《あし》の部分を包丁で落とし、捌《さば》いていく。

（うん。きれいなピンク色）

取り出したモモ肉に塩と香辛料《こうしんりょう》で下味をつけて、フライパンに入れる。地面に魔法の炎《ほのお》を置き、その上にフライパンを置く。

熱されてきたフライパンで焼き目をつけ、蓋《ふた》をして火を弱め、じっくりと中まで火を通す。蓋を開けると、蒸気と香《こう》ばしい匂《にお》いが漂《ただよ》う。

「うん、おいしそう。いただきます」

やけどをしないように気をつけてナイフとフォークで肉を切り分ける。

一口大にした肉を、ぱくりと食べて、噛《か》みしめる。

（やっぱりおいしい～）

溢《あふ》れ出す肉汁《にくじゅう》に頰《ほお》が緩《ゆる》む。塩と香辛料もいい仕事をしている。肉を食べる手が止まらない。

「淡白《たんぱく》で臭《くさ》みがない……水がいいのかしら。それになんだかパワーがみなぎってくるような……」

身体《からだ》の内側から魔力が湧《わ》いてきているような気がした。そして生命力も。

そういえば、前回の探索で空飛ぶ巨大ウニ――おそらく第一層のボスを倒《たお》したときも力がみなぎっていた気がする。あのときもカエル肉を食べたばかりだった。

「もしかしてモンスター料理には回復効果や身体や魔力を強化する力がある……とか？　なんてね、ふふっ。ごちそうさまでした」

リゼットは楽しくなってきた。子どものころのようにわくわくした。目の前に広がっていく未知と可能性の世界に。

いまのリゼットには地上よりもダンジョン内の方がよっぽど魅力的《みりょく》だった。ここには自由がある。罰金《ばっきん》五〇〇〇万ゴールドには縛《しば》られているけれども。ダンジョンの中の世界は、上の世界よりよほど静かで安全できれいだ。

ふと、地上で妙《みょう》な噂《うわさ》が流れていることを思い出し、リゼットはため息をついた。

噂の出所はメルディアナだろう。他にいない。信奉者《しんぼうしゃ》を使って噂を流させ、ダンジョン領域内でまでリゼットの評判を落とすつもりなのだろう。

（メルディアナは私をダンジョン送りにしただけでは気が済まないのかしら……聖女として讃《たた》えられてもまだ足りない？）

三年前、リゼットが十三歳《さい》の時に母が亡《な》くなり、その直後に侯爵《こうしゃく》家に引き取られた父の隠《かく》し子――純真無垢《じゅんしんむく》で可愛《かわい》らしかった少女は、可愛らしい姿のまま少しずつ本性《ほんしょう》を現し始めた。

「お姉様ばかりずるいわ」

そう言ってリゼットのものをなんでも欲《ほ》しがった。

最初はドレスだった。続いてアクセサリーや部屋の小物。部屋の家具に、専属メイド。渋《しぶ》ろうものなら父親からひどく怒《おこ》られた。

そしていつの間にかリゼットの部屋には生活に必要な最低限のものしか残らなかった。

次にメルディアナが欲しがったのはリゼットの婚約者《こんやくしゃ》である公爵《こうしゃく》家の嫡男《ちゃくなん》ベルナール・ベルン

だった。顔立ちがよく、自らの権力を確固たるものにすることに熱心な男だ。

しかし侯爵家の血を引いていないメルディアナには、次期公爵の婚約者になる資格はない。

だが、メルディアナはベルナールに明らかに好意を示していた。ベルナールも人目をはばからずメルディアナと会い、贈《おく》り物をしていた。未来の義妹との交流としてはいささか度を超《こ》すほどだった。

このまま婚約解消になるかもしれないと思っていたころ、リゼットの身体に聖女の証《あかし》である聖痕《せいこん》が現れた。

メルディアナに聖痕を見られたのは本当に偶然《ぐうぜん》だったが、メルディアナはすぐにリゼットを屋敷《やしき》に閉じ込めて、ほどなく父が禁忌《きんき》とされる黒魔術師をどこからか呼んで、禁術によってリゼットから聖痕をはぎ取り、メルディアナに移殖《いしょく》した。

そうしてメルディアナが聖女となった。

ベルナールもリゼットとの婚約を破棄《はき》し、聖女であるメルディアナと婚約した。

リゼットの身体に聖痕が現れたことは妹と父以外の誰《だれ》にも知られないまま、黒魔術師も行方《ゆくえ》不明になった。最後は聖女を侮辱《ぶじょく》し心を傷つけたという罪でダンジョン送りになり、いまのこの状況《じょうきょう》だ。

(何もかも、メルディアナの思い通りね)

いまやメルディアナはこの世界の女王様だ。地上にリゼットの居場所はない。

(——だったら出なければいいじゃない！)

戻《もど》りたくないなら戻らなければいい。居場所がないならつくればいい。地上にもはや未練はない。

ダンジョンで生活することは、きっと不可能ではない。

リゼットは早速《さっそく》余っていたスキルポイントでスキルを取得していく。


【鑑定《かんてい》】【浄化《じょうか》魔法】【結界魔法】


「よし、しばらくはこれで生きていけるはず」

スキルの【浄化魔法】があれば不衛生に泣くことはない。【結界魔法】があれば安心して眠《ねむ》ることができる。わからないことは【鑑定】で知識を得ることができる。

どれもダンジョン生活に必須《ひっす》のスキルたちだ。

「あら？　いつの間にか新しい魔法も取得しているみたい。【水魔法（初級）】……炎よりも扱《あつか》いやすくはありそうね……」

ちらりと、残ったカエル肉を見る。

「凍《こお》れ」

魔力を注ぐとカエルが氷の塊《かたまり》に包まれる。ひんやりとした冷気がふわりとリゼットの肌《はだ》に触《ふ》れた。

「なるほど。水全般《ぜんぱん》、氷もいけると」

氷の塊を池の中に落とす。氷が溶《と》ければ水中のモンスターたちの餌《えさ》になるだろう。

「次は【浄化魔法】――」

汚《よご》れている手を見つめながら【浄化魔法】をかけてみると、汚れていた手が洗ったばかりのようにピカピカになった。身体と服にもかけてみると、入浴後に洗濯《せんたく》したばかりの服を着たかのようにきれいになる。

「す……すごい！」

これまでで最も大きい感動だったかもしれない。

次に【結界魔法】を試《ため》してみると、リゼットを包み込むように透明《とうめい》な壁《かべ》が現れる。軽く叩《たた》いてみると、硬《かた》いが弾力《だんりょく》のある感触《かんしょく》が返ってきた。

解除を念じると、壁も消える。

「うん、これなら安心して眠ることができそうね」

問題があるとすれば魔力の消費が多いことか。しかしこれなら安全なキャンプ地を作ることができる。休憩《きゅうけい》前に使用するようにすれば問題ない。

ひとまず憂《うれ》いは消えた。ダンジョン内での生活が現実味を帯びてくる。貴族時代――完璧《かんぺき》な淑女《しゅくじょ》になるための教育を受け始めてからはできなかった、自由な生活が。

――自由。

なんて甘美《かんび》な響《ひび》きだろう。聖女として認定《にんてい》されていれば、こんな自由は一片もなかっただろう。

（よし、私はこのダンジョンで生きていこう）

すべてから解放されて、肩《かた》の力が抜《ぬ》けた。いままで何に縋《すが》っていたのだろう。

草原に寝転《ねころ》ぶ。柔らかい草の感触が、身体に受ける風が心地《ここち》いい。

（……メルディアナはちゃんとやっていけるかしら）

ダンジョンの空を見上げていると、ふとそんな思いがよぎった。

聖女は女神《めがみ》の力の器《うつわ》だ。民《たみ》からは尊敬され、王や教皇——権力者から尊重されれど、人間扱いはされていない。価値があるのは聖女本人ではない。そこに降りてくる女神の力の方だ。

そのため聖女は、権力者にとって扱いにくかったり、奇跡《きせき》の力が弱まれば、消されてしまうことがある。聖女が死ねばその地にまた新しい聖女が誕生することもあり、不出来とされて闇《やみ》に葬《ほうむ》られた聖女も稀《まれ》にいる。

（まあ、あの子ならうまくやるでしょう）

聖女が力を失うなんてことは滅多《めった》にない。それにメルディアナは要領がよく世渡《よわた》り上手だから。

リゼットはもうなんの憂いもなくダンジョン生活を楽しむことにした。

◆　◆　◆

「うーん、よく寝た！　さすがオススメの寝袋《ねぶくろ》」

ダンジョンには朝も夜もないが、人間には睡眠《すいみん》が必要だ。【結界魔法】の中で寝袋に入って眠ったリゼットは、清々《すがすが》しい気分で目を覚ました。

「さて。ダンジョンの恵《めぐ》みをおいしくいただくことにするとして、肉ばかりでは栄養が偏《かたよ》る……やっぱり野菜か果物がいるわね」

寝袋を片付け、出発の準備をしながら考える。祖母から食べられる植物のレクチャーは受けているが、ここはダンジョン。果実を発見してもまずは植物系モンスターの罠《わな》と思ったほうがいい。

「とりあえず、まずは行動。森の深部へ向かってみましょう」

荷物を背負い、探索に向かう。

軽快な気分で森を歩きながら、リゼットはふと気づいた。今日は一度もモンスターに出会っていないことに。いつもうようよと湧いてくるスライムも、飛び掛《か》かってくるカエルも、飛んでくる昆虫もいない。

静かだった。静かすぎるほどに。だが、生命のざわめきは感じる。モンスターが絶滅《ぜつめつ》しているわけではない。

(もしかして、モンスターに避《さ》けられている？)

その考えに至ったリゼットは大きなショックを受けた。

(どうして？　倒しすぎてしまったから？　嫌《きら》われてしまった？)

だとしたら由々《ゆゆ》しき問題だ。食料が得られなくなれば、ダンジョン生活は終止符《しゅうしふ》を打つ。

せめてモンスターに逃《に》げられないようにするため、できるだけ気配を殺すことにした。こうなればもう野生動物の狩《か》りと同じだ。そのうち罠猟《わなりょう》とかも考えなければならないかもしれない。

息を潜《ひそ》めて静かに森を歩いていると、自分以外のものが発した物音がした。

陰《かげ》に身を隠してそっと覗《のぞ》いてみると、森の奥《おく》に人影《ひとかげ》が見えた。

冒険者か、モンスターか。

見極《みきわ》めるために更《さら》にじっくりと見る。そしてそれが人間ではないことに気づく。影は人の形に似ているが、その身体には茶色いキノコが生えていた。

（あれはたしか、マイ……マイ……）

記憶《きおく》を必死に掘《ほ》り起こす。このようなモンスターがいることを祖母から聞いた覚えがある。

（そうよ、マイタケニド！　茶色いマイタケニドは踊《おど》り出したくなるほどおいしいっておばあ様がおっしゃっていたわ！）

正しくはマイコニドだが、いまのリゼットは自分の考えに疑問を挟《はさ》む余地もない。


【先制行動】【火魔法（中級）】【魔力操作】

「フレイムランス！」

マイコニドに向けて炎の槍《やり》を炸裂《さくれつ》させる。大きな槍はマイコニドを中心から貫《つらぬ》き、倒した。

「あ、ああ……なんて香ばしくていい匂い」

マイコニドに駆《か》け寄って、表面に生えているキノコを採って麻袋《あさぶくろ》に入れていく。念のためマイコニドの根本の方も見てみたが、菌床《きんしょう》となっているのは古びた木の幹だった。生物が菌床になっているわけではなくて安心する。

「こんなにたくさん食べきれないわね……軽く干して保存食にしましょう」

キノコの回収後、再び探索を進めていくと、また別の泉に辿《たど》り着いた。

きれいな水辺だった。水は透《す》き通っていて、飲用にもできそうだった。

リゼットが泉の周囲を歩いていると、奇妙な岩を発見する。鋭《するど》い爪《つめ》を研《と》いだかのように、いくつもの筋状の傷と白い粉が浮《う》いた岩だった。

(モンスターが角や爪を研いでいるのかしら)

岩の傷はまだ真新しい。近くにそのモンスターがいるかもしれない。

警戒《けいかい》しながら探索を続けると、同じ種類の草がびっしり生えている場所を発見する。

深い緑色の葉に、少し赤みのある茎《くき》。見覚えのある草だった。

(……これはもしかして毒消し草の群生地?)


【鑑定】毒消し草。


「まあ、本当に【鑑定】できる。なんて便利なのでしょう!」

毒消し草なら人体に有害なことはないだろう。ひとつ採って、浄化魔法をかけて食べてみる。

葉は薄《うす》い。千切るとパリパリとしてきて、噛むとシャキシャキ感が楽しい。少し苦いが、これはこれでおいしかった。

「うーん新鮮《しんせん》そのもの……サラダやスープにも使えそうね」

おいしそうなものを選んで収穫《しゅうかく》していく。他の草が交じらないように気をつけながら。

本当なら畑をつくって栽培《さいばい》してしまいたいほどだが、次もこの場所に来られるかはわからない。次の冒険者のことやダンジョン内の循環《じゅんかん》のことも思って、採りすぎないようにする。

熱心に収穫していたとき、ふと視線を感じて顔を上げる。

一頭の立派な白馬が、泉のほとりに佇《たたず》んでいた。

（なんてきれいな馬……）

真っ白な毛並みは光を受けてきらきらと輝《かがや》いている。

しかしいくら美しくても、ダンジョン内の動物はほぼ間違《まちが》いなくモンスター。

額から生えた角は、先が鋭く研がれていて凶悪《きょうあく》なまでに尖《とが》っている。何人も倒してきた槍のようだ。もしかしたらあの岩で研いでいるのだろうか。あれに刺《さ》されれば鎧《よろい》も貫かれるだろう。

それに、太い脚の立派な蹄《ひづめ》で蹴《け》られればひとたまりもない。


【鑑定】ユニコーン。額から一本の角が生えた馬モンスター。非常に勇敢《ゆうかん》で獰猛《どうもう》。清らかな乙女《おとめ》の膝《ひざ》でのみ眠る。


（なにそれ！）

心の中で叫《さけ》ぶ。清らかな乙女とは。その定義とは。どのみちユニコーンに気に入られなければ蹴り殺されるか、あの角で突《つ》き殺されるかの二択《たく》だ。

（どちらもいやーっ）

リゼットは動揺《どうよう》しながらも、それを悟《さと》られないようにゆっくりと立ち上がる。

ユニコーンと目が合い、静かに見つめ合う。

白馬は獰猛さなど微塵《みじん》も感じさせない穏《おだ》やかな様子でゆっくりとリゼットの元へ寄ってくる。

心が通じ合ったかのような感覚を覚えた。

「フリーズランス！」

鋭い氷の槍がユニコーンを真上から貫いた。

――ダンジョンは弱肉強食。隙《すき》を見せれば一瞬《いっしゅん》で殺される。

「それにしても立派な馬ね。この角も本当に立派」

リゼットはユニコーンの解体と鑑定を進めながら、感嘆《かんたん》の息をつく。


【鑑定】ユニコーンの角。毒や水を清めることができる。


「まあ素敵《すてき》。料理やマドラーに使えそう」

水をきれいにしたりモンスター毒を除去したりできるなら料理の安全性が高まる。いま一番危惧《きぐ》すべきは食中毒だ。

「渇水《かっすい》地域でも使えそうね。きれいな水があればどれだけ人が助かるか……これは大切にしないと」

杖《つえ》に加工して、肌身離《はだみはな》さず持ち歩こうと決める。

「さて、馬といえば馬油。なるほど……たてがみの下から脂《あぶら》が取れるのね。石鹸《せっけん》やヘアオイルとかに使えるかも？　食用油にもなるかしら」

脂の部分を切り取って、大きめの葉を巻いて保管する。

その後に肉を切り取っていくが、馬一頭分というのはかなりの量だった。とても一人で食べ切れるような量ではない。アイテム鞄《かばん》にもどれだけ入れられるだろうか。

もったいなくはあるが、食べ切れる分と保存食にする分以外はダンジョンへ還すしかない。きっと他の生き物の糧《かて》になるだろう。

おおよその解体が終わり、食事の準備に移る。

肉を包丁で薄く切り、一口大にしていく。

火をつけてその上にフライパンを置いて、熱されたフライパンに馬の脂を一片。あっという間に脂が溶けた。肉に塩と香辛料をまぶし、キノコと毒消し草といっしょにさっと炒《いた》める。

そうして、ユニコーンの肉野菜炒めができあがる。

「いただきます」

一口食べるとリゼットの頬が紅潮し、目元が緩んだ。

「とろける……おいしい……」

ユニコーンの肉はとろけるような舌触《したざわ》り。毒消し草が肉の臭みを消してくれている。

キノコは肉の脂をよく吸いながらも、香《かお》り高さと歯ごたえを失っていない。

「絶品……まさに絶品ですわ」

リゼットは夢中で食べた。薄《うっす》らと涙《なみだ》を浮かべながら。こんなにおいしいもの、貴族時代でも食べたことはない。

そしておいしいだけではない。身体の内側から熱くなって、生きる力が湧いてくる。

「ふぅ……ごちそうさまでした」

肉野菜炒めを完食し、リゼットはダンジョンの恵みに深く感謝した。

◆　◆　◆

「……そろそろ一度引き上げてみましょうか」

森で気配を潜めてモンスターを狩る生活を始めてから、どれくらいの時が過ぎただろうか。

昼夜がないため時間の感覚はあやふやだが、既《すで》にかなりの時間をダンジョン内で過ごしているはずだ。食事回数からすると、少なくとも二十日ほどは経っている。

それだけ長くダンジョンから出てこなければ、地上ではリゼットが死んだことになっていたとしてもおかしくない。

「そろそろ世間も私のことを忘れているはず。換金《かんきん》できそうな素材もかなり集まったことだし」

このあたりで一度地上に出て、ゴールドの入手と情報収集、必要な物資の購入をすることにする。

「よし、最後に第二層をちらりと見てから戻りましょう」

そう決めて下の階層に下りる階段を探して歩き出すと、階段はすぐに見つかる。まるでリゼットの望みに応じるように。

ただ今回は空飛ぶ巨大ウニは近くにいない。ボスは一度倒せば出てくることはないのかもしれない。少し残念に思った。一度あのウニを味わってみたかった。

(そういえば結局一度も他の冒険者には会わなかったわね)

次の層に行けば誰かに会うだろうか。

期待よりも不安を抱《かか》えながら、そして未知なるダンジョンに胸をときめかせながら、リゼットは長い階段を下りた。

ダンジョンの第一層は森エリアだったが、第二層は雰囲気《ふんいき》が変わる。地面は土ではなく石造りで、頭上に空はなく天井《てんじょう》があり、エリアの大部分が水に満たされていた。

まるで巨大な地下水道だ。

いたるところに光る苔《こけ》が生えているため、灯火の必要がないくらい明るい。

「ここまでがらりと変わるものなのね……いったいどうなっているのかしら」

近くの水面を覗き込んでみる。

透明度《とうめいど》は高い。魚が泳いでいる姿も見えるが、底は見えない。もしかしたら想定以上に深いのかもしれない。そして塩辛《しおから》いような、独特な匂いがした。


【鑑定】海水。塩分と微量《びりょう》の金属とエーテルを含《ふく》む。


「海水……？　どうして海水がこんなところに」

ダンジョンは山間《やまあい》にある。海は遥《はる》か遠くだ。こんなところまで海水を引いてこられるはずがない。

つまりはダンジョン内で海水がつくられていることになる。

「ダンジョンは本当に別の世界なのね」

リゼットの肩が震《ふる》える。この世には想像も及《およ》ばないような不思議が溢れている。

一瞬様子を見て戻るはずだったが、もう少し詳《くわ》しく調べたくなり、通路を奥に進んでいく。

「それにしても足場が悪いわね……海藻《かいそう》とか生えていてヌルヌルする……横からいきなりモンスターが現れそうだし……そうだ！」


【水魔法（初級）】【魔力操作】

「凍れ！」

目に見える範囲《はんい》の水面が凍りつく。試しに片足を置いて、力を込めてみる。割れない。続いて両足で立ってみたが、やはり割れる気配はない。

「よし、大成功！」

これで道なき道も進める。

浮かれて進もうとしたリゼットだったが、足元で魚が凍っていることに気づいて止まる。

初めて見る魚だった。真っ白な身体をしていて、ヒキガエルに似た顔をしている。エラは翼《つばさ》のように発達していた。


【鑑定】ウォーターリーパー。エラが刃《は》状の魚。水面を飛ぶように泳ぐ。獰猛で殺傷力が高い。

その近くの氷からは、大きい魚の頭が三つ、突き出していた。ただの魚ではない。緑色の髪《かみ》が生え、緑色の歯が覗いている。目は赤く、鼻は豚《ぶた》のような平たい形をしていた。

しかもその魚たちは手に槍を握《にぎ》っている。


【鑑定】半魚人。人型に進化した魚類。手先が器用で非常に凶暴《きょうぼう》。武器を扱い集団で狩りをする。

(凶暴だの獰猛だの、さすがはモンスター)

いまは首から下が凍りついているが油断は禁物。

「フレイムアロー！」

やや離《はな》れた場所から火魔法を放つ。

相手が水辺に生息《せいそく》するモンスターだからか火魔法の効果は高く、火の矢が半魚人に刺さると大量の蒸気を上げて丸焼き状態となった。

「………」

こんがりと焼けた半魚人を見て、リゼットは複雑な気持ちになった。

何故《なぜ》か、食べる気になれない。

人型とはいえ魚だ。鑑定結果もそう言っている。だが食欲がまったくわかない。

(マイタケニドも見かけは人型でしたが……あれはキノコですし)

おそらく気持ちの問題なのだろうが。武器を使うことや集団で行動していることが、どこか人間のように感じてしまって拒否感《きょひかん》を覚えるのかもしれない。

「うん。まだ他に食べ物はあるのだから、無理に食べることはないわ」

――それでも、空腹で死にそうになれば食べよう。生きるために。

リゼットは割り切って、更に進む。氷が溶けてきたり道が途絶《とだ》えたら、また凍らせるのを何度も繰《く》り返して。

しかしどこまで行ってもあるのは水と石の壁と道だけで、森のような多様性はない。

(水の中に行ける魔法があればもっと色んな姿が見られるのかしら。でも水の中だとさすがに魚類モンスターには後《おく》れを取りそうね)

水中で半魚人に勝てるとは思えない。ウォーターリーパーにも。おそらく一瞬で殺される。

ぞっと、身体が震える。立ち上る冷気のせいだけではない。

この探索は、薄氷《はくひょう》の上を歩いているようなものだ。

気を引き締《し》めつつ、足元に注意して更に進む。無謀《むぼう》とわかっていて進むのは『身代わりの心臓』というお守りがあるからだ。それに信用を置きすぎるのは危険とわかっていても、探究心を止めることはできない。

そして奥に進むうちに、リゼットは奇妙な扉《とびら》を発見した。どの通路からも繋《つな》がっていない、水面を凍らせなければ近づくこともできないような場所に、その扉は存在した。

(隔離《かくり》された部屋……あやしい。隠しエリアということ?)

近づいて見てみると、扉には古代文字が紋様《もんよう》のように刻まれていた。

リゼットは扉の前で首を捻《ひね》る。古代文字だとわかっていても、何と書かれているかはわからない。

鑑定をしても何も出てこない。押《お》してみたが、ぴくりとも動かない。

（……こういう仕掛けは、順番にどこかのスイッチを押すか、魔力を流し込むことで開くはず）

祖母から聞いた知識を頼《たよ》りに、扉に両手で触れる。

【魔力操作】

古代文字をなぞるように魔力を流し込むと、その場所が淡《あわ》い緑に光る。

手ごたえを感じてリゼットは更に魔力を流し込んだ。すべての文字に光が灯《とも》ったとき、ガコン、と扉が微振動《びしんどう》する。

そのまま力を込めて押すと、扉が内側へ開いた。

「やった！」

罠の危険性も考え、少しずつ扉を開けて中に入る。

中は四角い通路になっていた。水の気配はない。だが光る苔はここにも生えていて、中の様子はよく見える。

（やっぱりここは隠しエリア？　何か財宝が残っているかも？）

テンションが最高潮まで上がる。貴重な財宝を手に入れられれば借金も一気に返すことができるかもしれない。そうなれば晴れて自由の身だ。

上機嫌《じょうきげん》で進むうち、リゼットは気づいてしまった。

床《ゆか》に複数人の足跡《あしあと》があることに。しかも古いものだけではなく、比較的《ひかくてき》新しいものまで。

テンションが徐々《じょじょ》に下がっていく。貴重な宝は残っていそうにない。

そしてリゼットは信じられないものを——しかしダンジョンにはあって当然のものを目にした。

倒れて動いていない、人間の身体を。

心臓がぎゅうっと締め付けられる。

(死んでいる……?)

——死体。

一瞬、そういう擬態《ぎたい》をしているモンスターかと思った。思いたかった。

警戒しつつ恐《おそ》る恐る近づく。鎧を着た若い男性だった。髪は金色。

その姿と、剣《けん》と盾《たて》には見覚えがあった。

冒険者ギルドで。確か名前は——

「——レオンハルトさん?」

◆　◆　◆

リゼットが冒険者ギルドに初めて入ったとき、冒険者の男に絡《から》まれたところを助けてくれたのが、レオンハルトだった。

ダンジョン踏破《とうは》に最も近いパーティのリーダーだとギルドの受付嬢《うけつけじょう》から聞いたということもあり、印象深かった。

あの時にはメンバーといっしょだったのに、どうしてひとりなのだろうか。

周囲にある足跡は複数人のものだ。他のメンバーは脱出《だつしゆつ》して、ひとりだけ取り残されて閉じ込められてしまったのかもしれない。

急いで駆け寄り、傍《そば》に座り、口元に手を当てる。

――息はある。

首元に手を当てると脈がある。

生きている。

「よかった……」

ほっと、強張《こわば》っていた身体から力が抜ける。

だが危険な状態であることには変わりない。

(助けないと――ああでも、私には回復魔法は使えない……取得できるスキルの一覧にもなかった)

とりあえず手当てだ。できることはたくさんあるはず。

詳しく様子を見てみると、ひどく憔悴《しょうすい》しているが、大きな外傷はなかった。出血もない。

【鑑定】瀕死《ひんし》。空腹状態。魔力欠乏《けつぼう》。

(空腹に、魔力欠乏……どれだけ強くても、簡単に死に瀕してしまうのね。けれど)

――死なせない。

リゼットは決意して、レオンハルトの手当てを始めた。

【浄化魔法】

【水魔法（初級）】

まずは衛生状態の改善。

そして水。このエリアにある水は海水、つまりは塩水だ。いま欲しいのは真水。

コップを取り出して水魔法でつくった真水をその中に満たす。

（意識のない相手に無理やり飲ませようとしたら、気管に入るかも……）

思いとどまり、コップを床に置く。

【魔力操作】

レオンハルトの口の横に小さな水球をつくり、一滴《いってき》ずつ口の中に入るようにする。回復薬と、第一層で採取した甘《あま》い花蜜《かみつ》。そしてエーテルポーションを少し水球に入れて。

一応味見をしてみるが、薄く花の香りがする水だった。

これで身体の渇《かわ》きと魔力欠乏状態は少しずつ癒《い》やされていくだろう。少なくとも悪化はしない。

「さて、何か料理を作るとして……あたたかくて消化に良いものがいいわよね……うん、スープをつくりましょう」

空腹状態は料理を食べれば回復するはず。胃にやさしい薄いスープがいいだろう。リゼットは早速調理に入った。

毒消し草とキノコを小さく切って、アイテム鞄で保管していたユニコーンの肉も小さく切ってほんの少しだけフライパンに一緒《いっしょ》に入れる。軽く炒めた後に水を入れて、灰汁《あく》を取って弱火で煮《に》る。

具材とスープが馴染《なじ》んできたら塩で味を調《ととの》え、味見をする。

「うん、おいしい」

「う……」

声が聞こえて様子を見に行くと、ちょうどレオンハルトが意識を取り戻す。

閉《と》ざされていた瞼《まぶた》が開かれ、エメラルドのような瞳《ひとみ》が見えた。

「大丈夫《だいじょうぶ》ですか？」

まだぼんやりとしているレオンハルトに声をかけ続ける。

「名前は言えますか？　私はリゼットです」

「っ……レ……レオン……」

声は掠《かす》れていて身体は思うように動かせていない。だが、意識はしっかりしている。

「レオンさん、もう大丈夫です。スープを作ったんですが食べられそうですか？」

レオンハルトが身体を起こすのを手伝い、壁にもたれさせて座らせる。

出来上がったばかりのスープを深皿に入れて、スプーンですくって口元に持っていく。

「ゆっくり食べてくださいね」

一口ずつ、ゆっくりと食べさせる。

皿の中身が半分もなくなるころには少し頬に赤みが差し、顔色が良くなってきていた。

「……うまい」

「それはよかったです」

「……すごいな。ダンジョン内でこんな料理が食べられるなんて」

「ユニコーンと乾燥《かんそう》マイタケニドのスープです」

「んぐっ！」

いきなりむせかける。

「だ、大丈夫ですか？」

レオンハルトは口元を押さえ、両眼《りょうめ》を見開いてスープを見つめていた。穴が開きそうなほどに。

「……ゆ、ユ、ユニコーン？」

「はい。馬系モンスターの。入っている野菜はダンジョン内に生えていた毒消し草です」

「ユニコーン……」

レオンハルトはどこか虚《うつ》ろな目でスープに浮かぶ肉の細切れを見ている。

もしかしたら馬肉を食べない主義の人なのかもしれない。騎士《きし》など、馬と密接に関《かか》わることのある人々は緊急時《きんきゅうじ》以外には馬肉を食べないらしい。

レオンハルトは小さく首を横に振《ふ》る。自分を無理やり納得《なっとく》させるように。

「マイタケニドというのは……？」

「森で動き回っていたキノコのモンスターです」

「………」

顔が再び青ざめる。

「キノコは毒のあるものも多いですが、茶色いマイタケニドは本当においしいんですよ。干して更においしくなったものを入れました。念のため毒消し草も入っていますから安心です」

「………」

「はい、どうぞ」

スープをスプーンですくって、レオンハルトの口元に持っていく。

彼《かれ》はそれを微妙な顔で見つめた。戸惑《とまど》うような、躊躇《ためら》うような、嫌《いや》がるような。

先ほどまでおいしそうに食べていたのに。

「……もしかして、お口に合いませんでしたか？」

「あ、いや！　……あ、ありがとう。もう、自分で食べられるから」

深皿を自分で持って、自分で食べていく。

もう自力で食事ができるまで回復していることにリゼットも安心した。

リゼットもスープを食べる。肉とキノコの旨味《うまみ》が出ていて、ほっとする味だった。

「ご馳走《ちそう》さま」

「おかわりもありますよ」

「……ありがとう。いただくよ」

気に入ってもらえたようでよかった。

スープを完食し、リゼットはあたたかい息を吐《は》いた。おなかの奥がぽかぽかする。氷の上での探索は、思っていたより体温を奪《うば》っていたようだ。

「助けてもらってこんなことを言うのは悪いと思うけれど……モンスターを食べることになるとは思わなかった」

「新しい扉を開いたのですね」

リゼットが片付けをしながら笑うと、レオンハルトは少し困ったように笑った。

しかし、モンスターを食べないのなら、ダンジョン内では何を食べているのだろう。

外から持ち込んだ携帯《けいたい》食料だけでは栄養不足になりそうだし、持ち込める量にも限りがある。長期間の探索はできそうにない。それとも普通《ふつう》は短期間で帰っていくのだろうか。謎《なぞ》である。

「君もパーティからはぐれたのかい？」

「いいえ、私は誰ともパーティを組んでいません」

「まさか一人でダンジョンに？」

レオンハルトは驚《おどろ》いている。そんなに珍《めずら》しいことなのだろうかとリゼットは思った。

「私のことはともかく。レオンさんは仲間の方とはぐれてしまったんですね。よかったら捜《さが》すのを手伝いますよ」

リゼットは冒険者ギルドでレオンハルトに助けられた恩がある。向こうは覚えていないようだが、彼の無事を見届けるまでは手助けをするつもりだった。

「いや俺《おれ》は……」

レオンハルトの表情が曇《くも》る。

「答えにくいことなら話さなくていいですよ」

興味はあったが、それはただの好奇心からだ。人の秘密を無理やり暴《あば》く趣味《しゅみ》はない。

「これからどうします？　捜すのか、戻るのか、進むのか。まだ本調子ではなさそうですから、回復するまで考えておいてください。私もここで少し休みますので」

暖を取るために火を大きくする。

魔法の火が地面の上でゆらゆらと揺《ゆ》らめいた。美しい炎が辺りを明るく照らす。

しばらく静かな時間が流れた。

「……くだらない話だ」

「はい」

「仲間は、俺の目的に付き合っていられないと言って去っていった」

「まあ……では、ここでずっとお一人で？　外に出ることはできなかったのですか？」

「俺の魔力量ではあの扉は開けられなかった……情けない話だ」

通路の奥の方を見る。

「この先も何もない。行き止まりだ。かつては宝箱でもあったかもしれないが」

「…………」

レオンハルトの姿は、ダンジョン探索中にしては軽装だ。戦うための装備だけしかなく、リゼットの持っているような寝袋も鞄もない。

「君には感謝している。君が見つけてくれなければ、死体も朽《く》ちて蘇生《そせい》もできなかっただろう……こんな浅い層で情けないが」

「いえ、お互《たが》い様ですから」

レオンハルトは黙《だま》って炎を見つめている。

感情を失ってしまったような表情の下で何を考えているのかは、リゼットにはわからない。

「レオンさんの目的を聞いてもいいですか？」

「……ドラゴンの討伐《とうばつ》だ。俺の家は、ドラゴンを討伐しなければ一人前と認められなくてね」

「マッスルな家風ですのね」

ドラゴン討伐が成人の儀《ぎ》とは、かなりの豪《ごう》の一族だ。そしてかなり上の身分の一族だろう。

リゼットはそんな家風がある一族を聞いたことはない。遠い国の貴族なのだろう。いっしょにいた仲間は従者か部下だろうか。

そんな身分の人間がどうして見捨てられたのか。複雑な事情がありそうだが、リゼットはこれ以上聞き出すつもりはない。リゼットの関心はもっと別のところにあった。

「ドラゴン……」

モンスターの――否《いな》、生物の頂点。

一体どんな味がするのだろう。

「やはり鉄板はドラゴンステーキでしょうか」

「そんな家風なものだから地元のドラゴンは絶滅寸前なんだ。ドラゴンが出るダンジョンを探してここまで来た」

マッスルな一族である。

「ドラゴン討伐目的なら、地上に戻ってパーティを組み直せばいいだけの話じゃないですか？　レオンさんならすぐにメンバーが揃《そろ》いますよ」

「どうかな。装備品以外はほとんど奪われたから、再起には時間がかかるだろうな」

「そこまで……」

ダンジョン内でのその仕打ちはあまりにも非道だ。誰も止めなかったのだろうか。裏切られ、孤独《こどく》の中で飢餓《きが》に苦しみ、死に瀕する――どれほどの絶望を味わったのだろう。

――リゼットは心の傷の癒やし方を知らない。

気《き》の利《き》く言葉も思い浮かばず、揺らめく炎をただ眺める。

「では、諦《あきら》めましょう。ドラゴン討伐」

口を突いて出たのはそんな言葉だった。

レオンハルトは短く息を呑《の》み、喉《のど》の奥で乾《かわ》いた笑いを発した。

「何の話だ」

「いえ、お気になさらず」

「……牙《きば》や鱗《うろこ》や骨目当ての冒険者はよくいるけれど、肉を食べようとしている人は初めて見たよ」

レオンハルトは呆《あき》れているようだったが、少しだけ楽しそうだった。

「簡単に言ってくれるんだな……」

「私は部外者なので勝手なことを言います。そんなことくらいで認めてくれない家は、こちらから捨ててもいいと思います」

リゼットも、捨てられてようやくわかったのだ。あんな場所に固執《こしつ》していた自分がどうかしていたと。割り切ってさえしまえば、心はずっと自由になる。

「……そんなこと、考えてもみなかったな」

「選択肢《せんたくし》は多いに越《こ》したことはありません。大丈夫。人間ご飯を食べて、適度に休んでいれば、生きていけます」

ダンジョン生活で得た教訓である。

「とりあえず、体調が戻ったら地上まで歩きましょうか。レオンさん。ダンジョンから出るまでの間、私とパーティを組んでいただけますか」

「俺と？」

「私、誰ともパーティを組んだことがないので練習させていただきたいんです」

リゼットの提案に、レオンハルトは少し戸惑いながらも答えた。

「……俺でよければ」

地上に戻るために、まずは隔離されたエリアから外に繋がる扉の前に戻る。

入ってきたときと同じように魔力の注入が求められ、リゼットは扉に魔力を流し込む。扉はあっさりと開いて、海水の匂いが流れ込んできた。

水面にはまだ氷がほのかに残っているが、ほとんどが溶けて海の一部となっている。

その水面の上を、戦士の男性と回復術士の女性の二人が歩いていた。こちらに向かって。

(水面を――歩いている！)

リゼットは驚いた。その発想はなかった。水にではなく自分に魔法をかけるなんて。

(そんな魔法が？　それともスキル？　確かにあれなら滑《すべ》らないからいいのかも。でも氷にはモンスターの奇襲《きしゅう》を防ぐ効果があるし……)

魔法について詳しく聞いてみようとしたとき、やけに空気が張り詰《つ》めていることに気づく。

「ギュンター、ヒルデ……」

ピリピリとした緊張感《きんちょうかん》の中に、レオンハルトの声が低く響く。

(レオンさんの知り合い？　――あっ)

――思い出した。

冒険者ギルドでレオンハルトと共にいた仲間のうちの二人だ。つまりはレオンハルトを見捨てていった仲間たちだ。

そしてこの雰囲気は、感動の再会を喜ぶものではない。

「死体を確認しに来たのか？　それとも、俺にとどめを刺しに？」

レオンハルトは呆れと諦めの入り混じった表情で笑う。

二人は返事をしない。悲壮感《ひそうかん》と強い決意に溢れた表情で構えられた剣が、杖が、答えだった。

「そうか」

何もかもを受け入れたようにレオンハルトは剣と盾を構えた。

「ちょっ……ちょっと、皆《みな》さん落ち着いてください」

リゼットは慌《あわ》てて止めに入った。相手はモンスターではない。話が通じる人間――それも元々は仲間だった相手だ。

しかしどちらも武器を収める気配はない。

一触即発《いっしょくそくはつ》。緊迫《きんぱく》した空気が立ち込める。

「ああもう――フレイムバースト！」

火魔法を水面下で爆発《ばくはつ》させる。

巨大な水柱が立ち、弾《はじ》け、大量の水しぶきが戦士と回復術士に降り注ぐ。辺り一面に水の煙幕《えんまく》が発生し、視界不良を引き起こす。

「凍れ！」

氷の道をつくる。空気中の水分が一気に冷えて、白い闇を思わせる深い霧《きり》が立つ。

「レオンさん。こっちです」

リゼットはレオンハルトの腕《うで》を引いて、逃げた。

水路を駆け抜けて、石造りの通路にまで。しっかりとした足場が確保できる場所まで辿り着くと、背後の氷を溶かして道を消す。

耳を澄《す》ませてみるが、追ってくる気配はない。このまま諦めてくれればいいのだが。

「リゼット、君はいったい……それにこの魔力量は――」

「そんなことより。事情があることは察しますが、ダンジョン内で人間同士で争うのはいけません」

「ああ。ルール違反《いはん》なのはわかっている」

「えっ？　そんなルールが？　いえ、ルール以前に危険です。ここはモンスターの巣窟《そうくつ》なのですよ」

リゼットよりもレオンハルトの方がよくわかっているはずだ。

「あの二人は俺を確実に殺すつもりだ。殺《や》らなければ殺られる」

「そんな……何か事情があるかもしれないですし。そう、例えば家族や仲間が人質《ひとじち》に取られているとか、脅《おど》されているとか」

「………………」

「いえ、だからと言って許されることでもないのですけれど」

その時、ダンジョンの奥から女性の悲鳴が響く。

リゼットとレオンハルトは顔を見合わせた。

「凍れ！」

悲鳴のした方向に、一直線に氷の道を敷《し》く。

駆けつけた先にあったのは、赤く染まった血の海――が凍ったものだった。

氷の上には死体が二つ。それを持ち去ろうとしていた半魚人は四体。

レオンハルトが一気に距離《きょり》を詰め、剣ですべての半魚人の首を切り落とす。一瞬のことだった。

「この傷……不意打ちでウォーターリーパーにやられたのか……」

周囲のモンスターの気配がなくなってから、二人の死体を見つめてレオンハルトが呟いた。

どちらも首の頸動脈《けいどうみゃく》を切られている。そしてとどめに心臓を貫かれている。

ウォーターリーパーのヒレの刃になっている部分で首を切られて、治す間もなく半魚人の槍に心臓を貫かれて死んだのだろう。

リゼットはぞっとした。

二人とも初心者ではない。歴戦の戦士でもわずかな隙を突かれれば、あっさりと殺されることもあるのだと、モンスターの恐ろしさをあらためて思い知る。

「……レオンさん？」

二人の死体を見つめたまま動かないレオンハルトに声をかける。

「……どうして帰還《きかん》アイテムも復活アイテムも持っていないんだ……」

「…………」

リゼットは死ぬと帰還するという『身代わりの心臓』しか知らないが、確かにそのようなアイテムを持っていれば発動しているだろう。しかし死体は死体のままだ。帰還する気配もない。

見捨てた仲間にとどめを刺しに来たのだとすればあまりにも備えが甘い。返り討《う》ちになるのを考慮していなかったか、あるいは――

（レオンさんを殺して、自分たちも死ぬつもりだった？　いやそんなまさか）

もしそうだとしたら、覚悟《かくご》する方向が間違っている。

二人の真意はわからないが、リゼットは回復術士の死体を氷の上から石床の方へと滑らせて移動させた。このまま放置しておけば氷が溶ける。水面を歩く魔法も消えれば、死体は水の底だ。

「リゼット、何を――」

「私は蘇生魔法を使えません。でもこうしていれば誰かが見つけてくれるかも」

街では回収屋の存在も見かけた。冒険者ギルドには死体回収の依頼《いらい》も出ていた。つまり死体の回収と蘇生が産業として成り立っているということだ。

水の中に沈《しず》んでしまえば海の藻屑《もくず》となってしまう。水中モンスターの格好《かっこう》の餌だ。だが死体さえ残っていれば、運が良ければ誰かが助けるかもしれない。

「………」

女性を運び終わり、今度は戦士の男性を運ぼうとしたとき、レオンハルトが無言で戦士の死体を動かして回復術士の隣《となり》に並べた。

「レオンさん……」

その時、足元の遥《はる》か下――深い場所で、不穏《ふおん》な気配が蠢《うごめ》いた。

パキ……パキ……と、氷が割れる音が段々と大きくなっていく。そして一面に大きくヒビが入ったかと思うと、下からの力で一気に突き破られる。大量の氷のかけらと海水を巻き上げながら、巨大な生物の一部が姿を現す。

リゼットは最初それを巨大な蛇《へび》かと思った。

表面には丸く平たいイボがたくさん並んでいる。そしてそれは一本だけではなかった。何体もぐねぐねと同時に蠢いて、半魚人の死体を巻き取り、沈めていく。

「まさか、クラーケン⁉」

レオンハルトが驚きの声を上げたその瞬間、大量の黒い液体が噴《ふ》き出される。

レオンハルトがリゼットの前で盾をかざす。


【聖盾《せいじゅん》】


盾から光の壁が作り出される。

魔力を帯びた光の防壁《ぼうへき》は、降り注ぐ黒い液体を受け止め、弾いた。


【鑑定】クラーケン。海に棲《す》む巨大な軟体《なんたい》生物。八本の足と二本の腕で獲物《えもの》を捕《と》らえ海中に沈める。


(巨大イカ！)

十本の手足にこの軟体。間違いない。

「どうしてこんな浅層に大物が……リゼット。ここは俺が食い止める。君は逃げてくれ」

「まさか。仲間を置いて逃げたりしません」

即席《そくせき》の仮パーティでも仲間は仲間。

それに。

(イカなんて、イカなんて……絶対おいしいに決まってる！)

スープだけではリゼットの胃は満たされていなかった。

動き回るクラーケンを見据《みす》える。巨体にもかかわらず非常に動きが速い。自由自在に動き回る太い足に捕らわれれば、あっさりと水中に引きずり込まれるだろう。

そうなればすぐに溺死《できし》か、食べられて終わりだ。

そしてクラーケンは定期的に黒い液体——イカ墨《すみ》を吐いていた。辺りは既に一面真っ黒だ。しかも足場となっている氷の上に墨が張り付くせいで、滑りやすくなっている。

リゼットは足場の氷を更に強固にする。氷を割られたり引っくり返されたりすれば水の中——そこはクラーケンの独壇場《どくだんじょう》だ。

クラーケンの足や墨による直接的な攻撃は、レオンハルトの魔力防壁——【聖盾】でいまのところはすべて弾き返されていた。

「早く逃げろ！」

クラーケンの敵意はいま完全にレオンハルトに向けられている。

レオンハルトは剣でクラーケンの足を斬《き》ろうとするが、剣は強靭《きょうじん》な体表に弾かれて氷の上に落ちた。

「逃げません」

リゼットは背中側に差していた、加工したユニコーンの角を手に取った。

（まずは動きを止める）

こうも動き回られては全体攻撃魔法しか当たらないが、いま使える全体攻撃魔法はこの大物には威力《いりょく》不足だ。

杖の先をクラーケンに向け、集中する。

【水魔法（中級）】【魔力操作】

「凍れ！」

辺り一面ではなく、クラーケンの周囲のみを、深く、強固に凍らせる。

クラーケンが氷漬《づ》けとなり、氷塊《ひょうかい》と化して動きが止まる。しかしまだ死んではいない。表面を凍らせただけだ。このままではすぐにまた氷を破るだろう。その前に――

【火魔法（中級）】【魔力操作】

「フレイムランス！」

炎の槍でクラーケンの目を表面の氷もろとも貫く。

クラーケンの体内に魔力の炎が入った手応《てごた》えを感じた。

――その魔力を変質させる。

「フレイムバースト！」

中に入った魔法の炎に更に魔力を注ぎ込み、別の魔法に変換《へんかん》する。

眼球の奥で起こった爆発は、さすがのクラーケンにも効いたようだ。すべての動きが止まり、透き通っていた全身が一瞬で白くなる。

「勝った……？」

レオンハルトが信じられなそうに呟く。

リゼットはその間に氷原の端《はし》に落ちていた剣を拾い、レオンハルトのところへ戻った。

「はい、どうぞ」

剣を持ち主に渡《わた》す。

「守っていただいてありがとうございます。おかげで冷静になれました」

「……君は……」

レオンハルトは呆然《ぼうぜん》とリゼットを見ながら、はっと息を呑んで剣を受け取った。

「……ありがとう」

「どういたしまして。それでは食べましょうか」

「……何を」

「もちろんクラーケンを」

「絶対にやめておいた方がいい。クラーケンによく似ているダイオウイカは、臭くて食べられたものじゃないと漁師が言っていた」

「まあ。こんな巨大なイカがほかにもいるなんて驚きです。いつか見てみたいですわね」

「………………」

「それともレオンさんは半魚人の方がいいですか？」

「クラーケン！　クラーケンがいい！」

水面から石の床に戻って、調理を開始する。

まずは海水を器に入れ、ユニコーンの杖の先で触れる。イカ墨やら海藻やら何やらでひどく濁《にご》っていた水が一瞬できれいになる。その水で、切り分けたクラーケンの身を洗った。

包丁でさらに一口大に切り、第一層にいたときにつくったウゴキヤマイモの粉をまとわせる。深めのフライパンに入ったユニコーンの馬油を溶かし、クラーケンを揚《あ》げる。油がはねないように小さな結界をつくって。

キツネ色に変われば油から取り出し、皿に並べる。

「完成です！　クラーケンのフリッター！　では早速《さっそく》いただきます！」

「いただきます……」

サクサクと軽い衣《ころも》の中に、真っ白でもっちりとしたクラーケンの身が詰まっている。軽く濃厚《のうこう》な食感と、油と塩味と甘みが口の中で溶けて、幸福感に満たされていく。

「おいしい……いくらでも食べられそうです」

調理中ずっと世界の終わりのような表情をしていたレオンハルトも、リゼットのとろけるような表情を見て意を決したようにクラーケンを食べる。

噛んでいくうちに、強張っていた顔がほぐれていく。

「まったく臭みがない……外海じゃないからか……？」

不思議そうにクラーケンのフリッターを見つめて、もうひとつ食べる。

「こんなにおいしいものを食べたのは久しぶりだ」

「ふふ、おいしいものを食べるとほっとしますね」

その瞬間は何もかもを忘れて幸せになれる。

「ああ、本当に……これは？」

「そちらはウォーターリーパーを揚げたものです」

「いや、うん……そう……」

警戒しながらも食べる。

「白身魚だ」

ウォーターリーパーは上品な白身魚の味がする。やや繊維質《せんいしつ》でありながらも口の中で軽くほどけていく。カエル肉に少し似ているとリゼットは思った。

「そういえばレオンさん、胃の方は大丈夫ですか？」

「ああ。回復魔法をかけたから大丈夫だろう」

「回復魔法も使えるんですか？　すごい！」

リゼットは心底感動した。

「とってもお強いですし、あの防壁もすごいですし、回復魔法も使えるなんて。さすがドラゴンに挑《いど》むだけあります」

「すごくなんてない」

レオンハルトは水面に浮かぶクラーケンの姿を見ながら言う。

「俺の力は防御《ぼうぎょ》寄りだ。ひとりではドラゴンどころかクラーケンだってきっと倒せない。深層まで行けたのは仲間がいたからで……」

言葉が途切れ、押し黙る。深いため息をついて頭を抱える。

少しの間考え込んでいたかと思うと、皿を置いて立ち上がった。壁沿いに並べてある二人の死体の方へ歩いていく。

回復術士の横に片膝《かたひざ》をつき、手を首の傷に当てる。レオンハルトが何かを呟くと流れ出ていた血が傷口から体内へ戻り、傷がふさがり、青い肌に赤みが差していく。

呼吸が始まり、人形のようだった顔がわずかに動き、固く閉じられていた瞼が開かれる。

――死んだ人間が生き返るなんて、ダンジョン領域以外ではありえない。

(これが蘇生魔法)

奇跡的な光景にリゼットは息を呑んで見入った。

(女神の支配が、ダンジョン内では弱まっているのかしら)

光が戻った瞳はレオンハルトの顔を見て安心したように緩み、しかしすぐまた硬直《こうちょく》する。

「レオンハルト様……！」

「ギュンターの蘇生を頼《たの》む」

「――は、はい」

回復術士は急いで起き上がり、戦士に蘇生魔法を唱える。ほどなく戦士も息を吹《ふ》き返した。

「う……ウォーターリーパーのやろ、う……？」

悪態をつきながら生き返った戦士は、レオンハルトの姿を見て顔を伏《ふ》せる。

三人の間に気まずさと緊張感が漂う。

「おはようございます。とりあえず、一緒にご飯を食べませんか？」

リゼットの緊張感のない提案が、ダンジョンの中に響いた。

「たくさんありますから、遠慮《えんりょ》なくどうぞ。クラーケンのフリッターです。こちらはウォーターリーパーを揚げたものです」

二人は緊張しているのか、モンスターを食べることを恐れているのか、なかなか手をつけない。しかしレオンハルトが食べている姿を見て、まず戦士の方が動いた。

「…………ッ！」

「……う、ううぅ」

回復術士が食べながら泣きだし、さすがにリゼットも慌てる。

「お口に合いませんでしたか？」

水を渡しながら問うと、小さく首を横に振る。

「ちが……違うんです」

「ああ！　すごくうまい！　すごく……」

「はい、おいしいです。ただ、あの時の食事を思い出して……」

「ええっ？　まさかクラーケンを食べたことが？」

「ない」

レオンハルトが力強く否定してくる。

「あいにく普通のイカやタコだ。パーティを組んで、海辺の街で船に乗る前に、宴《うたげ》をしたんだ」

「まあ。それは楽しそうですね」

「……ああ、楽しかったよ。このメンバーなら何でもできると思った」

緑の瞳は遠い遠い思い出を映しているようだった。

レオンハルトは自分の剣を手に取り、鞘《さや》に包まれた刀身をじっと見つめる。目を閉じ、深く呼吸する。その重みと存在をなぞるように。

儀式のように、静かに。

「——あの時から俺の決意は変わっていない。俺は必ずドラゴンを討伐する」

紡《つむ》がれた言葉には、強い意志が込められていた。

仲間に裏切られても、諦める選択肢を知っても、レオンハルトは目的を果たすことを選んだ。

剣を見つめる眼差《まなざ》しに迷いはない。

「レオンハルト、おれたちは——」

「俺はまだ、お前たちを許せたわけじゃない」

立ち上がりかけた二人を、レオンハルトは冷静に制する。二人はそのまま座り、怒られた子どものようにうなだれた。

「だが、お前たちの立場もわからないわけじゃない」

リゼットはウォーターリーパーのカラ揚げを食べながら目を瞬《またた》かせた。

レオンハルトが置かれた状況を思えば、許せないのは当然だ。だがレオンハルトは二人の立場や心情を思いやっている。

頑《かたく》なだった心がいつの間にか溶けかけている。

二人を生き返らせたのも、心境の変化からなのだろう。

「最後に答えてくれ。どうして戻ってきた」

「……レオンハルトをこんな場所に一人で置いて行くのは忍《しの》びなかった」

「馬鹿《ばか》だな。ヒルデまで巻き込んで」

「い、言い出したのは私です」

レオンハルトは困ったように、小さく息をついた。

「……イレーネは？」

「イレーネ様はクラウス様と国に戻られました。サイは行方知らずです」

「そうか」

そう答えた彼の横顔は、どこか寂《さび》しげであったが、吹っ切れたような晴れ晴れしさもあった。

「お前たちも国に戻れ。俺のことは、死んだことにでもしておいてくれ」

涙ぐむ二人に、レオンハルトは笑いかける。

「これまでのこと、感謝している」


食事が終わると、二人は帰還魔法を使ってダンジョンから去っていった。レオンハルトにダンジョン内で必要な寝袋や生活用品、アイテムなどを渡して。

消えていく二人を見届けるレオンハルトの表情は、しがらみから解き放たれたようにすっきりとしていた。

最初のころよりもずっといい顔をしている。助けたリゼットも嬉《うれ》しくなるほどに。

レオンハルトがエメラルドの瞳でリゼットを見る。

「色々とありがとう。何か礼をできればいいんだが……」

「どういたしまして。その言葉だけで充分《じゅうぶん》です。では行きましょうか」

「……どこに」

「もちろんドラゴン討伐です」

リゼットは笑って答える。

「ギュンターたちと一緒に戻らないと思ったら……どうして君がその気になってるんだ」

「それはもちろん、ドラゴンステーキに興味がありますから」

「やっぱりそれか……」

呆れ顔で言い、大きくため息をつく。

「――ドラゴン討伐の経験は？」

「ありません」

「ドラゴンは六層にいる。その付近まで行ったことは？」

「お恥《は》ずかしながら二層に来たのも初めてで」

「やっぱり、君を巻き込むわけにはいかない」

あっさりと却下《きやっか》される。しかしここで引き下がるリゼットではない。

リゼットはドラゴンステーキを食べてみたい。モンスターの頂点であるドラゴンを。この食欲は簡単に諦められるものではない。

「レオンさんはドラゴンとは遭遇《そうぐう》したのですか？」

「ああ。だがそこまでで疲弊《ひへい》していて、逃げる羽目になった。準備を万全《ばんぜん》に整えて挑もうとしたところで、こうなった」

「ではやはり、いったん地上に戻ってパーティを組み直します？」

「……それは……」

「死んだことになっている人がすぐに出てきたら、あの方たちにも迷惑《めいわく》がかかるかもしれません。ですが私なら、このままお付き合いできます」

リゼットは胸を張る。お買い得ですよと言わんばかりに。

「一人より二人の方が何かと効率的ですもの。ダンジョンは助け合いですわ。それに……」

「それに？」

「それに、レオンさんといっしょなら……新しいダンジョンの恵みと出会えそうな気がします！」

それは確信に近い予感だった。レオンハルトは既に第六層まで行ったという。リゼットの知らない場所を、モンスターを、食材を知っている。

知識は宝だ。何物にも代えがたい宝。

リゼットはこれ以上なく乗り気だったが、レオンハルトの表情は晴れない。どうやって断ろうかと考えている顔だ。

「レオンさん、私の実力を見てもらえません？」

満面の笑《え》みで自分の身分証明カードをレオンハルトに渡す。

「……カードはそう軽々と人に見せるものじゃない」

「私の実力を知ってから、この先のことを考えた方が建設的でしょう」

レオンハルトは少し戸惑いながらも、カードを受け取った。


――リゼット。

【貴族の血脈】【先制行動】【火魔法（中級）】【水魔法（中級）】

【浄化魔法】【結界魔法】【魔力操作】【鑑定】


レオンハルトはカードを見て考え込んでいる。

（ひとまずは合格かしら）

話にならないのならすぐさま却下されるはず。そうされないのは、考慮する余地があるからだ。

それでも悩《なや》んでいるのは、単純にリゼットが信用されていないからだろう。

レオンハルトは苦楽を共にした仲間に裏切られて死にかけたばかりだ。ダンジョンで会ったばかりのリゼットを早々に信じることはできないだろう。

「見ての通り、私、お金が必要ですの。ドラゴン素材の分け前をいただけたら、少しは返済できそうなのです。ご一緒させてください」

無償《むしょう》の親切だなんて信用できるはずがない。信用を得るにはこちらのやむを得ぬ事情も明かすしかない。カードに書かれた罰金五〇〇〇万ゴールドの数字はやむを得ぬ事情として説得力がある。

もちろんリゼットにも打算はあった。

リゼットはこのダンジョンをもっと知りたい。だがこのままダンジョンに一人で潜《もぐ》り続けていても、いつか限界が来るだろう。罠もあるだろうし、手強い敵も増えてくるだろう。

しかしリゼットが地上で仲間を集めようとしても、おそらくうまくいかないだろう。リゼットには経験も実績も信用もない。

その点、レオンハルトは信頼《しんらい》できそうだった。リゼットが誠意をもって接する限り、こちらを裏切ることはきっとない。

「……危険だと思ったらすぐに撤退《てったい》する」

「もちろんです」

身分証を返され、レオンハルトの身分証を渡される。


――レオンハルト・ヴィルフリート。

【竜《りゅう》の血】【物理強度上昇《じょうしょう》（大）】【直感】【騎士剣（上級）】【聖盾】【回復魔法（中級）】

見るだけで強いとわかる。まさにパーティの壁役であり要だ。しかも回復魔法の使い手。

スキル【竜の血】の詳細《しょうさい》だけは鑑定でも見えなかった。かなり特別なものなのだろう。

「さすがお強いですね。これからよろしくお願いします。レオンさん」

「こちらこそ」

身分証をレオンハルトに返す。見せてくれたことに感謝しながら。

「ところでこれ、クラーケンの中から出てきたのですが、どうしましょう」

琥珀色《こはくいろ》に輝く魔石を見せる。クラーケンを解体中に出てきたものだ。

「ああ……これはエリアボスの証だ。これで次の層に行ける。俺はもう取ったことがあるから、君が持っていればいい」

「はい。それではドラゴンに会いに行きましょう」

そしてリゼットはレオンハルトと共に階段を下り、次の第三層へ向かった。

聖女メルディアナの誤算【Side　メルディアナ】

――時は少し遡《さかのぼ》る。

メルディアナは儀式《ぎしき》に失敗した後、教会内の部屋に閉じこもった。誰《だれ》一人中には入れず、荒《あ》れ狂《くる》う激情のまま、室内のものを手当たり次第《しだい》に壁《かべ》に投げつけて壊《こわ》した。

何故《なぜ》。どうして。どうして儀式に失敗してしまったのか。

メルディアナは唇《くちびる》を噛《か》んだ。このままでは大地への祝福――結界を張り直す奇跡《きせき》を行なえそうもない。そうなれば、聖女としての力を疑われ、地位を剥奪《はくだつ》されるかもしれない。

（この土地の人間の信心が足りないから、女神《めがみ》が呆《あき》れているのだわ。自業自得《じごうじとく》よ――わたしのせいじゃない！）

メルディアナは悪くない。悪いのはこの土地の人間。自分以外のすべて。そう。メルディアナに恥《はじ》をかかせた女神さえいまは許しがたい。

「どうしてわたしだけがこんな……こんな目に……許せない、許せない！」

「可哀想《かわいそう》に」

他には誰もいないはずの部屋に、男の声がやさしく響《ひび》く。メルディアナは弾《はじ》かれたように振《ふ》り返る。乱れた髪《かみ》の揺《ゆ》れる先に、黒いローブを着た長身の男が立っていた。

激昂《げっこう》して赤くなっていたメルディアナの顔が、さぁっと青ざめる。

「あなた……いまさら何をしに……誰かに見られる前に出ていって！」

命じても、男は出ていく素振《そぶ》りを見せなかった。愉快《ゆかい》そうに笑いながら、頭に被《かぶ》っていたフードを外す。褐色《かつしよく》の肌《はだ》と銀色の髪、そして銀色の瞳《ひとみ》が妖艶《ようえん》に輝《かがや》いた。

作り物のように整った美しい顔立ちと、長く尖《とが》った耳はエルフの特徴《とくちよう》だ。そして、褐色の肌はダークエルフの証《あかし》だった。

「つれないな。僕《ぼく》たちは共犯者なのに」

「適当なことを言わないで。早く消えてよ。あなたのような穢《けが》らわしい存在と繋《つな》がりがあると知られたら、どうなるか……」

ダークエルフの褐色の肌は女神の炎《ほのお》に焼かれたからだと言われている。そんなものと聖女が個人的に繋がっているなど、醜聞《しゆうぶん》でしかない。

「そんな顔をしないでよ。僕はメルを助けに来たんだ」

「……なんとかできるの？」

ダークエルフはすべてお見通しとばかりに微笑《ほほえ》む。

「何故聖女の力が使えなかったのか、わかるかい？」

「わかっているのなら早くなんとかしなさいよ！」

「まあ話を聞いて。君が女神の力を使えなかったのは、力の源が地下に潜《もぐ》っているからだ」

持って回った言い方に、メルディアナは苛立《いらだ》ちを強める。

「——君のお姉様のせい、ということ」

「……なんですって」

メルディアナが聞く姿勢を示したことで、ダークエルフは満足げに微笑む。メルディアナに歩み寄り、そっと耳元で囁《ささや》く。

「僕が君に移したのは、力の出口だけ。力の源はいまだお姉様の方にある」

「どういうこと？　聖女の力をわたしに移したのではないの？」

「ごめんね。聖女というものは生まれつきのものなんだ。魂《たましい》のかたちを完全に作り変えることは僕にもできない。だから、力の出口だけをメルに移したんだ。いままでそれで問題なかっただろう？」

「いまが大問題なのよ！」

「そうだね。お姉様がダンジョンの中に入ってしまったから、力の源も、道も消えてしまって、聖女様は祝福を行なえなくなってしまった……困ったね」

ダークエルフは銀色の瞳を悲しそうに歪《ゆが》める。

「全部、君のお姉様が生きているせいだ」

メルディアナは奥歯《おくば》を噛んだ。

「お姉様……お姉様はどれだけわたしの邪魔《じゃま》をすれば気が済むの」

「だいじょうぶだよ。お姉様が死ねば聖女の力のすべてが聖痕《せいこん》を通ってメルへ流れ込《こ》むから。君は真の聖女となれるわけだ」

「なら話は早いわ。お姉様を殺さないと」

それしかない。教会には死罪がないからといって処分を甘《あま》くし過ぎた。長く苦しむ姿を楽しみたいと思うのではなかった。拷問《ごうもん》死にでもさせておくべきだった。

「教会と王国騎士《きし》団に命じてお姉様を殺させるわ。このままでは大地に呪《のろ》いが満ちてしまうと言えば動くでしょう……」

「メル、それは止《や》めておいた方がいい」

メルディアナはムッと頬《ほお》を膨《ふく》らませた。

「どうして。あなたはわたしの味方でしょう」

「もちろん僕はメルの味方だけど、でも知ってるかい？　この国では力を失った聖女は消されるんだ。大事なのは聖女よりも女神の力だからさ」

「――嘘《うそ》よ。聖女を害するなんて女神が許すはずがないわ」

「そうだね。そうだったらよかったね」

ダークエルフは含《ふく》みのある笑い方をする。その態度はメルディアナを不快にさせる。

「これは忠告だ。君の力が弱まったことは、周囲には明かさない方がいい」

ダークエルフの言うことはもっともだった。たとえ一瞬《いっしゅん》のことだとしても、メルディアナが完璧《かんぺき》ではなくなっていることを誰かに知られるわけにはいかない。

「……教会騎士に秘密《ひみつ》裏に消させるわ。彼《かれ》らは自分の頭でものを考えないもの。聖女のわたしが言えば疑わずに行動するわ」

ちょうどこの教会にも騎士がいる。メルディアナに忠実な騎士が。あの騎士を軽く煽《あお》ればリゼットを殺して来てくれるはずだ。

「それがいい。さてそれよりも、いまはこちらの問題をどうにかしないとね。さあ、聖痕を出して」

ダークエルフに促《うなが》され、メルディアナは渋々《しぶしぶ》と胸元《むなもと》を開き、肩《かた》を出した。ダークエルフに背中を向け、長い髪を肩の前に流す。うなじの下の部分に、痣《あざ》のような赤い紋様《もんよう》がある。

聖痕だ。

ダークエルフの指先が、聖痕に触《ふ》れる。誰にも決して触れさせてはならない聖なる証に、指が。

「何をする気……？　うっ……」

熱い衝撃《しょうげき》が走り、思わず声を上げる。

「はい終わり。近くの人間の生命力を、聖女の力に変換《へんかん》できるようにしたよ」

「……あら、気が利《き》くじゃない。これで祝福が行なえるのね？」

上機嫌《じょうきげん》になるメルディアナに、ダークエルフは微笑み返す。すべてを見透《みす》かしているように。

「誰かを犠牲《ぎせい》にすることになるけれど、本当にいいかな？　聖女様」

「わたしのために尽《つ》くせるのだから、その者も光栄に思うことでしょう」

——翌日。メルディアナは結界を張り直す儀式を成功させ、聖女の務めを無事果たした。

そのためにどんな代償《だいしょう》を支払《しはら》うことになるのか、考えることもしなかった。

第三章　罠だらけの迷宮

第二層の水エリアから、第三層へ。リゼットはレオンハルトと共に長い階段を下りる。

一段下りる度《たび》に水の匂《にお》いが薄《うす》くなり、階段の終わりにくると景色が一変する。

第三層には石造りの、先の見えない四角い通路がひたすら延びていた。天井《てんじょう》は低く、通路もさして広くはない。閉塞感《へいそくかん》に満ちていた。

唯一《ゆいいつ》の救いは、光る苔《こけ》がここでも健在で灯《あか》りが必要ないことだ。

無限に続きそうな石の迷宮を、モンスターとの戦闘《せんとう》を繰《く》り返しながら進む。

「先ほどから、出るのはレイスやゾンビやストーンゴーレムばかりですね」

いまので第三層に来てから何度目のモンスターとの遭遇《そうぐう》だったか。ゾンビをフレイムアローで灰にして、リゼットはため息をつく。今回もまた食べられそうにはないモンスターだった。

レイスは実体のない幽霊《ゆうれい》のモンスター。食べられない。

ゾンビは腐《くさ》った人間の死体。腐ってはいなくても食べたくはない。

ストーンゴーレムは石の自動人形。論外。

「第三層はそうだな。無機物やアンデッド系のモンスターが多い。君の先制魔法《まほう》のおかげで随分《ずいぶん》楽をさせてもらって申し訳ないやら情けないやら……」

「それは全然構いません。いままでもこうしてきましたから」

敵と出会えば先制魔法。ダンジョンに入ってからずっとこれ一本でやってきた。リゼットのすることは変わらない。

「でも気になることがひとつあって。私の【先制行動】スキルが発動しないときがある気がするんです。クラーケンを相手にしたときとかも」

「それは……相手が君よりも強かったか、あるいは向こうの方が先に気づいて待ち伏《ぶ》せていたのかもしれない」

「なるほど……」

ダンジョンとは、モンスターとは、まったく一筋縄《ひとすじなわ》ではいかない存在だ。

「もし不意を突《つ》かれても、俺《おれ》が君を守る。心配しないでくれ」

「はい、ありがとうございます」

レオンハルトの防御力《ぼうぎょりょく》と戦闘能力は高い。だから戦闘事に関してはあまり心配していない。心配の種は他にある。

「ただ、食料が心配です。いまは備蓄《びちく》もありますが、このままでは栄養が偏《かたよ》るどころか……」

最悪の事態を想像しかけて、リゼットはふと思い出した。

「レオンさん、蘇生《そせい》魔法を使えましたよね？　餓死《がし》も蘇生できるのでしょうか？」

餓死状態で蘇生してもすぐにまた餓死しそうだと思いつつも問う。

レオンハルトは困ったような顔をした。

「言っておくけど俺の蘇生魔法にはあまり期待しないでくれ。俺の蘇生魔法はごく単純なものだ。失敗することもある」

「失敗するとどうなるのですか？」

好奇心《こうきしん》と知識欲から聞いてみる。

「何回も失敗すると、灰になって蘇生不可能になる」

「灰……」

肉体が燃え尽《つ》きた状態――つまりは完全な死だ。

それならば死んだ瞬間《しゅんかん》に生き返って外に転送される『身代わりの心臓』の方がよほど安心安全だ。

「なるほど。それで餓死は蘇生できそうですか」

「試《ため》したことはないけれど、多分俺では難しいかな。餓死は体内エネルギーを使い尽くしている状態だから、魔力なりなんなりで他からエネルギーを持ってくる必要がある」

レオンハルトは当然のように話すが、リゼットにとっては理解の範疇《はんちゅう》外の話だった。干《ひ》からびるように死んでも他からエネルギーを持ってくれれば生き返られるなんて。

そもそもこの『身代わりの心臓』も、いったいどんな理屈《りくつ》で地上に戻《もど》って生き返るのか。

それこそ女神《めがみ》の奇跡《きせき》なのだろうか。それとも大いなる錬金術《れんきんじゅつ》のおかげか。

歩きながら考えていると、行き止まりに当たった。四角い通路が平面の壁《かべ》に阻《はば》まれている。横道もない。あるのは光る苔や石や砂の欠片《かけら》ばかり。

「仕方ない。来た道を戻ろう」

レオンハルトは手描《てが》きの地図にメモをして、来た道を戻ろうとする。

「待ってください。レオンさん、あそこに宝箱があります」

通路の片隅《かたすみ》にひっそりと、いかにもといった風情《ふぜい》の宝箱が置かれていた。

「本当にダンジョンに宝箱があるなんて。私いまものすごく感動しています」

「あれはミミックだな。宝箱に擬態《ぎたい》したモンスターだ」

「モンスター？　あれがモンスター？　どう見てもただの宝箱ですが」

「宝箱を見たらミミックと思え——ダンジョンの常識だ。近づいたら襲《おそ》ってくるから気をつけて」

リゼットは木と鉄でできた宝箱を見つめる。

古びた風合いも、わずかにも動かない姿も、重厚感《じゅうこうかん》も、どう見てもただの宝箱だ。

「……常識的に考えて、宝箱がダンジョン内にあるのは確かにおかしいですわね……」

ダンジョンで常識を語っても仕方がないとはいえ、本物だとしたらいったい誰《だれ》が何のために宝箱を置いたのかという話になる。親切心とは考えにくい。普通《ふつう》に考えれば罠だ。宝を奪《うば》おうとする不届きな冒険者《ぼうけんしゃ》を、仕込《しこ》んだトラップで殺そうとする意地の悪いトラップ。もしくは遊び心。

本物にしろモンスターにしろ、レオンハルトの言う通り近寄らないのが賢明《けんめい》だろう。

「では、ダンジョンには純粋《じゅんすい》な宝箱はないのですか？」

リゼットよりも冒険者歴がうんと長そうなレオンハルトに聞く。

宝箱のないダンジョンなんて、あまりにもロマンがない。

「滅多《めった》にない。あっても宝は取り尽くされている。ミミックの中には基本的に宝があるけどね」

「それはどういう——あ、なるほど。わかりました。引っかかった冒険者の所持品ですね？　冒険者の持っていた宝石とか金貨や武器を、わざと食べ残しているのですね！」

レオンハルトの顔がぞっと青くなる。

「いや、その、人間をおびき寄せるためにキラキラしたものを体内に取り込む習性があるってだけの話で……いや、食べ残した説もありえなくはない……のか……？」

気を取り直すように首を横に振《ふ》る。

「……とにかく、ミミックとわかっていても宝を取るために近づいて、殺される冒険者は後を絶たない。ミミックはかなり強いモンスターだ。苦労して勝っても手に入るのは大抵《たいてい》価値の低いものだし、関《かか》わらない方がいい」

「わざわざ近づかなくても、遠距離攻撃《えんきょりこうげき》で倒《たお》してしまえばいいのでは？」

「それだと中の宝も壊《こわ》してしまう危険性が高い。本末転倒《ほんまつてんとう》だ。宝が目的なら、近づいて口を開かせるしかない」

宝が目当てなら、そうする他ないだろう。

だがミミックはかなり凶悪《きょうあく》なモンスターで、戦っても割に合わず、近づかない方がいいとレオンハルトは言う。しかしそれは目的がミミックの持つ宝だったときの話――

「……何か変なことを考えてないか」

「いいえ。私は、ミミックは食べられるのかどうかしか考えていません」

「変なこと考えてる……」

ダンジョンにおいて食料は何物にも勝《まさ》る宝。もしミミックがおいしく食べられるモンスターなら、ミミックそのものが最上の宝だ。宝かもしれないものが、いま目の前にある。

「よし。中の宝は気にしませんので、魔法で遠くから倒してしまいますね。――フレイムランス！」

「どうしてそう思い切りがいいんだ――」

強力なモンスターなら強力な一撃で。

得意の火魔法の最大火力で、ミミックと思《おぼ》しき宝箱を貫《つらぬ》く。

魔法の炎《ほのお》は鎮座《ちんざ》したままの宝箱を的確に貫くと、獲物《えもの》を完全な消し炭に変えた。

溶《と》けた金属――おそらくミミックが抱《かか》えていた宝だったものだけが、焦《こ》げ臭《くさ》い匂いと黒い炭と共に、通路の隅に残った。

「……次は気をつけます」


探索《たんさく》中に遭遇するモンスターを魔法で焼き、あるいは凍《こお》らせながら、リゼットはミミック――もとい宝箱を探すが、なかなか見つからない。

「宝箱もミミックも、そうそういるものじゃないから」

前を進むレオンハルトは後ろに目がついているのか、振り返りもせず呆《あき》れたように言う。

「縄張《なわば》り意識でもあるのでしょうか。でも諦《あきら》めたらそこで終わりです」

その時、通路の前方に何ものかの気配が現れる。

ずんぐりとした小さな山に足が生えたような影《かげ》は、一定の速度――のんびりした歩みでこちらへ近づいてくる。

向こうもこちらに気づいたのか、一瞬足取りが止まる。そして両手を高く掲《かか》げた。

「おおこりゃレオンハルトの旦那《だんな》！」

とびっきり陽気で太い声が、石の通路に響《ひび》き渡《わた》った。

「ああ――カナツチ、久しぶり」

レオンハルトがカナツチと呼んだのは、立派な髭《ひげ》を蓄《たくわ》えたドワーフだった。ドワーフ特有の小柄《こがら》でずっしりとした身体《からだ》に、大きな鞄《かばん》を背負っている。それが山のような影を作っていた。

「しばらく見ねえから死んじまったかと思ったぜ！」

豪快《ごうかい》に笑いながら、赤茶色の髪《かみ》と髭を揺《ゆ》らす。

「ははは……また会えて嬉《うれ》しいよ」

「そちらのお嬢《じょう》さんは？　新しいお仲間かい？」

「彼女《かのじょ》はリゼット、そんなところだ。リゼット、彼《かれ》はカナツチ。ダンジョンで行商をしているんだ」

――行商人。

ということはたった一人でダンジョンを歩き回って商売をしているのだろう。

リゼットは深い感銘《かんめい》を受けた。いったいどうやってモンスターの襲撃《しゅうげき》を躱《かわ》しているのだろう。どうやってダンジョン内で生活しているのだろう。何を売っているのだろう。気になってたまらない。

「リゼットです。よろしくお願いします」

「おおこりゃご丁寧《ていねい》に。どうだ、せっかくだからうちの商品見ていかねえか」

「食材！　食材はありますか？」

「はあ？　こんなところで手持ちが切れたのか？　あるにはあるが高いぞ」

太い指が丸の形をつくる。

「うっ……ゴールドの手持ちはいまは……」

冒険者ギルドへの納品で手に入れたゴールドは錬金術師の店でほとんど使ってしまった。

リゼットはレオンハルトをちらりと見上げる。

「俺もいまの手持ちはほとんどない。まとまった金は銀行だ」

「うちは現金払《げんきんばら》いだけだぞ」

「うーん……」

リゼットは考え、そして閃《ひらめ》いた。

「行商の方なら買い取りもしていらっしゃいます？　こちらの物を見ていただきたいのですが」

アイテム鞄《かばん》の中からユニコーンの蹄《ひづめ》を取り出す。

「ユニコーンの蹄か。こりゃ上物だ。ひとつ二万で買い取ろう」

リゼットが説明をしないうちから品物が何なのかを見抜《みぬ》いて、値付けをしてくれる。

「冗談《じょうだん》を言ってもらっては困ります」

リゼットは強気で身を乗り出した。

「こちらを薄く加工して、コースターにして貴族や教会に一〇万ゴールドから売るのでしょう？　これひとつから一〇枚は作れますから、最低一〇〇万ゴールド。せめて二〇万ゴールドはいただかないと」

ユニコーンの蹄のコースターは、毒が入ったグラスを上に置くと、飲み物から煙《けむり》が立つと言われている。毒殺に怯《おび》える権力者の御用達《ごようたし》であり、高くても確実に売れる商材だ。

そうと知っていたからこうして保管していた。換金《かんきん》もしくは自分で加工して販売《はんばい》するために。それが買い叩《たた》かれるのを黙《だま》って見てはいられない。

「カーッ、これだから原価しか見ない素人《しろうと》は困る！　加工費に流通経路の経費に人件費！　二〇万も取られりゃ赤字だ赤字！　五万！」

「お話になりません。一五万」

「八万。これ以上は無理だ」

「一〇万。いいですのよ他にも換金ルートはございますから」

ハッタリではない。錬金術師に渡せばそれなりの値段がつくはずだ。

リゼットの本気が伝わったのか、行商人は渋面《じゅうめん》となって唸《うな》る。

「くっ……わかった、一〇万」

「交渉《こうしょう》成立ですわね」

最初に想定していた価格に落ち着いた。リゼットは満足して頷《うなず》き、残りの三つも出す。

――ユニコーンの足は四本。蹄は全部で四つある。

「なんと……わしの負けだ。全部で五〇万で買い取ろう」

行商人が背負っていた荷物の中は、夢と希望が詰《つ》まっていた。

「パンに麦、砂糖、バター、まあ卵まで！」

「おっとすまん、これはハーピーの卵だった。いかんいかん」

「ハーピー？　まあなんて珍《めずら》しい。こちらもいただきます」

「なんだあんたイケる口か」

楽しい商談はあっという間に終わった。リゼットは二〇万ゴールドと引き換《か》えに、行商人の持っていた食材をほぼすべて買い取った。

「良い取引ができました。ありがとうございます」

「こちらこそ。しかしユニコーンのコースターを知っておったとはなぁ……本物の貴族だったというわけか……旦那も良い仲間を得たもんだ」

「カナツチさんはおひとりでダンジョン内を回っているのですか？」

「ああ。ここは庭のようなもんだからな」

そう語る行商人の目には誇《ほこ》りと親しみ、そして優《やさ》しさが浮《う》かんでいた。

こんな危険なダンジョンでも、ドワーフの行商人にとっては大切な生活の場なのだ。

「すごい……ぜひ生き延びるコツを教えていただきたいです」

「それはまたの機会にな。それではわしはもう行く。死ぬではないぞ」

行商人は山のような荷物を背負い直す。お互《たが》いの無事を祈《いの》ったあと、リゼットたちが歩いてきた道を奥《おく》に進んでいく。

「これでおいしいものが食べられますね。レオンさん、早速《さっそく》食事にしましょう」

「君は本当にたくさましいな」

リゼットは嬉しくなって微笑《ほほえ》んだ。それは最上の褒《ほ》め言葉だ。

休めそうな広いスペースは近くになかったので、通路の端《はし》に結界を張る。

「パンを手にしたのは久しぶりです」

保存食用の硬《かた》いパン。兵糧《ひょうろう》パンのように歯で割れないほど硬くはないが、おいしく食べるためには調理が必要だ。

フライパンでバターと焼くだけでも柔《やわ》らかくなるだろうが、もうひと手間加えることにした。

鶏卵《けいらん》よりも二回り大きいハーピーの卵を水で溶き、砂糖を混ぜて卵液を作る。そこにスライスしたパンを入れてしっかりと卵液を染《し》み込ませる。

漬《つ》け込んでパンが黄色に染まった後は、バターと共にフライパンでじっくりと焼く。バターの溶ける香《かお》りが調理中から食欲を誘《さそ》った。

「できました！　フレンチトーストです」

「ハーピーの卵か……」

ハーピーというモンスターのことをよく知っているのか、レオンハルトの表情は晴れない。

一体どんなモンスターなのだろう。卵を産むのだから鳥系モンスターだろうが。

「それではいただきます」

リゼットは早速自分の分を食べた。砂糖とバターが香る黄金色のパンは、あたたかくしっとりとして柔らかい。ふわりと、バターの香りと砂糖の甘《あま》さが口の中に広がる。

「うん、おいしい。普通の卵ですね。ちょっと黄身が濃《こ》いような気もします」

久しぶりに食べる卵と砂糖の味は魅惑《みわく》的だった。端はカリカリしていて香《こう》ばしく、中はもちもちとした食感だった。

「うまい」

レオンハルトも一口食べて驚《おどろ》いていた。

「リゼットはどうしてこんなに料理ができるんだ。貴族の出身なんだろう？」

「冒険者だったおばあ様に、サバイバル料理を教えていただきましたので」

その時の経験がこうやって活《い》かされているのだから、人生何が起こるかわからない。そしてこのフレンチトーストはおいしい。おいしいものは喜びだ。頭と胸がふわふわして頬《ほお》が緩《ゆる》む。

「レオンさんこそ、モンスターにとても詳《くわ》しくて、尊敬します。ストーンゴーレムは関節に氷をつくって隙間《すきま》を膨《ふく》らませて割るだなんて、私知りませんでした」

「いや、俺の場合は生まれたときからドラゴン討伐《とうばつ》に行くことが決まっていたから、ずっとそのための訓練をしていた。モンスターの知識も準備の一環《いっかん》で——」

途切《とぎ》れた言葉は、ため息によって完全に断《た》たれる。

「レオンさん？」

「いや、俺の人生すべてドラゴンのためのものだったなって」

自嘲《じちょう》気味な言い方に、リゼットは首を傾《かし》げた。

「役に立っているじゃないですか」

レオンハルトのモンスターの知識はかなりのものだ。

ダンジョン踏破《とうは》に一番近いパーティと言われていたのも、知識と実力があったからこそ築けた実績によるものからだろう。いまならリゼットも彼の実力がよくわかる。

どれだけ力があっても知識がなければトラップや予想外の動きで瓦解《がかい》する。知識は武器で宝だ。

「レオンさんの知識や経験や勇気に、私は助けられています。これからもきっと、レオンさんの役に立ちますよ」

心の底からそう思う。そして自分も知識を蓄えていきたいとリゼットは思った。まずは食べられるモンスターの知識から。そしておいしく食べるための調理方法も。

（ハーピーの卵……卵が食べられるのなら肉もきっと行けるはず。いつか会ってみたいわ。ミミックも今度はきっと料理してみせる。次は火魔法じゃなくて水魔法で凍らせてみましょう）

夢は無限大に広がる。知ることは、試すことは、とても楽しい。

「……レオンでいい」

「えっ？」

考えごとをしていて反応が遅《おく》れる。

顔を上げて見つめると、エメラルドグリーンの瞳《ひとみ》が泳いだ。

「――呼び方。あの時はうまく話せなくてちゃんと名乗れなかったんだけど」

たしかに最初、どうして短く名乗ったのかわからなかった。あまり気にせず名乗ったように呼んでいたが、そういうことだったとは。

目が合うと、レオンハルトははにかむように笑った。

「短く呼ばれるのも悪くない」

「…………」

――その時リゼットの胸の奥に、いままで知らなかった感情が灯《とも》る。

暖かい、小さな小さな火。リゼットはこの気持ちの名前を知らない。

少し心を許されたようで嬉しく思うのに、何故《なぜ》か喉《のど》の奥が苦しい。

「――レオン」

「ああ」

声を聞いて、喜びと苦しみがまた強くなる。リゼットは、この人を死なせたくないと思った。

「レオン、あの、これを持っていてください」

リゼットは自分が持っていたハート形のアミュレット――『身代わりの心臓』をアイテム鞄から取り出し、レオンハルトに渡した。

「ずっと考えていたんです。私が持つより、蘇生魔法が使えるレオンが持っていた方がいいと」

行商人にも聞いてみたのだが、残念ながら蘇生アイテムは持っていなかった。これはリゼットが最初ダンジョンに入る前に、錬金術師から貰《もら》ったものだ。

「私がうっかり死んでもレオンに蘇生してもらえますが、レオンが死んでしまうと私にはどうしようもなくなりますから」

リゼットが獲得《かくとく》できるスキルの中には【回復魔法】はなかった。

二人とも同時に、あるいはレオンハルトだけが死んで脱出《だっしゅつ》したとしても、レオンハルトならきっと助けに来てくれるはずだ。次の探索のついでにでも。もし見捨てられたとしても恨《うら》む気はない。

リゼットはただ、彼が死ぬところを見たくなかった。ダンジョンで死は終わりではないとしても。

「これは受け取れない」

レオンハルトはそう言い、リゼットの手にそれを握《にぎ》らせた。

「俺は、君を犠牲《ぎせい》にしてまで生き延びたいとは思わない」

「わかりました。では、もう一つ手に入ったらお渡ししますね」

「ああ。そのときはよろしく頼《たの》むよ」

笑うレオンハルトに、リゼットも笑い返す。

(そうよ。私が死ななければいいだけの話だわ)

そしてもし、レオンハルトがひとりダンジョンに取り残されることになったら、必ず迎《むか》えに行こう。そう誓《ちか》った。


休憩《きゅうけい》後、レオンハルトの描く地図を頼《たよ》りに探索を再開する。

「レオン、あそこにいるのはミミックでは――」

通路の途中で宝箱らしきシルエットを発見し、リゼットは興奮して叫《さけ》んだ。

そこにあったのは半開きの宝箱。蓋《ふた》の下からは人間の下半身がだらりと伸びていて、上半身は箱の中だ。力がまったく入っていないその様子は、生きているようには見えない。

ミミックは食事の邪魔《じゃま》をされたと思ったらしく、食べていたものをぺっと吐《は》き出して、大きく跳《は》ねるように襲いかかってくる。鋭《するど》い牙《きば》を剥《む》き、赤黒い舌を鞭《むち》のように伸ばして。

「フリーズランス！」

分厚い氷のオブジェになったミミックが、ころころと石床《いしゆか》の上に転がる。

「死にました？」

「ああ、死んでる」

「よかった。そちらの方は騎士《きし》でしょうか。他にお仲間はいないのかしら」

ミミックが吐き出した死体を見る。装備している鎧《よろい》は破損していたが、剣《けん》や背負っていた荷物は無事だったようだ。

「ソロで潜《もぐ》っているのか、置いていかれたか……意外と損傷は少ないな。ゾンビやグールにもなってないようだし、蘇生してみよう」

上半身が歯型と血だらけの死体を、レオンハルトが蘇生する。

蘇生は無事成功し、流れていた血は体内に戻り、傷は塞《ふさ》がり、身体がぴくぴくと動き始める。蘇生を見たのはこれで三度目だが、何度見ても不思議な光景だ。この世の出来事とは思えない。

「こ……ここは……？」

生き返った男は、焦点《しょうてん》の合わない目を泳がせ、弱々しい声で呻《うめ》く。

「ノルンのダンジョンだ。名前は言えるか？」

「……女神教会騎士、ダグラスと申します」

——教会騎士。女神に己《おのれ》のすべてを捧《ささ》げた騎士だ。

「どうぞ、騎士様」

リゼットは水を用意して、教会騎士に手渡す。

「ありがとうございます……あなた方が命を助けてくださったのですね。何とお礼をすればいいか」

水を飲んで少し落ち着いたのか、教会騎士は深々と頭を下げる。蘇生してもすぐに完全復活とはいかないようで、まだ顔色は優《すぐ》れない。

「ダンジョンではお互い様だ。気にしなくていい」

「いえ、この御恩《ごおん》はいつか必ず返します」

レオンハルトは苦笑《くしょう》し、それ以上は何も言わなかった。

「あのままならミミックのお腹《なか》の中でしたね。お仲間も心配されているのでは？」

「いえ、私は一人で行動しています」

「まあ、お一人でここまで？」

リゼットは驚き、讃《たた》えた。きっと相当な手練《てだ》れだ。

「ですがどうしてまた教会騎士様が単独でダンジョンに？」

「実は、人を捜《さが》していまして」

「ダンジョンで？　冒険者の方をですか？　もしよろしければ協力させていただきますわ」

ダンジョンで人探しは大変そうだ。冒険者の出入りは多く、出る場所はランダム。そして途方もなく広い。リゼットも長く潜っている方だと思うが、人と出会ったのは彼で五人目だ。

「冒険者ではなく重犯罪者です。リゼットという名前の凶悪犯なのですが、ご存じありませんか？」

「はい、私がリゼットですわ」

「ハハハッ」

「ふふふ」

朗《ほが》らかな笑い声が重なって迷宮に響く。

「私の捜しているのは冬眠《とうみん》前のジャイアントキリングベアーのように強靭《きようじん》かつ凶暴《きようぼう》で、悪魔の心を持つ大罪人です。貴女《あなた》のような可憐《かれん》な方ではありません」

「まあ、ジャイアントキリングベアーだなんて」

あんな強く美しい地上モンスターに喩《たと》えられるなんて光栄だった。

「そこは喜ぶところじゃないから」

レオンハルトは呆れ顔だが。

「でも間違《まちが》いではありませんわ。罪人のリゼットなら私です。どのようなご用件でしょうか」

「えっ？　……まさか本当に貴女が？」

教会騎士の表情が険しくなり、背負う空気が重く暗いものになる。

「……すみません。少し外します」

力なくそう言うと、ゾンビのようなおぼつかない足取りでダンジョンの奥へと消えていく。

「どうなされたのでしょう……とりあえず食事の準備をしましょうか。教会騎士様もお腹を空《す》かしていらっしゃるでしょうし」

「リゼット。君はここにいてくれ」

「えっ、あの――」

リゼットが止める間もなくレオンハルトは教会騎士を追っていく。

（……私だけでも、食事の準備をしましょう）

ひとり取り残されたリゼットは、寂《さび》しさを紛《まぎ》らわせるためにも料理をすることにした。

食べられるときに食べておかないと。教会騎士もきっと空腹だろう。先ほどまで死んでしまっていたのだから、せめてあたたかいものを食べさせてあげたい。

料理しやすい場所を探して、きょろきょろと辺りを見回しながら移動する。

「はっ――こ、これは……」

割れた石壁《いしかべ》の間から、植物の太い根が何本も張っているのを発見した。

【鑑定《かんてい》】ウゴキヤマイモの根。ツルは生物に巻き付いて相手を絞《し》め殺し、己の肥料とする。

（根だけしかないから安心ね）

第一層でも見かけた植物系モンスターだ。ツルを巻きつかせてくる厄介《やっかい》なモンスターだが、さして強くはなかった。しかもいま相手は根だけ。そのおいしさをリゼットはもう知っている。

探索中に拾ったナイフ（鑑定済）を取り出し、根をざくざくと切る。時々びくびくと震《ふる》えるのは新鮮《しんせん》さの証《あかし》だろう。太さはリゼットの手首ほど。断面は雪のように白く、キメが細かく滑《なめ》らかだ。みずみずしい水滴《すいてき》が浮かんでくる。

「うん、とってもおいしそう。さあどんな料理をつくりましょうか」

せっかくミミックを獲《と》ったのだからメインディッシュに使いたい。そのためにはまずミミックのことをよく調べなければ。

氷漬けになっているミミックのところに戻り、解凍《かいとう》する。外見は完全に壊れて開いた宝箱だ。

「さて、すべてを見せていただきますね。……こ、これは――……」

ミミックの深淵《しんえん》を覗《のぞ》き込んだリゼットは、顔を上げ、急いでレオンハルトと教会騎士を追いかける。向かっていった通路を、わずかに残っている新しい足跡《あしあと》を辿《たど》って。

通路がやや広くなった場所で、リゼットはレオンハルトの背中を見つける。その向こう側には教会騎士が。二人は対峙《たいじ》していた。気軽に話しかけられるような和《なご》やかな雰囲気《ふんいき》ではない。一触即発《いっしょくそくはつ》。ぴりぴりとした雰囲気に身が竦《すく》む。互いに剣を抜《ぬ》く直前のような佇《たたず》まいだ。

（どうして――）

教会騎士の目的はリゼットのはずだ。どうしてレオンハルトと険悪になっているのか。

「この国の教会騎士は、恩人に剣を向けるのか。職務熱心なことだな。信心か盲信《もうしん》かは知らないが」

挑発《ちょうはつ》するようにレオンハルトは言う。

「――あなたも女神教会に剣を向ける気ですか」

低い声が静かに響く。教会騎士は、教会と己の信心への侮辱《ぶじょく》は許さない。

「教会の権威《けんい》を盾《たて》にするつもりか。生憎《あいにく》だが、俺は女神教会を信仰《しんこう》しているわけではない」

緊張《きんちょう》が高まっていく。このままではすぐに血を見ることになるだろう。

リゼットは人間同士が戦い合う姿なんて見たくはない。冒険者同士の戦いは禁じられているとレオンハルトも言っていた。我慢《がまん》できずに、物陰《ものかげ》から飛び出す。

「レオン、騎士様。ご飯を作るのを手伝ってください！」

「それどころじゃない」

レオンハルトの言葉にリゼットは短く息を呑《の》む。

（それどころじゃ、ない……？）

ダンジョンにおいて何より大切なのは食事と睡眠《すいみん》と衛生だ。身体と心の両方が整っていなければ充分《じゅうぶん》なパフォーマンスは発揮できない。それなのに。食事をないがしろにするなんて。

「凍れ！」

「「――――ッ」」

魔法で二人の剣と鞘《さや》、そして足元を凍らせる。剣を抜けないように、動けないように。

「ケンカこそ後でもできます。――騎士様。私は逃《に》げも隠《かく》れもしません。お話があるのでしたら食事の後で聞きます。いまは手伝ってください」

「は、はいいっ！」

姿勢を正しての返事は引きつっていた。

レオンハルトは不本意そうな顔をしていたが、戦う意思は収める。リゼットはそれを確認《かくにん》し、満足して氷を溶かした。

「はい。では戻りましょう」

二人を連れて戻ったリゼットは、床に広げてあるミミックの腹側を二人に見せる。

「私、すごいことに気づいたのです。このミミックの宝箱に似た部分は、なんと外骨格なんです！」

力説するリゼットを、二人が無の表情で見ている。

ミミックの腹側は鉱石インクで塗《ぬ》り潰《つぶ》したように黒い。大きな口の周りには鋭い牙がずらりと並んでいて、赤く長い舌がだらりと伸びていた。

「つまりはカニやエビと同じような構造で、中には肉が詰まっているんです。ですが私では力が足りないので、おふたりはミミックの殻《から》に切り込みを入れていっていただけますか」

教会騎士が戸惑《とまど》った表情で手を挙げる。

「何故そのようなことを？」

「調理するからですが？」

「モンスターを食べる気ですかッ？　死にますよッ？」

「大丈夫《だいじょうぶ》です。毒は無効化できますし、しっかり火を通しますので」

教会騎士は困惑《こんわく》を深める。リゼットを見つめる目には憐《あわ》れみの色が浮かんでいた。

「……そこまで追い詰められているのですか？　モンスターを食べる他ないほどに……」

「最初は確かにそういう面もありましたが、いまは楽しんでやっていますよ」

「た、楽しい……？」

「はい。モンスターをおいしく食べることも、ダンジョンの恵《めぐ》みをいただきながら生きることも、楽しくてやっているんです。さあ、騎士様もどうぞ解体してください！」

「……はい」

バキッ、バキッと殻と関節を割る音が迷宮に響く。

リゼットは湯を沸《わ》かし、解体できたミミックから浄化《じょうか》して塩茹《しおゆ》でにしていく。ミミックは茹でるとすぐに真っ赤になったので、火の通り具合がわかりやすかった。

ミミックを茹でる合間にウゴキヤマイモの根の皮をむいていく。イモは茹でて潰して小麦粉と卵と混ぜて、一口大に丸めて更《さら》に茹でる。

続いてホワイトソースをつくる。バターを溶かしてみじん切りにした玉ねぎ、乾燥《かんそう》キノコを炒《いた》め、小麦粉を振り入れる。しっかり火が通ったら水を入れて煮詰《につ》めて、とろりとしてきたら茹《ゆだ》った殻付きミミックを入れてソースに絡《から》ませる。できたソースとミミックをニョッキの上にかけていく。

「完成！　ミミックのホワイトソースニョッキです！」

三人分に取り分け、リゼットは早速食べた。まずは一口。更にもう一口。

バターの香りと玉ねぎ、キノコの旨味《うまみ》。そしてミミックの風味が滑らかなホワイトソースに溶けている。ミミックは身離《みばな》れがよく、殻が簡単に取れた。白い繊維質《せんいしつ》の肉を噛《か》みしめる。

「エビだな」

「エビですね。おいしい」

同じタイミングで食べ始めたレオンハルトと意見が一致《いっち》する。

ミミックはエビの味。またひとつ新たな知見を得る。

「このニョッキもなめらかでモチモチで……なんておいしいのでしょう」

「ほ、本当にモンスターを……ミミックを食べている……ああ、女神よ……」

教会騎士は信じられないものを見る目で、リゼットたちの食事風景を眺《なが》めていた。唇《くちびる》を紫《むらさき》にして、薄《うつす》らと涙《なみだ》を流しながら。

そして手にした皿に盛られた料理を見つめ、匂いを嗅《か》ぐと、腹の虫がぐうと鳴く。やはりひどい空腹だったらしい。教会騎士はしばし葛藤《かっとう》したのち、意を決したように一口食べる。

緊張しきっていた顔は、咀嚼《そしゃく》が進む度に少しずつほぐれていった。

「うまい……」

呆然《ぼうぜん》とした表情で呟《つぶや》く。

「こんな……こんなうまいものを食べたのはいつぶりだろう……」

「苦労されたのですね。さあ、どんどん食べてください」

リゼットは残りのミミックもどんどん塩茹でにしていく。

塩茹でミミックはいくら食べても飽《あ》きることなく、幸福感に満たされていく。

「ミミックっておもしろいですね。宝箱の顔をして人を騙《だま》して、モンスターの顔で人を襲って、でもこんなにおいしい一面もあるなんて」

「……本当に楽しんでいらっしゃるのですね」

教会騎士が塩茹でミミックを食べながらぽつりと零《こぼ》す。

「——リゼットさん。あなたは聖女様を、いまはどう思っているのですか?」

リゼットは驚いた。いまさらまたメルディアナのことについて問われるとは。

教会騎士の表情は真剣そのものだ。彼はメルディアナのためにここまで来たのだろうか。リゼットがまた聖女を傷つけようとしていないかを確認するために。死の危険を冒《おか》してまで。

なんて忠誠心だろう。リゼットは姿勢を正し、教会騎士ダグラスと向き合う。

「――申し訳ありません。私は日々を生きるのに精いっぱいで、彼女のことを思い出すことはもうほとんどありません」

素直《すなお》な気持ちを口にする。最初のころはメルディアナのことを思い出すこともあったが、ダンジョン生活を満喫《まんきつ》し始めてからは思い出す暇《ひま》もない。それくらい忙《いそが》しくて、充実《じゅうじつ》していた。

「恨んではいないと？」

「……自分でもよくわかりません。ただ、心穏《おだ》やかに過ごしていてくれればと思います」

それが偽《いつわ》らざる本音だ。聖女の仕事に集中して、リゼットのことを忘れて幸せに暮らしていてくれれば、それ以上を望むことはない。

リゼットは教会騎士の瞳を見つめ、微笑んだ。そして再び食事に戻る。

「……一面を見ただけではその人のすべては見えない……確かにそのとおりです」

リゼットは黙々《もくもく》と殻から身を外しながら小さく首を傾げる。

（ミミック――いえ、モンスター全般《ぜんぱん》のことでしょうか）

それにしてもこのミミックのなんて美味なことか。このおいしさが広まればダンジョン内からミミックは駆逐《くちく》されてしまうだろう。やはりミミックこそが宝だ。

リゼットはふと思い出した。ミミックを調べている最中に見つけたものを。

「騎士様。これは教会騎士様のものでしょう？」

ミミックの中で見つけた勲章《くんしょう》を教会騎士に渡す。おそらくミミックに食べられたときに取れてしまったものを。

太陽と月――女神の双眸《そうぼう》を表したレリーフは、教会騎士に任命されるときに授与《じゅよ》されるものであり、女神への信仰心の証となるものだ。

「はい……私のものです」

震える指で勲章を受け取り、ぐっと握りしめてうつむく。

教会騎士とは女神にすべてを捧げた存在だ。その信仰心の深さと高潔さは、リゼットもよく知っている。勲章が持ち主の元に戻ってよかったと心から思う。それは騎士の胸元《むなもと》でこそ輝《かがや》くものだ。

「そうだった……私が命を捧げるのは――」

しばらくしてから教会騎士が顔を上げる。そこにあったのは。迷いを立ち切れたかのような力強い目だった。

「ご迷惑《めいわく》をおかけしました。私は地上に戻ります」

「私に用があったのでは？」

「そちらはもう良いのです」

教会騎士は苦笑し、吹《ふ》っ切れた表情でそう言った。

教会騎士がアイテムの帰還《きかん》ゲートを使うと、光球が出現する。青い柔らかな光の前で、教会騎士はリゼットたちを振り返る。

「ダンジョンに来てからずっと――いえ、その前から私は、何が正しいのかを迷っていたのだと思います。ですが、貴女のおかげで迷いが晴れました。私のすべては他の何物でもなく、女神に捧げたもの」

「お役に立てたのなら良かったです」

「貴女が取り戻してくれました。これはせめてものお礼です」

「まあ、ありがとうございます！」

教会騎士から渡されたのは食料だった。ミミックにも食べられずに残っていた貴重な食料だ。

リゼットはそれを抱《だ》きしめながら、帰還ゲートの光の中に消えていく教会騎士を見送る。

神秘的な光が静まると、教会騎士の姿も消え、ダンジョンの静寂《せいじゃく》が戻ってくる。

「良い方でしたね。でも、本当に何をしにいらっしゃったのでしょうか」

「さあ。もういいって言っているんだからいいんじゃないか」

「そうですね」

リゼットはレオンハルトを見る。

教会騎士に大罪人と呼ばれていたのを聞いていたのに、レオンハルトのリゼットに対する態度に変化はない。詳しく事情を聞いてくることもない。そのことを嬉しく思った。

ダンジョンには昼も夜もない。特に石に取り囲まれた迷宮層《めいきゅう》では時間という概念《がいねん》そのものが曖昧《あいまい》になってくる。そうなると必然的に食事や休憩《きゅうけい》のタイミングは本能に従うこととなる。

「そろそろ休もうか」

出入口が一つだけになっている部屋を見つけて、レオンハルトが言う。警戒《けいかい》する方向が一方向だけで済む部屋は休憩に適している。

「そうですね。少し疲《つか》れました」

「交替で見張りをしよう。君が先に休んで」

「結界を張りますよ？」

食事と休憩の時には結界を張るのがリセットの習慣となっている。他のことをしている最中にモンスターに襲《おそ》われればひとたまりもない。結界魔法《まほう》は魔力消費が大きいが、魔力は食事や睡眠《すいみん》で回復するので特に問題はない。

「ありがとう。でも念のため誰《だれ》かが起きていた方がいい」

「わかりました」

素直《すなお》に従い、魔法の火の調子を見てから結界を張り、床《ゆか》に敷布《しきふ》を広げてその上に寝袋《ねぶくろ》を置く。

「おやすみなさい、レオン」

「ああ、おやすみ」

ふかふかの寝袋に入ると、思っていた以上に疲れていたのかすぐに眠《ねむ》りについた。

そして不思議な夢を見た。

極彩色《ごくさいしき》のようでひたすらに赤く。騒々《そうぞう》しくて静かすぎる、嵐《あらし》の夢を。


「…………？」

奇妙《きみょう》な感覚で目を覚ます。平衡《へいこう》感覚を失ったような、空を飛んでいたのか水に沈《しず》んでいたのか、とにかく天と地の区別がつかないような不安定さ。

顔を上げ、剣《けん》の手入れをしているレオンハルトの姿を見つけて、眠りから覚めたのだと気づく。

「……レオン、交替しましょう」

身体《からだ》を起こし、声をかける。

このまま眠ればきっとまた同じ夢を見る。それは避《さ》けたい。

「もういいのか？　まだそんなに時間は経《た》っていないけど」

「はい。休んでください」

見張りを交替し、揺《ゆ》らめく火の様子をぼんやりと見つめる。

(何か、夢を見たような……しかも何度か見たことのあるような)

夢の内容はよく覚えてはいないが、目覚めた後の奇妙な感覚は覚えがある。このダンジョンで寝《ね》泊《と》まりをするようになってから、何度もあった感覚だ。

リゼットは大きく息を吸い、ゆっくりと吐《は》き、気持ちを整えた。夢のことは忘れることにした。

途中《とちゅう》二回、レオンハルトと見張りを交替し、疲れが完全に取れるまで眠る。

最後の交替のあとは顔を洗い、朝食をつくる。最後のユニコーン肉に、乾燥《かんそう》した毒消し草と、ハーピーの卵を入れたスープに、バターを少し溶《と》かす。あとはパンを軽く焼く。

「おはよう、リゼット……」

そろそろレオンハルトを起こそうかと考えていると、声をかける前に起き上がる。

「おはようございます。食事ができていますのでどうぞ」

あたたかいスープとパンが心身を満たす。リゼットはほっと息をつき、会話のひとつとして聞いてみた。

「レオン、夢を見せてくるモンスターとかはいるんですか？」

「ん？　変な夢でも見た？」

「よく覚えていませんが……女性に語りかけられるような夢を見た気がします……うまく言えませんけど、なんだか極彩色な変な感じで」

「じゃあサキュバスじゃないな……」

「サキュバスとは？」

聞き返すと、レオンハルトは短く息を詰《つ》まらせた。

「……いや、この話はここまでにしておこう」

「そんな。こんなに知的好奇心《こうきしん》を煽《あお》っておいて」

レオンハルトの言い方からすると、夢の中に現れ、夢を操《あやつ》るモンスターだろう。睡眠中という無防備な時に現れるなんて、なんて危険なモンスターだろうか。しかし所詮《しょせん》夢は夢。大きな害はないのかもしれないが——どちらにしろ気になる。

レオンハルトは渋々《しぶしぶ》口を開いた。

「……夢を通じて精気を吸い取るモンスターだ。夢の中に理想の異性の姿で現れる。服を着ていない下半身丸出しの姿で」

「不埒《ふらち》ですっ‼」

反射的に叫《さけ》んでいた。

まごうことなき変質者、変態だ。不埒で破廉恥《はれんち》。大変態。

「そんなのただの変質者じゃないですか！　いくら理想の相手でも、そんな姿で出てこられたら怖《こわ》いだけです！」

「俺《おれ》に言われても。事実なんだから仕方ない」

「……そんなモンスターに引っかかる人がいるんですか？」

レオンハルトはすっと視線を逸《そ》らす。

「さあ。俺は遭《あ》ったことはないから」

「…………」

なんとなく怪《あや》しい。だが追及《ついきゅう》したくもない。なんとなく知りたくない。世の中には知らなくてもいいことがある。リゼットはそれ以上踏《ふ》み込《こ》まないことにした。

食事が終わり、出発の準備が済むと、リゼットは魔法の火を消して結界を解く。

探索《たんさく》を再開しようとしたその時、レオンハルトの表情が変わる。視線の先を追いかけると、ふらふらと近づいてくる人影《ひとかげ》が見えた。

美しい女性だった。長い黒髪《くろかみ》に、病的なまでに白い肌《はだ》。服はぼろぼろで、靴《くつ》も履《は》いていない。長期間捕《と》らわれていて何とか逃《に》げ出してきたかのような風体《ふうてい》だ。

女性は憔悴《しょうすい》しきった顔で、縋《すが》るようにこちらを見つめて声を震《ふる》わせる。

「助けて……助けてください……」

「大丈夫《だいじょうぶ》ですか」

駆《か》け寄ろうとしたリゼットよりも先に、レオンハルトが進み出る。

「どうしたんだ。何があった」

女性の潤《うる》んだ瞳《ひとみ》がレオンハルトを見上げた。ふわりと、蠱惑的《こわくてき》な香《かお》りが漂《ただよ》った。

「助けてください……仲間が……」

「わかった。案内を頼《たの》めるか」

「ありがとうございます……こちらへ……」

案内されるままに迷宮の通路を進む。

女性はふらついているが体力はあるらしく、休むことなく歩き続ける。きっと一刻も早く仲間を助けたいのだろう。

気を引き締《し》めるリゼットだが、先ほどからぞわぞわと嫌《いや》な予感が止まらない。

足元に正体不明の虫が蠢《うごめ》いているかのような感覚だった。女性の仲間を捕らえているということは、知能の高いモンスターか、もしくは人間だろうか。どちらにしても放っておけない。

やがて、深い暗闇《くらやみ》を前にして、女性の足がぴたりと止まる。

その先は広い、ひとつの部屋だった。暗闇の奥《おく》ではいくつもの黒い影が蠢いていた。

それは死体だった。青黒い肌の動く死体の群れが、黄色い牙《きば》と爪《つめ》を露《あら》わにしてこちらを睨《にら》んでいた。そして、リゼットたちを見て狂喜《きょうき》したように叫ぶ。

（ゾンビ？　いえこれは——）

「グールの集団だ！　リゼット、頼む」

「——フレイムアロー！」

レオンハルトの【聖盾《せいじゅん》】の後ろから、炎《ほのお》の矢を放つ。

【鑑定《かんてい》】グール。死体に精霊《せいれい》が乗り移った存在。

我先にと狭《せま》い出口に殺到《さっとう》していたグールたちは、その先頭から炎の矢に貫《つらぬ》かれた。炎はグールを内側から燃やす。暴れたグールから火が飛び、周囲に燃え移る。【聖盾】はグールの接近も脱出《だっしゅつ》も炎も防ぎ、グールの群れはリゼットたちの目の前で灰になるまで燃え続けた。最後の一体まで。

「ゾンビとグールはよく似ているけど別のモンスターだ。どちらも身体は人間の死体で、人を食べようとするが、グールには知性がある」

敵の気配が完全に消えてから、レオンハルトが言う。

「特に女性型のグールは知性も高くきれいな姿をしていて、生きている人間を騙《だま》して餌《えさ》にしようとしてくる。グールの美人局《つつもたせ》だな」

「レオンは気づいていたんですか……？」

――あの美しい女性がグールだったことに。彼女《かのじょ》も他のグールと同じく炎に焼かれて消えた。

「ああ。顔は化粧《けしょう》をしていたが他の肌が白すぎたし、香水《こうすい》で隠《かく》していたが死体の匂《にお》いもした」

「なるほど……」

リゼットは己《おのれ》の未熟さを痛感した。

ここはダンジョン。モンスターの巣窟《そうくつ》。モンスターにも知性があり、食欲があり、スキルもある。

気をつけなければこちらが食べられてしまう。

「ダンジョンは食うか食われるか、ですわね……」

リゼットは改めてその事実を胸に刻み込み、ダンジョンの闇を見つめた。

「――いや、普通《ふつう》は食べないから」

グールの部屋を出てから、探索を行ないながら二度食事休憩をする。

既《すで》にかなり探索を進めたはずだが、まだまだ第三層の出口は見えない。

「ここは休息の間か。ちょうどいい。少し休んでいこう」

探索中に見つかった部屋を見て、レオンハルトが言う。そこはモンスターの気配はまったくない、三方が壁《かべ》に囲まれた部屋だった。

右手の壁には噴水孔《ふんすいこう》があり、きれいな水が勢いよく流れている。水は下の水受け台に溜《た》まって、排《はい》水溝《すいこう》へと流れて消えていく。

焚火《たきび》と調理をする場所もあり、座《すわ》ったり寝袋を敷《し》いたりもできる大きな木台も三つあった。木の台は二人が寝ることができる幅《はば》があり、六人パーティまで対応できそうだ。

「なんなんでしょう、この部屋は。いたれりつくせりですが」

「ダンジョン内に時々ある休憩所だ。モンスターも出ないから安心していい」

いったい誰がこんな部屋をわざわざつくったのだろう。あまりにも親切すぎて罠《わな》を疑うが、レオンハルトがそう言うのならあまり身構えなくても大丈夫だろう。

「ダンジョンって不思議ですわね……なんでしょう、このプレート……『真実の道に障害なし』？」

正面の壁に打ち付けられたプレートには、三種類の言語で文字が刻まれていた。リゼットは中央の女神《めがみ》文字を読む。

「上はエルフ語だな……下は古代文字か。きっと同じ内容が書かれている」

「わかるんですか？　すごい……」

リゼットは驚愕《きょうがく》し、レオンハルトを尊敬した。

女神が世界に授《さず》けた福音《ふくいん》のひとつが言語だ。それまではバラバラの言語で話していたが、女神がそれを統一させたという。普通の人々は女神語しかわからないし、それ以外を覚える必要がない。

「第三層にはトラップが多い場所もあるから、その関連の謎《なぞ》かけかもしれないな」

「……文面からすると、トラップがないルートが正解ルート、ということでしょうか」

「かもしれない。ダンジョンのトラップは基本的に凶悪《きょうあく》で陰険《いんけん》なものばかりで、あっさりと命を落とすようなものも多い。慎重《しんちょう》に進もう」

レオンハルトは水で顔を洗う。

「トラップとはどんなものなのですか？」

「よくあるのがくくり罠。足や首にロープがかかって吊《つ》り上げられる」

リゼットはゾッとした。足はともかく首は一瞬《いっしゅん》で死にそうだ。

「落とし穴もよくあるし、床や天井《てんじょう》、壁から槍《やり》や矢が飛び出してくるのもある。部屋に閉じ込められたら天井が落ちてきたり、水が入ってきて溺《おぼ》れそうになったこともあったな」

「殺意の高い罠ばかり……よく生きていらっしゃいますね」

「いや、何度か死んだよ。シーフや鍵師《かぎし》がいても罠やギミックをすべて解除できるわけでもないし」

レオンハルトは朗《ほが》らかに笑っている。良い思い出を語っているような表情だ。死に慣れるとこうなってしまうのだろうか。

リゼットはレオンハルトを死なせたくはないが、自信がなくなってくる。

「それでもシーフがいると罠の解除率は上がる。ダンジョン探索には不可欠な存在だ」

「うーん……どこかにシーフがいてくださればいいのですが」

「他のパーティと取引して、同行させてもらうしかないな」

取引材料になるようなものはあるだろうか。手持ちのゴールドでなんとかなればいいのだが、冒《ぼう》険者《けんしゃ》の相場がわからない。

あと取引に使えるものといえば、食材くらいだ。凍《こお》らせて保存していたミミックとクラーケンの残りと、ウゴキヤマイモ、玉ねぎ、小麦粉、バター。教会騎士《きし》からもらったチーズと大麦。

「よし、今回はシチューにしましょう」

あるかどうかわからない取引よりも、いま食べる食事。食べられるときに食べるべし。

「レオン、イモの皮を剥《む》いて、サイコロ状に切ってもらえますか？」

「わかった」

リゼットは玉ねぎを薄切《うすぎ》りにしてしんなりするまで炒《いた》め、ウゴキヤマイモと大麦と合わせて炒める。一旦《いったん》それらを取り出してバターと小麦粉をよく練ってから水で伸《の》ばしてホワイトソースを作り、野菜と一緒《いっしょ》に煮込《にこ》む。

野菜に火が通ったら解凍《かいとう》したミミックとクラーケンの切り身を入れ、香辛料《こうしんりょう》で味を調《ととの》えてチーズを削《けず》って入れ、火魔法で上から軽く焼く。

「できました！　ミミックと大麦のシチューです」

上にかかったやや焦《こ》げたチーズが見た目にも美しく、食欲を刺激《しげき》する。

「いただきます」

木台に並んで座り、いざ食べようとしたその瞬間、休息の間の扉《とびら》が慌《あわ》ただしく開く。

転がるように飛び込んできたのは、栗色《くりいろ》の髪の痩《や》せぎすの少年だった。ゾンビの群れに追われながら入ってきて、ゾンビを押《お》し返しながら無理やり扉を閉める。

「……た、助かった……おい、しばらく開けるなよ」

肩《かた》で息をしながらふらふらと水場に近づき、食らいつくように水を飲む。

年頃《としごろ》はリゼットと同じく十六歳《さい》ほどか。やや日焼けした肌。軽装で、防具は革鎧《かわよろい》くらい。武器は数本の投げナイフのみのようだった。

疲労困憊《ひろうこんぱい》のようだったが、見える範囲《はんい》に傷はない。焦げ茶色の瞳と。

水を飲み終わって振《ふ》り返った少年と目が合う。

「お前ら、パーティに空きはあるか？　オレはディー、シーフだ。頼む！　オレを仲間に入れてくれ！」


【鑑定】ヒューマン。地上で最も繁栄《はんえい》している人族。


「……？　なんかいま寒気が……」

ぶるりと身を震わせる。おそらくリゼットの鑑定のせいだ。シーフを探している時に向こうからシーフがやってくるなど、あまりに都合が良すぎて、思わず鑑定してしまった。

リゼットが謝《あやま》る前にレオンハルトが立ち上がり、ディーと名乗ったシーフと向かい合った。

「こちらとしてもありがたい話だが、君はどうして一人なんだ？　シーフが一人でここまでは来られないだろう。仲間がやられたのか？」

「それは……」

わかりやすく言い淀《よど》み、目線を下に逸らす。

言いにくい事情があるのだろうか。リゼットも気にはなったが、いまはそれよりもシチューが食べたい。シチューはあたたかさが命。こうしている間にもどんどん冷めていっている。

「とりあえずご飯にしましょう。ディーさんもよかったらどうぞ」

「いいのかっ？」

「もちろんです」

器《うつわ》にシチューを盛り、チーズをかけて、ディーに渡《わた》す。

ディーは感動に目を輝《かがや》かせてシチューを見つめた。

「すごいなお前ら。ダンジョンでこんないいモノ食ってんのか。これは……何の肉だ？」

「ミミックです」

「ミミック？　ミミック食ってんのかっ⁉」

驚《おどろ》きながらもぱくっと食べる。

「――ハッ、食ってやったぜクソミミミック！　ざまあみろ！」

「ミミックに恨《うら》みが？」

「シーフでミミック好きなやつはいねえよ。まー味は悪くねぇな」

気持ちいい食べっぷりで流し込むように食べていく。

リゼットも食べた。ミミックとクラーケンの肉は絶品で、麦のプチッとした食感もいい。ウゴキヤマイモもなめらかで、素朴《そぼく》な味がシチューの風味と相性《あいしょう》がよかった。

「ふーっ、食った食った…………え？　……ミミック食ったのかオレ……？」

完食し満足して腹を押さえていたディーが、ふと我に返ったように愕然《がくぜん》として口元を押さえる。

先ほどまでの高揚感《こうようかん》や熱気はどこへ行ったのか、紅潮していた顔はすっかり青くなっていた。

「それだけではありませんよ。なんとクラーケ――むぐっ」

クラーケンも入っていると言おうとして、レオンハルトに口を塞《ふさ》がれる。

「お前らもしかして、モンスター食いながら潜《もぐ》ってんのか？」

「はいもちろん」

レオンハルトの手を引きはがして答える。

「……クレイジーだな……」

リゼットたちに向けられた目は、理解できない異質なものを見る目だった。

ディーはすっくと立ち上がる。

「悪い。さっきの話はナシで。モンスターなんてもん食うのはゴメンだ」

「ミミックは食べたのに？」

「さっきは腹減りすぎてどうかしてたんだよ。あいつらには何度も痛い目遭ったしな！　お返しだ！」

不思議な理屈《りくつ》だとリゼットは思った。そんなものはただの感情論ではないかと。

「ミミックよりおいしいモンスターもたくさんいますのに」

「いやだ知りたくないそんな世界」

ディーは耳を押さえてうずくまり、全身で拒否《きょひ》の意を示す。

さすがにリゼットも嫌がる相手に強要する気はない。残念だが仲間になってもらうのはすっぱり諦《あきら》めようとしたとき、また扉が外から開く。

外で倒《たお》れているゾンビの群れを乗り越《こ》えて入ってきたのは、男性ばかりの四人パーティだった。戦士二人、魔術士、回復術士のパーティは、探索に慣れた雰囲気《ふんいき》を漂わせていた。

「――っと先客か……お、なんだディー、もう次の寄生先を見つけたのか？」

リーダー格の戦士の男がにやりと笑ってディーを見て、リゼットを見る。

「……ふーん。おい、そのクソシーフを仲間にするのはやめておいた方がいいぞ」

「そのような言い方はどうかと思います」

忠告のつもりなのだろうか。言葉の選び方も言い方も、聞いていて気持ちのいいものではない。

憤然《ふんぜん》とするリゼットを、男たちは鼻で笑う。

「クソシーフはクソシーフだ。戦闘《せんとう》の役には立たない、敵の気配にも気づかない、罠の解除も失敗しまくってクソの役にも立たない」

「それは、お前らがオレの言うことを聞かないから――」

「他のメンバーが解錠《かいじょう》魔法を覚えているからいいものの、そうでなかったらとっくに全滅《ぜんめつ》してたぜ」

ディーは言い返すのを諦め、黙《だま》ってしまう。その肩は震えていた。

――解錠魔法。そんなものもあるのかとリゼットは感心した。それがあれば確かにシーフは必要ないかもしれない。だが、シーフの仕事は鍵を開けることだけではないはずだ。

「そいつは囮《おとり》くらいにしかならない無駄飯喰《むだめしく》らいだ。昔の馴染《なじ》みでパーティに入れてやったのに、生き汚《ぎたな》さだけが取り柄《え》だったな。いまもちゃっかり寄生先を見つけてやがる」

「たとえ彼《かれ》の能力に問題があったとしても、ダンジョン内で解雇《かいこ》するのは道義に反する」

前に出たのはレオンハルトだった。

彼は怒《おこ》っていた。表面こそ静かだが、その内側は烈火《れっか》のごとく激しく。

「道義ってなんだよそれ。食えるのか？　金になるのかよ？」

余裕《よゆう》ぶって笑っているが頬《ほお》は引きつっていて、膝《ひざ》も落ち着きがない。明らかに気圧《けお》されている。

「ダンジョンの中で見捨てるのがどれほど残酷《ざんこく》なことか、本当にわからないのか！」

「……ンだよ親切に忠告してやったのに。そいつに付き合って全滅してろ！」

啖呵《たんか》を切って部屋から出ていく。仲間たちもその後をついて出ていってしまった。

「……休んでいかなくていいのでしょうか？」

「びっくりするほどお人好《ひとよ》しだな、あんた」

ディーは大きくため息をつく。その表情は暗く、顔は下を向いている。

「あいつらの言う通りだ。オレはシーフとしては役立たずなんだよ。邪魔《じゃま》して悪かったな」

「待ってください！」

去ろうとするディーの前に回り込む。

「ディーさん、やはり私はあなたを歓迎《かんげい》します。ミミックを食べる人に悪い人はいません」

「その論理は成立しないと思う」

レオンハルトが小さく呟《つぶや》くが、その声はリゼットには届かない。

ディーはどこか怯《おび》えた顔でリゼットを見て、ふるふると首を横に振った。

「いや、さっきの話ナシって言ったよな？」

「――ディー。他に当てがないのなら、しばらく行動を共にしないか？　一人で探索は厳しいだろう。こちらもシーフがいてくれればと思っていたところなんだ」

レオンハルトに説得されても、ディーは及《およ》び腰《ごし》だった。身体は完全に逃げたがっている。

「他に雇《やと》ってくれそうなパーティが見つかれば、そちらに移ればいい」

「なんなんだよお前ら……オレはモンスターなんて食いたくねーんだよ！　……そこまで尊厳捨てたくねぇ」

それが仲間に入りたくない一番の理由らしい。

リゼットは首を傾《かし》げた。モンスター料理はおいしくて栄養がある。調理に失敗することもあるが、それは通常の食材でも同様だ。そこまで忌避《きひ》されるようなものとは思えない。何より現地調達できて食材費もかからず、栄養たっぷりで、新鮮《しんせん》そのものなのだから。

「食べるもので尊厳は失われない。だが、食べなければ命が失われる」

レオンハルトの言葉には重みと説得力がある。

その言葉にディーもやや前向きになってきたようだった。ずっと下や扉の外に向けられていた視線が、こちらの方を向いている。

「それではディーさんの分の食事はモンスター抜《ぬ》きにします。だから、私たちと一緒に来てはいただけませんか？」

「な、なんだってそこまで」

「あなたの力を必要としているからです」

　リゼットの提案はディーの決意を少しばかり揺さぶったらしい。表情に迷いが生まれ、身体が出口とリゼットたちの方を交互《こうご》に向く。

「……お前らの他のメンバーは偵察《ていさつ》中か？」

「他のメンバーはいません。私たち二人パーティなので」

「二人でここまで？　かなり強いんだな」

　強いと言われて嬉《うれ》しくないリゼットではないが、少し前に会った教会騎士は一人で第三層まで辿《たど》り着いていたのだから、自分はまだまだである。レオンハルトは間違《まちが》いなく強いが。

「そういえば自己紹介《しょうかい》がまだでしたね。私はリゼットと申します」

「俺はレオンハルト。レオンと呼んでくれていい」

「リゼットに……レオンハルト？」

　名前を聞いた途端《とたん》、不穏《ふおん》な気配を感じ取ったような、神妙な表情になる。

「──お前ら、早くここを出た方がいい。リーダーのあいつ、お前らのこと恨んでるぜ。のんきに休んでたら寝込みを襲われるかもしれねぇ」

「恨まれるようなことありましたっけ」

「さあ。覚えがないな」

レオンハルトも首を横に振る。

「ギルドで揉《も》めたとかなかったのか？」

「うーん、あったとしてもかなり前のことですわね。随分《ずいぶん》地上には戻《もど》っていないので」

ギルドでの揉め事はあったが、絡《から》んできた相手の顔までは覚えていない。

「……片思いかよ。哀《あわ》れなもんだぜ」

ディーはうんざりしたような、同情したような表情をする。

「――あ。あの方かどうかは自信がありませんが、一度後を付け回されたことがあったような」

レオンハルトの表情が険しくなる。

「結局何もなかったですけれど、向こうは覚えていらっしゃるのかもしれません。――ディーさん、教えてくださってありがとうございます」

頭を下げて礼を言う。教えてもらわなければ、不意打ちされていたかもしれない。

「でも、よろしいのですか？　私があの方たちを傷つけてしまうかもしれませんが」

リゼットは人間同士で争いたくはない。

それでも向こうから攻撃《こうげき》してくれれば、当然反撃はする。

「……なったらなったで仕方ねーだろ。オレはもう向こう側じゃねーし」

突《つ》き放すように言うが、目にはまだ迷いがある。揉め事はあったが昔からの知り合いで、同じパーティを組んでいたのだ。そう簡単に割り切れるものでもないのだろう。

「ディーさんは優《やさ》しいのですね」

「はあっ⁉　どーしてそうなる？」

話している間に、レオンハルトは無言で扉に近づく。息を殺し、外の気配を探《さぐ》り、振り返る。

「確かに外にいるな。リゼット、ディー、出られるか？」

「少し待ってください。荷物を片付けてしまいます」

荷物をまとめ、焚火を消す。出発の準備を整えて、レオンハルトを先頭に警戒しつつ扉を開く。

外にいたのはモンスターではなく先ほどの冒険者パーティだった。こんなに早く出てきたことに驚いたようだが、すぐに剣を抜き、あるいは杖《つえ》を構える。完全に戦闘態勢だ。

「死ね！」

決定的な敵意とともに振り下ろされた剣を、レオンハルトが盾で弾《はじ》く。

体勢を崩《くず》した戦士の腹部に蹴《け》りを入れ、もう一人の戦士の前に吹《ふ》き飛ばす。二人は絡まり合うようにその場に崩れ落ちた。

「剣を向けるからには、それ相応の覚悟《かくご》はできているんだろうな」

厳格な声での最終警告。

返答は火魔法だった。魔術師の火球が複数、凄《すさ》まじい熱量を発してレオンハルトへ飛んでくる。

【魔力操作】【水魔法（中級）】

リゼットは相手の火魔法よりほんの少し強い魔力を込めて、反属性の魔力を火球にぶつける。

火と水の魔力は互《たが》いを打ち消し合い、わずかに残った水魔法が雨のように降り注いだ。

「凍れ！」

降り注いだ魔力を起点に周囲一帯を凍らせる。レオンハルトとリゼット自身の足元は避けて。

行動不能になった相手を、レオンハルトは手早く全員気絶させる。血を流すことなく。鮮《あざ》やかな手並みで。

「マジで殺《や》る気だったのかよ……ここまで腐《くさ》ってやがったとはな。お前らなんてこっちから願い下げだ」

壁際《かべぎわ》にいるディーが、倒れた元仲間たちを冷ややかな目で見ている。怒《いか》りと失望の混じった目で。

「レオン、ディーさん。彼らを部屋の中に運んでもいいですか」

「はあっ⁉　本気かよ」

リゼットの提案に二人とも驚いたようだった。特にディーが。

「さすがに、これで死んでしまわれると寝覚《ねざ》めが悪いので」

ここはダンジョン。モンスターがいつ襲ってくるかわからない。暗い通路の奥——その更《さら》に奥からは、モンスターの唸《うな》り声が絶えず響《ひび》いてきている。アンデッド系モンスターに襲われれば、すぐにその仲間入りだろう。

「帰還《きかん》アイテム持ってるから大丈夫だろ……チッ、ホントお人好しだな」

「睡眠は大事ですもの。ね？」

リゼットだけではなく、レオンハルトも、ディーも。心の憂《うれ》いはできるだけ持たない方がいい。

「俺が運ぶよ」

彼らを拘束《こうそく》していた氷を溶かすと、レオンハルトが休息の間の中へと引きずっていく。

ディーも無言でそれを手伝い、リゼットも協力して全員を無事運び終わると、部屋の中がいっぱいになる。これでモンスターに襲われて死ぬことはないだろう。

「……なあ。改めて、オレを仲間に入れてくれないか」

外に出たとき、ディーがバツが悪そうに口を開いた。

「もちろん。歓迎します」

それはリゼットにとっても嬉しい申し出だった。満面の笑《え》みで快諾《かいだく》する。

「ディーさんの分の食事はモンスター食材なしで用意しますね」

「サンキュー。でも特別扱《あつか》いはナシで」

ディーは目線を逸らし、頬を掻《か》きながら、ややぎこちなく笑う。

「いっしょのものを食うよ。オレを、お前らの仲間に入れてくれ」

「ディーさん……」

「ディーでいいって」

「モンスター料理の良さをわかっていただけて嬉しいです！」

「それは全ッ然わっかんねぇから！」

休息の間を離《はな》れ、三人での迷宮探索が始まると、ディーがレオンハルトに声をかける。

「レオン、その地図借りていいか。——うお、意外と大雑把《おおざっぱ》なんだなお前」

「読めればいいんだ読めれば」

ディーは手持ちの描《か》きかけの地図と、レオンハルトが探索中に描いていた地図を照らし合わせる。リゼットは横から覗《のぞ》き込んだが、ディーの地図は几帳面《きちょうめん》そのものだ。実際の通路が紙の上に写されたかのようだった。罠の位置などのメモ書きも多い。

対してレオンハルトの地図は略式。線で道が表現され、分かれ道と部屋、行き止まりの箇所《かしょ》が記されている。ディーのものと比べると大雑把だが、地図としては過不足がない。

「おふたりともすごいですね」

「お前も迷宮潜るならマッピングぐらい覚えとけ。さて——あと探索していないのはこの辺りか」

ディーは短い鉛筆《えんぴつ》を器用に回しながら二枚の地図を見比べて、探索できていない場所を絞《しぼ》り込む。

未踏破《みとうは》の場所に向けて進み出すが、前に広がるのは何の変哲《へんてつ》もない石の通路ばかりだ。地図がなければ永遠にこの階層をさまようことになるだろう。

しばらく歩いたリゼットたちは、分かれ道の前で歩みを止める。

先の道は二本。その上には文字の刻まれたプレートが掲《かか》げられている。

「またこのプレートですわね。『真実の道に障害なし』……」

「この先は罠が多そうだな。ディー、先頭を頼めるか」

「……いいけど、オレに任せるならオレの指示に従えよ」

「はい、もちろんです」

「絶対にウロウロすんなよ」

ディーは強く言うと、辺りをきょろきょろと見回し、壁に耳を当てる。投げナイフを手に取り、柄《え》尻《じり》で壁のあちこちをコツコツと叩《たた》き始める。音の響きを聞いているのだろうか。

「――ん。たぶんこっち」

ディーが指し示した道を進む。

「そこトラップあるから、壁に手をつくなよ。槍とか矢が飛んでくるぞ」

「は、はい」

トラップに警戒して進んでいくと、また分かれ道が現れる。またディーの選んだ道を進む。

「足元にアラクネ糸がある。引っかかると吊るされるぞ」

言われて指を差されても、リゼットには糸など見えない。

しかし集中してよく見ると、光を受けてきらきらと輝く糸が、床から少し浮《う》いたところにピンと張っているのが見えた。言われなければ絶対に気づかなかっただろう。

「……前のパーティでは、この付近でずっと迷ってたんだ。あのプレートに従って、トラップがある毎《ごと》に引き返してたな」

進みながらディーがぽつりと零《こぼ》す。

「でもオレはこっちが正しいと思う。ただの勘《かん》だけど。それともどうする？　戻るか？」

「ディーにお任せしたんですから行きたい道を進んでください。レオンも構わないでしょう？」

「勘は経験と直感から来るものだ。経験に裏打ちされた勘は精度が高い。信用に値《あたい》する」

「いくらなんでも持ち上げすぎだ。そーゆーのは無事切り抜けてから言ってくれ」

その瞬間、上から槍が降ってくる。

レオンハルトが【聖盾】で弾いて事なきを得る。

「……悪ぃ」

「お互い様だ」

そうしてまた進んでいくと、広く明るい通路に出た。

「この周辺にはトラップはねーな。休むならここくらいか」

「そうだな。このあたりで一度休んでおこう」

「はい。結界を張っておきますね」

モンスターや他者が入ってこられない結界を張り、休む準備を進める。荷物を床に置き、隅《すみ》で火を燃やし、寝袋を広げる。

「ディーはどうして罠の位置がわかるのですか？」

眠る準備をしながら、リゼットはディーに聞いてみる。

一見何もない場所でもトラップを見つけるディーはまるで魔法使いだ。

「トラップってのはだいたいヒントがある。床の色がビミョーに変わっていたり、浮いてたり、壁の中が空洞《くうどう》だったりな。でないと作ったやつも引っかかるだろ？　だから見るべきところを見て、聞くべき音——仕掛《しか》けの動いている音とか、音がどこまで響くのかとか、そういうのを聞くんだよ」

「なるほど……」

「ただし本当にビミョーな違いだから、自己判断せずに資格持ったプロに任せろよ」

資格まであるらしいことに驚く。深い世界だ。

「あと、素朴な疑問なのですが。ディーはどうしてトラップのある道が正解だと思うのですか？」

あのプレートとは真逆の道をディーは選んでいるように見える。ディーの選択《せんたく》に口を挟《はさ》むつもりはないが、理由は気になった。

「あれだ。トラップってのは取られたくない宝や入られたくない特別な場所の周辺にあるもんだ。ない道の方が正しいって言われてても、ウソだろとしか思えねえ」

「なるほど。『真実の道に障害なし』――これこそがトラップだということですね」

「間違った前提を出してくるのはトラップとしてはルール違反《いはん》だけどな。つくったやつはよっぽど性格が悪いんだろ。わかったなら早く寝ろ」

「はい、おやすみなさい。レオン、ディー」

仲間が一人増えただけで、寝ずの番の負担はぐっと軽減される。仲間というもののありがたさを感じながら、リゼットは早々と眠りについた。

充分《じゅうぶん》眠ってからの朝食は、残っているパンを焼いた。深めに包丁を入れてバターを塗《ぬ》りこんで柔《やわ》らかくして、チーズをのせて焼く。

いよいよ食材が少なくなってきたので早く次の階層に移りたいとリゼットは思った。レオンハルトの話では、次は食べられそうなモンスターが多い階層らしいので期待が膨《ふく》らむ。

休憩を終えて先に進むと、いままでになく広く、天井の高い空間に出る。静かで、荘厳《そうごん》で、まるで城の大広間──あるいは教会の聖堂のようだ。

そこには一本の通路が真《ま》っ直《す》ぐに伸びるのみで、通路の両側は穴だ。底がないかと思えるほど深く、暗闇に覆《おお》われている。落ちれば命はないだろう。できるだけ通路の中央に寄る。

「向こうにも道が見えますね」

リゼットたちがいる通路より低い位置、穴を挟んだ向こう側に、まったく同じような真っ直ぐな通路が伸びている。そしてその通路には、冒険者のパーティがいた。

「うげっ」

「あら、無事だったのですね。よかった」

ディーの元仲間の面々だった。向こうはまだこちらに気づいている様子はない。

その時だ。下のパーティの歩く通路の一部が横に傾斜《けいしゃ》し始めたのは。

ボールが坂道を転がるように、歩いていたパーティは抵抗虚《ていこうむな》しく下に落ちていく。深い穴が悲鳴も希望もすべてを飲み込んでいった。

「あら、まあ……」

「アイテム持ってるから平気だろ」

ディーが冷静に呟いたその瞬間、闇の奥に四つの光が浮かぶ。光は垂直に登って一瞬で天井を通り抜け、すぐに見えなくなった。

死亡時帰還アイテムで地上に転送されたのだろう。あまりにも呆気《あっけ》ない探索の終わりだった。

（あんな風に外に出るのね……）

死亡脱出の光景を初めて見たリゼットは、本当に無事なのかと疑ってしまう。それほど現実感のない出来事だった。

「――さあ、俺たちは進もう」

「だな」

二人は慣れているのか、まったく動揺《どうよう》している様子がない。初心者と熟練者の違いを感じながら、リゼットは二人を追った。

そのまま一本道を進んでいくと、大きな扉が立ち塞がる。一人では到底《とうてい》開けられそうにない重厚《じゅうこう》な扉には、獅子《しし》の顔が彫刻《ちょうこく》されていた。この先にいかにも何かが待っていそうな雰囲気だ。

ディーは鍵穴を覗き込み、腰《こし》のポーチからピッキングツールを取り出す。その中から先の曲がった金属の棒を選び、鍵穴に差し込んでガチャガチャと何度か動かす。

「よし、行けそうだ」

――カチ、と鍵の開く音がする。

「さぁて宝があるかモンスターが出るか。準備はいいか」

「はい」

「ああ」

三人で扉を押し、開ける。

扉の先は、気味の悪いほどに静まり返っていた。生き物の気配はない。ボス級のモンスターか大掛かりな仕掛けでもありそうな場所なのに、あるのは巨大《きょだい》な石像がひとつ。人間の顔と獅子のような身体と、力強い翼《つばさ》を持つ石像が、中央に鎮座《ちんざ》しているだけだった。

罠や不意打ちを警戒するも、何も動きがない。

奥に続くような通路もない。ただの行き止まりなのか、それともどこかに道が隠されているのか。

――刹那《せつな》、石像の目が金色に輝く。

「いま、動きました？」

「これは――スフィンクスだ」

【鑑定】ストーンゴーレム。石でできた魔術生命体。

（――ストーンゴーレムですけど？）

それこそ、これまでの通路でたくさん出会ったストーンゴーレムと同類だ。大きさと迫力《はくりょく》以外は。

スフィンクスというモンスターを模したストーンゴーレムということだろうか。

ともあれストーンゴーレムなら倒し方は知っている。関節に氷をつくり、膨らませて割る――

『朝はウジ虫、昼は岩、夜は炎。これは何か』

重厚な声が、広間に反響《はんきょう》する。

「……え？」

『朝はウジ虫、昼は岩、夜は炎。これは何か』

意味がわからず聞き返すと丁寧《ていねい》に繰《く》り返してくれる。だが、やはり言っている意味はわからない。

「謎掛けだ。解ければ戦闘なしで通してくれる。間違ったり答えられなければ、こちらを食い殺しに来るはずだ」

リゼットは困惑《こんわく》した。

（――ストーンゴーレムが？）

ストーンゴーレムが人間を食べるとは？

リゼットは疑問で頭がいっぱいになる。食べることができるということは、つまりストーンゴーレムも生きているということだ。内臓があるということだ。

つまりストーンゴーレムも食べられるということで、一気にリゼットの期待が高まる。

（石に見えて実はミミックと同じ外骨格？　味は？　い、いけないいけない。集中集中）

ゆっくりと深呼吸する。考えてみるが、詩的すぎる問いの答えはすぐには思いつかない。

「なあ、そこまで知ってるならナゾナゾの答えも知ってるんだろ」

ディーに言われ、レオンハルトは困惑の表情を浮かべる。

「……いやそれが、俺の知っているスフィンクスの謎掛けと違うんだ……」

「レオンの知っているパターンはなんですか？」

「朝は四本足、昼は二本足、夜は三本足、これは何か。――答えは人間」

「はあっ？」

納得《なっとく》できないディーに向けて、レオンハルトは話を続けた。

「人間は赤ん坊《ぼう》の時には四本足で這《は》い回り、成長すると二本足で歩く。歳《とし》を取ると杖をつくから三本足になる」

「あー、なるほどな……で、今回のはウジ虫、岩、炎……なんだよこれ？　意味わからん」

ディーは頭を掻きむしる。

レオンハルトも難しい顔をしたまま考え込んでいる。

リゼットも共に考え、そしてひとつの結論に到達《とうたつ》した。キリッと表情を引き締め、顔を上げる。

「よくわかりました。この問題は本来の問いに引っ掛けているはずです」

「リゼット、答えがわかったのか？」

「はい。スフィンクスの謎掛けを知っていることが前提ならば、答えは人型の種族に間違いないでしょう。つまり――」

人族はヒューマン、エルフ、ドワーフ、ノーム、リリパット、オーガ等々《などなど》、様々な種族がいる。

リゼットはスフィンクスの頭を見上げる。

「答えはドワーフ！」

『その心は』

「ドワーフの誕生は、巨人にたかるウジ虫が女神によって姿を変えられたことからだと言われています。生まれたころのドワーフは地下や岩穴に籠《こ》もって生活し、やがて火と鉄を自在に操る鍛冶師《かじし》として名を馳《は》せました」

スフィンクスを見つめ、びしっと指を差す。

「偉大《いだい》なる鍛冶師ドワーフ、それが答えですわ！」

『大☆正☆解☆★☆』

陽気な祝意が込められた重厚な声が、ファンファーレが、大広間を揺らす。

石像の目が虹《にじ》色に輝き、紙吹雪《かみふぶき》が舞《ま》う。スフィンクスの石像が真っ二つに割れて、中央から琥珀《こはく》色《いろ》の石——魔石が現れた。石像は一切《いっさい》動かなくなり、ファンファーレの残響も消えていく。

戦闘準備をしていたレオンハルトとディーも警戒を解く。

「……あれ作ったの絶対ドワーフのヤローだろ」

「俺もそう思う」

脱力したような呟きが大広間に静かに響いた。

スフィンクスの身体がぼろぼろと崩れ落ちる。その後ろに煌々《こうこう》と輝く帰還ゲートが現れ、その更に奥に下へと向かう階段が出現する。次の層——第四層への階段が。

「なんか呆気なかったな……オレのしてきた苦労はいったい……」

「皆《みな》で力を合わせたからこそですわね。仲間って素敵《すてき》です」

いまなら錬金術師《れんきんじゅつし》やギルドの職員がパーティを組むのを推奨《すいしょう》してきたのがよくわかる。

一人ではできないことを、力を合わせて乗り越える。仲間というものの素晴らしさを知ることができ、リゼットは感動に震える。まさか自分がこんな風に思える日が来るなんて。

「よっしゃ帰ろうぜ」

ディーは声を弾《はず》ませてまっすぐに帰還ゲートに向かう。その背中をリゼットは少し寂《さび》しい気持ちで見つめた。

仲間というものの素晴らしさを知り、そしていま、仲間と離れることの寂しさを知った。

リゼットはレオンハルトを見る。レオンハルトはリゼットの視線に気づくと小さく笑って頷《うなず》いた。

「どうした？　……もしかして先に進むつもりなんじゃねぇだろうな」

「はい。私たちは先に向かいます」

「いや、戻って補給したりしなくていいのか。さすがに無謀《むぼう》――」

「ディー、ありがとうございます。ここまで来られたのはあなたのおかげです。短い間でしたが、ご一緒できて嬉しかったです」

深々と頭を下げる。

短い付き合いだったが、ディーと過ごした時間は楽しかった。ディーが無事にダンジョンから出ていくのを見届けられることを嬉しく思う。

「俺からも礼を言わせてくれ。君の力に何度も助けられた。ディーがいなければこの層を突破《とっぱ》できなかっただろう」

「マジかよ……」

ディーは呆然《ぼうぜん》と呟き、帰還ゲートとリゼットたちを交互に見つめた。

大きくため息をつき、帰還ゲートに背を向ける。

「仕方ねぇなあ！　一回くらいは行けるとこまで付き合ってやるよ」

「いいのですか？」

「ああ。二言はねぇ」

ぐっと親指を立てる。

リゼットはその姿を嬉しく、そして頼もしく思った。

「で、お前らの目的は？」

「第六層のドラゴン討伐《とうばつ》です」

「聞いてねえ！」

「そしてドラゴンステーキです！」

「ウッソだろこいつ本気だ！」

ディーは引きつった顔を青ざめさせ、帰還ゲートに向かって走り出す。

「そこまで付き合ってられるかっ――うわあああぁ！　帰還ゲートがもう消えてるううぅ」

煌々と輝いていた帰還ゲートは消えてなくなっていた。ディーはがくっと地面に膝をついた。

「ははは。手遅《ておく》れだな」

「爽《さわ》やかに笑うな！　……いやだあ！　ドラゴン討伐なんてオレには無理だあ！」

「そんな。何事も経験ですわ。大丈夫、私も初心者です」

「不安しかねえええぇ！」

聖女メルディアナの失踪

【Side メルディアナ】

メルディアナは王都に帰還《きかん》してすぐに、気分が優《すぐ》れないことを理由に実家であるクラウディス侯《こう》爵《しやく》家に戻《もど》った。誰《だれ》の説得にも耳を貸さず、強引《ごういん》に。

そして自室に閉じこもると使用人の中でもわずかな者しか部屋に入ることを許さず、誰にも姿を見せなくなった。

教会の関係者も再三見舞《みま》いに訪《おとず》れて教会で療養《りようよう》することを促《うなが》したが、メルディアナは一切《いっさい》応じることはなく、姿を見せることもなかった。様子を見にきた婚約者《こんやくしや》の次期公爵にすらも。

「メルディアナ、私の可愛《かわい》いメルディアナ」

今日もまた父親である侯爵代行が、部屋の前から愛娘《まなむすめ》に呼びかける。

「いったいどうしたんだ。ずっと部屋にこもりきりで。皆《みな》が心配しているぞ。神官たちも待ってくださっている。早くお前の奇跡《きせき》を見せておやりなさい」

「……お父様」

部屋の中から響《ひび》いた、久しぶりに聞く愛《いと》しい娘の声に侯爵代行は安堵《あんど》する。

内からわずかに扉《とびら》を開くと、侯爵代行は喜び勇んで中に入った。

「どうしたんだメルディアナ、こんな暗い部屋で……それにその姿は」

カーテンも開いていない暗い部屋。

メルディアナはそこで全身をヴェールで覆《おお》い隠《かく》して立っていた。

ヴェールからは髪《かみ》がわずかに見えるのみで、肌《はだ》も顔も完全に隠されている。

「お父様はわたしの味方……？」

「もちろん。何があってもお前の味方だ。可愛いメルディアナ」

「……本当に？」

「ああ、お前を必ず守ろう」

「……こんな、姿でも？」

メルディアナはそっとヴェールを外す。手袋《てぶくろ》をした細い指で。

「うっ……うわあああ！」

まるで悪魔《あくま》でも見たかのように、侯爵代行は怯《おび》えながら体勢を崩《くず》し、床《ゆか》に腰《こし》を打った。

「メ、メ、メルディアナ……その姿は……」

「……お姉様のせいよ」

「リゼットのせいだと？」

「そう。全部、全部、全部全部全部！　お姉様のせい！　くそ、あのダークエルフめ……！」

腰が抜《ぬ》けて震《ふる》えている侯爵代行には目もくれずメルディアナは毒づく。

ダークエルフはメルディアナに言った。

——近くの人間の生命力を、聖女の力に変換《へんかん》できるようにしたよ。

メルディアナはそれを近くにいる他の人間の生命力を使うと解釈《かいしゃく》した。そして歓迎《かんげい》した。聖女メルディアナのためにその命を使えるなんて、皆、光栄に思うだろうと。

そう思って望まれるままに結界を張り直し続けた。

王都に帰るまでの間、ずっと。

儀式《ぎしき》は滞《とどこお》りなく行なわれ、メルディアナの力を疑う者はいなくなり、これからもずっと聖女として順風満帆《じゅんぷうまんぱん》な日々を送ることができると思っていた。

未来は明るく、幸福しかないはずだった。

――だというのに。

己《おのれ》の身体《からだ》に現れた変調に気づいて、メルディアナも理解した。

ダークエルフが施《ほどこ》したのは、メルディアナの近くの人間の生命力を奪《うば》うのではなく、聖痕《せいこん》の近くの人間――つまり聖痕を宿すメルディアナ自身の生命力を奪っているのだということに。

悔《く》やんだ。結界を張り直してしまったことを。力を使ってしまったことを。

時間を巻き戻せるなら戻したい。こうなることがわかっていれば一切の力を使わなかったのに。

「許せない許せない許せない……あのダークエルフ……リゼット……許さない、絶対に許さない！」

ヴェールを噛《か》みちぎる。ダークエルフを八つ裂《ざ》きにし、リゼットを殺し、元の姿に戻るまで、この怒《いか》りは収まらない。

「――お父様、馬車を出して」

「ど、どうするつもりだね」

「ノルンに向かうわ。お姉様を殺せば、わたしは完璧《かんぺき》な聖女になれる。懸賞金《けんしょうきん》をかけて、薄汚《うすぎたな》い冒険者《ぼうけんしゃ》たちに確実に殺させるわ。わたしがこの目で見届けるまで、けっしてやめない」

ノルンダンジョン領域に戻り、リゼットに莫大《ばくだい》な懸賞金をかける。冒険者たちはこぞって首を取りに行くだろう。リゼットはもうダンジョンの中にも外にも逃《に》げ場はなくなる。

必ずその死を見届ける——メルディアナはそう決めた。

「お父様。わたしを見捨てたりしないわよね？　そんなことをしたら、わたしお父様とダークエルフのこともきっと口にしちゃうわ」

黒魔術は禁術とされている。関《かか》わった者は教会により処罰《しょばつ》される。

禁術で本来の聖女リゼットから聖痕を引き剥《は》がし、他者に移殖《いしょく》したのが明るみになれば、侯爵家は取り潰《つぶ》しを免《まぬが》れない。実際に行動した侯爵代行やメルディアナは無事では済まない。

侯爵代行がこの窮地《きゅうち》から逃《のが》れる手段は一つしかない。

リゼットの存在をこの世から消すこと。

メルディアナを完璧な聖女にすること。

「家とお父様のためですもの。お姉様もわかってくれるわ……さあお父様。お姉様を殺しにいきましょう？」

その日、侯爵家に向かっていた教会の使者たちは、猛《もう》スピードで走る黒塗《くろぬ》りの馬車とすれ違《ちが》う。

そしてその日、王都から聖女が姿を消した。

第五章 ダンジョンの住人たち

青い空と、降り注ぐ金色の光と、髪《かみ》を揺《ゆ》らす風の感触《かんしょく》。どこまでも続く青々とした草原。

第四層に下りたリゼットたちを出迎《でむか》えたのは、眩《まぶ》しい光と風の大地だった。

空には白い雲が浮《う》かび、鳥が飛んでいる。第一層の森と雰囲気《ふんいき》が近い。だがこちらの方がより空の違和《いわ》感がない。

ここは空が高く、風が心地《ここち》いい。空の先にも、そのずっと先にも世界が広がっているかのようだ。

「素晴《すば》らしいですわ……地中にこんな世界が広がっているだなんて……」

「なんでもありだな、このダンジョン」

魅入《みい》られるリゼット、ディーとは対照的に、レオンハルトは冷静だった。

「二人とも、ここはもう中層だ。モンスターも強くなっている。気を引き締《し》めてくれ」

「はい」

いくら地下ダンジョンとは思えない光景が広がっていたとしても、ここは間違《まちが》いなくダンジョン。

空を飛んでいるのは鳥ではなく、頭部が人間の女性に酷似《こくじ》した鳥型モンスターだ。地上の常識はここでは一切《いっさい》通用しない。

「ともあれ、早めに食材を探したいところですね。もうあまり余裕《よゆう》がないので」

「あれなんかいいんじゃないか」

ディーの指す丘《おか》には、灰色毛のウサギが耳を立ててこちらを警戒《けいかい》していた。

「ウサギならモンスターでも食えるだろ」

「あれは爆発《ばくはつ》ウサギだな。ダメージを与《あた》えると爆発四散する」

「可愛《かわい》い顔をしてなかなか激しいですわね」

「ミンチをかき集めるのはゴメンだぜ……」

さすがに地面に散らばった肉をかき集めるのは難しい。できれば形を保ったものが欲《ほ》しい。

「爆発ウサギは爆発音で仲間に危険を知らせると言われている。仕留めるときは離《はな》れた位置から、できれば発火器官を切り落とすのがベストだ」

「お前って涼《すず》しい顔で無茶言うよな」

ディーは肩《かた》を竦《すく》める。

「弓矢もないし、オレの投げナイフだって飛距離《ひきょり》はそんなにないぜ」

「警戒心も強い相手だ。巣穴から出てきたところをリゼットの魔法《まほう》で仕留めてもらおう」

リゼットは大きく頷《うなず》き、ユニコーンの角杖《つのつえ》を手に取った。

「任せてください。ではウサギ狩《が》りに参りましょう！」

ウサギ狩りは祖母から教わったことがある。捌《さば》いて食べたこともある。

不穏《ふおん》な空気を感じ取ったのかウサギが丘の上に逃《に》げていく。

「でもどうやって巣穴から出すんだ？」

「はい！　蛇《へび》を巣穴に投げ入れるとウサギは出てきますよ」

「んじゃまず蛇を捕《つか》まえるところからか……あっちに森があるし」

その時、近くの背丈《せたけ》の高い草むらから、緑色の太い蛇が這《は》い出してくる。

ウサギの巣穴に投げ込《こ》むのには少し大きすぎるような気もしたが、蛇は蛇。

「おっ、ちょうどいいところに――」

ディーも気づいて捕獲《ほかく》しようとした時、蛇の後ろの草むらが大きく揺れた。

のっそりと出てきたのは、人間ほどの大きさの雄鶏《おんどり》だった。鮮《あざ》やかな鶏冠《とさか》に、茶色の羽。猛禽類《もうきんるい》の鋭《するど》い両目がまっすぐにこちらを見据《みす》える。

「鶏《にわとり》が蛇を背負《しょ》ってやってきました！」

「違う！　コカトリスだ！」


【鑑定《かんてい》】コカトリス。身体《からだ》は雄鶏、尾《お》は毒蛇《どくへび》。鋭い爪《つめ》と強力な毒を持つ。


コカトリスが跳《と》ぶ。鉤状《かぎじょう》の鋭い蹴爪《けづめ》が、近づいていたディーの首を狙《ねら》う。

「――ファイア、ボウル！」

雄鶏の頭に火球をぶつけ、相手を怯《ひる》ませ視界を奪《うば》う。

コカトリスの空中での体勢がぐらついた刹那《せつな》、レオンハルトがディーを突《つ》き飛ばし、剣《けん》で雄鶏の首を斬《き》り落とす。返す刃《は》で蛇の頭を飛ばす。

二つの頭を失ったコカトリスが地面に落ちると同時に、レオンハルトは剣を手放した。

「リセット、剣を浄化《じょうか》してくれないか。コカトリスの毒が剣に染《し》み込んでいる」

「はい！」

剣に付着した黒い血が、灰色の煙《けむり》を上げながら剣全体を包み込もうとしている。

リゼットが浄化魔法を唱えるとすぐにそれも消えた。

レオンハルトは浄化された剣を拾い鞘《さや》に納めると、転んだままのディーに手を差し伸《の》べた。

「あっぶねぇ……死ぬかと思ったぜ……」

「突き飛ばしてすまなかった。怪我《けが》は？」

「ねぇよ、サンキュー。あれで頭蹴られるよりよっぽどマシだ」

レオンハルトの手を握《にぎ》り、ディーが起き上がる。

「せっかくですから今日はコカトリスをいただきましょうか」

「毒があるんじゃねーのかよ」

「毒は蛇部分だけにある。雄鶏の部分には毒はないし大丈夫《だいじょうぶ》だろう」

「ええ。浄化魔法も毒消し草もありますし」

ちょうど足元で自生していた毒消し草を摘《つ》む。爽《さわ》やかな香《かお》りが漂《ただよ》った。鮮度《せんど》も抜群《ばつぐん》で品質もいい。

いくつか摘んでコカトリスの香草《こうそう》焼きにしようとリゼットは考えた。

「――――？」

ふと視線を感じて顔を上げると、三羽の鳥型モンスターが、遥《はる》か上空からこちらの様子を窺《うかが》っていた。高い声で鳴き交《か》わして何かを相談しているようだった。

「不気味なやつらだな」

レオンハルトがコカトリスの足首を持ち、近くの森に向かって歩き始める。

「場所を変えよう。ハーピーは臆病《おくびょう》だから襲《おそ》ってはこないが、食事中に邪魔《じゃま》をしてくる」

「まあ、あれがハーピーなんですね。邪魔とは、どんな？」

レオンハルトはしばしの沈黙《ちんもく》の後、重そうに口を開いた。

「……お……汚物《おぶつ》を、空から撒《ま》き散らしてくる……」

「げえ」

「こっちが混乱している内に、無事な食べ物だけ奪って逃げていくんだ。あいつらは」

嫌《いや》な過去を思い出しているのか、げっそりとしていた。

「鳥ですものね。それでは、今日の結界は厚めに張ることにしましょう」

森に移動し、適度な太さの枝にコカトリスを吊《つ》るして血抜《ちぬ》きをする。念のため蛇の尻尾《しっぽ》は根元を縛《しば》って血が噴《ふ》き出ないようにして切り落とす。

血抜きが終わるまでリゼットは結界内で見張りをして、レオンハルトとディーは付近の探索《たんさく》に向かった。

ひとりでコカトリスを眺《なが》めながら、リゼットは考えていた。羽を毟《むし》るには軽く茹《ゆ》でて毛穴を開かせる必要がある。だがリゼットの持っているフライパンではこの大きさのコカトリスは入らない。

穴を掘《ほ》ってそこに魔法で湯を沸《わ》かすという方法を考える。しかし労力と衛生面を考えると乗り気になれない。いくら浄化魔法できれいにできるとはいえ。

頭を悩《なや》ませているうちに、レオンハルトとディーが戻《もど》ってくる。

「おかえりなさい。どうでした？」

「近くには食人植物がいるくらいだ。近くの分は駆除《くじょ》してきた」

「食えそうなのは変な実と卵くらいだぜ」

「まあ、素敵です。ありがとうございます」

丸々とした緑色の実がふたつと、立派な卵がひとつ。リゼットは喜んで実を受け取った。実の表皮は分厚く、中はずっしりと詰《つ》まっていて重い。開けるのを楽しみにしながら、地面のきれいな場所に置く。

「なんの卵だろーな。コカトリスのか？」

「コカトリスはオスだけのはずだ」

「どうやって増えてんだよ……いやどーでもいいけど」

レオンハルトがはっと息を呑《の》む。

「そうか……！　雄鶏に見えて、実際は雌《めす》もいる可能性もあるのか……俺《おれ》はトサカしか見ていなかったのかもしれない」

「真剣に考えんなよ……心底どうでもいいよ……」

ディーから卵を受け取り、リゼットは表情を輝《かがや》かせた。

「この卵、見覚えがあります。ハーピーの卵ですね」

第三層でドワーフの行商人から購入《こうにゅう》し、フレンチトーストにして食べたハーピーの卵と同じものだった。おそらく森で産み捨てられたのだろう。

「カナッチさんはお元気でしょうか……」

いまでも元気に行商を続けているのだろうか。ユニコーンの蹄《ひづめ》はうまく売れただろうか。

思い出に浸《ひた》っているリゼットの横で、ディーがレオンハルトにこそこそ話しかけていた。

「ハーピーって……アレ、だよな？　……アレ、食べたのか？」

「………」

「アレの卵食うのかマジで？」

レオンハルトはあらぬ方向を見たまま答えない。

「頭は人間に似ていますが、ハーピーは鳥モンスターですよ。卵を産むのですから。味も普通《ふつう》の卵ですし、安心して食べてくださいね」

「お、おう……」

そうしている内に血抜きが終わる。

羽をむしるために、リゼットは火魔法と水魔法の複合魔法を試《ため》してみることにした。

【魔力操作】【火魔法（中級）】【水魔法（中級）】

水に火魔法の熱を移し、温かい湯の水球を空中につくる。ゆっくりとコカトリスを包み込み、維《い》持《じ》する。

「すごいな。二属性の複合魔法だなんて、しかもこの繊細《せんさい》な魔力調整……誰《だれ》にでもできることじゃない」

「才能の無駄遣《むだづか》いってやつか」

「有効活用です！」

吊るしたコカトリスの毛穴が開いたところで、表面を包み込んでいた湯を分解する。コカトリスからホカホカと湯気が立っていた。

「さあ、羽をむしっていきましょう」

三人がかりで羽をむしり、残った産毛《うぶげ》は火魔法で焼く。腹を割って捌いて肉にしていく。念のため内臓は除去する。

手羽、むね肉、ささみ、もも肉。元が大きい分、肉にしても大きい。

肉にするのが終わると、これから料理する分以外は冷蔵保存してアイテム鞄《かばん》に入れる。

むね肉に塩と香辛料《こうしんりょう》を塗《ぬ》りこんで、フライパンで皮をしっかり焼く。焼き目が付いたら火を弱めて、毒消し草と一緒《いっしょ》に蒸《む》し焼きにしていく。

肉の焼けるいい匂いが立ち込める。蓋《ふた》を開けると食欲をそそる香りが一際《ひときわ》漂った。

「できました！　コカトリスの毒消し草焼きです」

いい焼き色がついている。リゼットは満足してそれぞれの皿に取り分けた。

「いただきます」

パリパリの皮を噛《か》んでいくと、肉からじゅわっと旨味《うまみ》が溢《あふ》れる。肉質はしっかりとしていて、味は淡白《たんぱく》で癖《くせ》がない。そのため皮の香《こう》ばしさと毒消し草の風味が引き立つ。

「これはうまいな。旨味が凝縮《ぎょうしゅく》されているし、毒消し草が香りを高めている」

「おう、これならいくらでも食えそうだ！　もうずっとこれでいいぜ！　くーっ、酒が欲しいな！」

あんなにモンスター料理を嫌がっていたディーの変わりようにリゼットは嬉《うれ》しくなった。ディーはそのまま二度おかわりした。


「はーっ、食った食った！」

「そうだ。先ほどの実を割ってもいいですか？」

中身が気になる。おいしい果肉が詰まっていれば、いいデザートになるだろう。

「俺がするよ」

皮は非常に硬《かた》いため、まずは尖《とが》った石で穴を開けることにした。鉄杭《てつくい》でもあればよかったのだが、あるのは剣や包丁だけだ。下手をすれば刃が折れる。

「この感じ、中は液体だな」

「ではここの中で」

フライパンの中で実を割る作業を続けると、厚い皮が割れて中から白い液体が溢れた。それらをすべてフライパンにそそぎ、ユニコーンの角で軽くかき混ぜる。

「なんだその棒」

「これはユニコーンの角です。液体をきれいにできるんですよ」

「ユニコーン……？　お前、ますますとんでもねぇな」

リゼットはコップに液体をそそぎ、一口飲んでみる。

「このとろりとした食感と甘《あま》み……これは紛《まぎ》れもなくミルクです！　あっ、ああっ……会いたかった……！」

「泣くほど……」

溢れる嬉し涙《なみだ》をぬぐい、リゼットはレオンハルトとディーのコップにも果汁《かじゅう》をそそぐ。

「うん、牛やヤギよりさっぱりしてるな」

「青くせえ……」

レオンハルトはリゼットと同じく気に入ったようだったが、ディーの口には合わなかったらしい。

植物だからか本物のミルクよりも青臭《あおくさ》いのは仕方がない。

それでもリゼットはわくわくしていた。

ハーピーの卵、謎《なぞ》のミルクの実、そして大切に取ってある砂糖。

「卵とミルクと砂糖。これだけあれば――プリンがつくれます！」

フライパンに水と砂糖を入れて煮《に》詰《つ》めてカラメルをつくり、それぞれのコップに入れる。

続いてフライパンを洗わないままミルクと砂糖を入れて、砂糖を煮溶《にと》かす。しっかりと混ぜた卵を流し入れてプリン液をつくる。

プリン液を目の粗《あら》い布で漉《こ》し、カラメルを入れたコップにプリン液を入れて、水を張ったフライパンに並べて蓋をして蒸す。最初は強火、あとは弱火、火を消してじっくりと熱を通し、蒸し上がったら水魔法で丁寧《ていねい》に温度を下げる。

「プリンができました！」

スプーンでカラメルを絡《から》ませながら食べると、冷たく甘いプリンとカラメルのほろ苦さが一体となって、身体に染み渡《わた》っていく。

「ああ、しあわせ……」

「――うっま。天才か！」

「リゼットは本当にすごいな」

「ふふっ、ありがとうございます。おふたりのおかげです」

甘い幸せを噛み締めながら、リゼットは笑った。

「――ところで、コカトリスがどうやって増えるかの話だけど」

「まだ考えてたのかよ？」

「コカトリスじゃなくてよく似たバジリスクの話なんだが、雄鶏は七年生きると、身体の中に卵が一つできて、それを地面の下に産むらしい。殻《から》も卵黄もないそれを蛇が温めると、バジリスクが生まれる。コカトリスもバジリスクも、きっと同じように増えているんじゃないかな」

「まあ……雄鶏の産む卵、とても興味深いです。どんな味がするのでしょうか」

「心底ッ、どうでもッ、いいッ！　むしろ考えたくねえ！」

食後はいよいよ爆発ウサギ狩りに向かう。森で取った蛇を袋《ふくろ》に入れて、丘へ戻ろうとしていると、空の色が変わり始めていることに気づく。青空が少しずつ色を失い、赤く染まり始めている。

「夕焼け……？　この階層には夜が来るのですね」

第一層では朝も夜もなかった。第二層、第三層では空を見ることさえできなかった。ここで初めてダンジョンでの夜を迎《むか》えようとしている。

「急いだ方がよさそうだ」

——夜になる前に。

先行しているレオンハルトが進む速度を上げる。ウサギを見かけた丘が近づいてくる。

ウサギは耳がよく警戒心が強い。そして逃げるときは上に逃げる。

手分けして上と下に布陣《ふじん》するのが理想的だが、相手は爆発するモンスター。二手に分かれるのは危険だ。気をつけながら斜面《しやめん》に掘られた巣穴を探す。穴から出てきたところを捕まえるために。

穴はすぐに見つかった。

丘の斜面にぽっかりと空いた黒い穴。中の気配をレオンハルトが確認《かくにん》し、蛇を巣穴に投げ入れる。

リゼットは魔法の準備を整えて、出てくるのを待つ。

次の瞬間《しゆんかん》、巣穴から灰色のウサギ——爆発ウサギが逃げるように飛び出してくる。

爆発ウサギはこちらの姿に驚《おどろ》いて穴に戻ろうとしたが、蛇を思い出したのか硬直《こうちよく》する。

「フリーズアロー！」

氷の矢が爆発ウサギを捉《とら》えた——はずだった。

ひょいっと爆発ウサギが動き、氷の矢をあっさりと避《よ》ける。魔法の矢には追尾《ついび》機能があるが、地面に刺《さ》さってしまえばそれも働かない。矢が刺さった周囲だけが一瞬凍《こお》って氷が弾《はじ》ける。

その間に爆発ウサギは丘の上に向けて逃げ出す。人間ではとても追いつけないスピードで。

「なに外してんだ！　――くそっ、期待すんなよ！」

ディーの投げナイフは逃げる爆発ウサギの背中を的確に捉えた。

――ドォォォン！

爆発四散。

飛んでくる熱と土とその他もろもろをレオンハルトの【聖盾《せいじゅん》】が防ぐ。

煤《すす》の臭《にお》いと煙が薄《うす》まったころ、残っていたのは地面が焦《こ》げた跡《あと》である黒円だけだった。

「やっちまった……あーくそナイフが……」

「やっぱり難しいな。料理中に爆発する危険性もあるし、諦《あきら》めないか」

「そうですね……」

煙幕《えんまく》が晴れていく中、リゼットたちは気づいた。いつの間にか爆発ウサギたちに取り囲まれていることに。

「逃げねーのかよ！」

その数は十五匹《ひき》。完全に包囲されていて、逃げ出せるような隙《すき》はない。つぶらな瞳《ひとみ》がじっとこちらを見ている。感情が見えなくても、仲間を倒《たお》されて憤《いきどお》っているような迫力《はくりょく》があった。

もしかしなくても命を狩られそうになっているのはリゼットたちの方だった。

「あの勢いで爆発されるとヤベーぞ」

レオンハルトが盾《たて》を構える。【聖盾】は強力なスキルだが、これだけの数が次々に爆発したときその盾が耐《た》えられるかはわからない。

リゼットはユニコーンの角杖を強く握る。

（これだけ固まっているのならむしろやりやすいというもの）

食材と言っている場合ではない。二人を守るために戦う。

溜《た》まったスキルポイントを魔法強化に注ぎ込み、水魔法を中級から上級へランクアップさせる。

「――レオン、【聖盾】を」


【水魔法（上級）】【魔力操作】

「フリーズストーム！」

冷気を伴《ともな》う風が吹《ふ》く。

すべてを凍結《とうけつ》させる白い嵐《あらし》が、杖を中心にして吹き荒《すさ》ぶ。

爆発ウサギたちが一瞬で凍りつき、風に煽《あお》られて倒れる。魔法が終わった時、辺りは一面の銀世界となっていた。地表に氷が張り付き、夕陽《ゆうひ》を受けて輝いている。

ただリゼットたちの周りだけは【聖盾】によって冷気から守られていた。

「終わりました……？」

もう周囲に生きている爆発ウサギはいない。氷が残るだけだった。【聖盾】の魔力防壁《ぼうへき》も解除される。

「すごい……なんて魔力量だ。これなら本当に……」

「寒っ！　やっべえ！」

急速な冷気に震《ふる》えながらディーが叫《さけ》ぶ。全身をさすり、地団太を踏《ふ》んで。ここだけ厳冬の山嶺《さんれい》だ。

「こいつら本当に食えるのか？　料理中に爆発したらオレらもミンチだぞ！」

その懸念《けねん》はもっともだった。爆発ウサギの名を持つだけあって、爆発の威力《いりょく》が強すぎる。体内に発火性の物質が溜め込まれているのは間違いない。

「そうですね……」

諦めようとしたその時――

「――嘆《なげ》かわしい。なんという狩りの仕方だ」

丘の上から風に乗って、悲しみと怒《いか》りがこもった声が流れてくる。

「食べられる分だけ獲《と》る。それがダンジョンに対する礼儀《れいぎ》というものじゃろう」

顔を上げると、夕焼けの空を背負って立つ、ずんぐりとした人影《ひとかげ》があった。

背が低く、重心が下の方にあるシルエット。髭《ひげ》をたっぷりと蓄《たくわ》え、たくさんの荷を背負う姿。

「……カナツチさん？」

行商人のドワーフの名を呼ぶと、ふっと威圧感が和《やわ》らぐ。

「なんじゃ、弟の知り合いか。わしはカナトコ、カナツチの兄じゃ」

「ご兄弟……」

他人種の兄弟を見わけるのはとてつもなく困難なことなのだと、リゼットは初めて知った。

カナトコは氷原をすたすたと歩いて、凍《い》てついた爆発ウサギの前でしゃがむ。

「ふむ、しかしこれは……良い保存方法かもしれぬな……一気に肉を冷ますのは理にかなっておる。

あとは解凍方法《かいとう》か……ふむ」

ぶつぶつと言いながら凍ったウサギを凝視《ぎょうし》している。

「わしにも少し分けてもらえぬか。もちろん礼はしよう」

リゼットに向けられた顔には、探求心と好奇心《こうきしん》が輝いていた。

「あ、はい、それはもちろん」

承諾《しょうだく》すると、カナトコは植物の繊維《せんい》で織った袋に冷凍爆発ウサギをひょいひょいと詰めていく。

「おいおっさん。さっきから黙《だま》って聞いてりゃ……こっちは死ぬところだったんだ。モンスター倒して文句言われる筋合いはねーぞ」

カナトコは袋をもう一つ開くと、残りの冷凍爆発ウサギを同じように詰めていき、ぎゅっと口を縛ってディーに渡す。ディーは押《お》し付けられるままに受け取った。

「爆発ウサギは捌き方にコツがある。爆発させないやり方を教えてやるからついてこい」

――ついていくべきか。

ふたりに目配せすると、レオンハルトは神妙《しんみょう》な表情で頷き、ディーは警戒心をあらわに力強く首を横に振《ふ》る。

「いきましょう、ふたりとも」

リゼットを突き動かしたのは好奇心だった。

彼《かれ》についていけばこのダンジョンのことをもっと知ることができるかもしれない。そんな好奇心。

「お前ら本気かよ……」

「彼は悪い感じはしない」

ディーからウサギの詰まった袋を受け取りながらレオンハルトが言う。

「そうです。それにあの方についていけば爆発ウサギの安全な捌き方も教えてもらうことができます。これを逃《のが》す手はありません！」

◆　◆　◆

丘を越《こ》えて反対側へと歩いていく。ドワーフのカナトコの後ろをついて。

その下には家があった。木造の立派な家が建っていて、周囲にはしっかりと手入れをされた畑も広がっている。納屋《なや》も二つある。

「わしの家じゃ」

「ダンジョンに住んでいるのですか？」

「うむ。宿もやっとるぞ。泊《と》まっていくか？　食事付きで一人三〇〇〇ゴールドじゃ」

「お願いします！」

身を乗り出して力強く頷くと、後ろから腕《うで》をぐいっと引っ張られる。

「おいそこのイノシシ。勝手に決めるな」

「だって気になるじゃないですか！」

リゼットは声を抑《おさ》えて叫ぶ。

「ドワーフの方がここでどのような暮らしをしているのか、どのような食事が出てくるのか、気になって気になって」

ダンジョンの第一層でしばらく暮らしたことのあるリゼットだが、あのときはサバイバル生活だった。ダンジョン内で家を建てて畑を耕して暮らしているカナトコの存在は衝撃《しょうげき》的だった。その生活を知りたくて知りたくて仕方がない。

「あーはいはい。レオンはどう思う」

「……まあ、いいんじゃないか」

「くそ、甘いヤツ」

リゼットにもカナトコは悪いドワーフには見えない。ダンジョン行商人カナッチと同じく、気のいいドワーフにしか見えない。

「このエリアにヒューマンが来るのはいつぶりか……腕が鳴るわい」

カナトコの呟《つぶや》きにディーが震えあがる。

「オレたちを料理してやるってことなんじゃねえのか？」

「そんなマウンテンオーガ伝説みたいな」

レオンハルトがおかしそうに笑う。

「考えすぎですよディー。おいしいモンスターがここにはたくさんいるんですから、わざわざ人間を食べませんよ」

「お前の基準で物を考えるな」

先を歩いているカナトコが振り返る。

「自慢《じまん》の風呂《ふろ》と酒もあるぞ」

「酒⁉　酒があるのか！　おい、早く行こうぜ！」

ディーは喜び勇んで跳《は》ねるようにカナトコの後をついていく。

「……まったく。調子がいいというか、彼らしいというか」

共に過ごした時間はまだ長くないはずだが、ディーのことがよくわかっているかのように苦笑《くしょう》する。仲の良さを少し羨《うらや》ましく思っていると、レオンハルトと目が合った。

「俺たちも行こう」

「はい」


丸太造りの二階建ての家は、年季が入っているものの隅々《すみずみ》までしっかりと手入れされていた。畑には植物が青々と茂《しげ》り、小屋からは元気な鳥の鳴き声が聞こえてくる。井戸《いど》も掘られていた。

「カナトコさんは、どうしてダンジョンの中で生活を？」

「ドワーフは土の中が性《しょう》に合っとるでな。それにこの中にはなんでもあり、なんでもできる。弟が時折外に出て外のものを持ってきてくれるし、不自由はない」

ほぼ自給自足のダンジョン生活。それでここまで快適な生活環境《かんきょう》を整えていることに、リゼットは心の底から羨ましく思う。そしてカナトコに深い尊敬の念を抱《いだ》いた。

「モンスターが襲ってきたりはしないのか？」

レオンハルトの問いをカナトコは肯定《こうてい》する。

「うむ。ほとんどのモンスターはここには近寄らん。たまにいたずらをしてくるやつはいるが、直接危害を加えられることはない」

「まぁ……」

リゼットは感嘆《かんたん》の息を零《こぼ》す。それはこの家がダンジョンで聖域化しているということだ。

カナトコは正面玄関《げんかん》ではなく勝手口から家の中に入る。そこは広いキッチンだった。年季の入った木製の作業台の上にウサギの入った袋を丁寧に置く。

「さて、まずは爆発ウサギを捌くとしたいが」

「あ、解凍します」

爆発ウサギはまだ氷のようにカチコチだ。このままでは包丁は入らない。ゆっくりと冷気を抜《ぬ》いていくと、凍結していた身体が冷たいまま柔《やわ》らかくなる。

「うむ。爆発ウサギは喉《のど》に発火器官があり、胃の近くに爆発の素《もと》を溜め込む場所がある。身体が傷ついたときは特殊《とくしゅ》な発声で着火し、自ら身体を爆発させて仲間に危険を知らせるのだろう」

カナトコはよく研《と》がれた分厚い包丁を手に取った。

「ゆえに、倒すときは一撃《いちげき》で首を潰《つぶ》さねばならぬ」

ダンっと包丁が下ろされる。

「……この状態で血抜きをする。その後は内臓を丸ごと取れば、あとは普通のウサギと同じじゃ」

見事な包丁捌きをリゼットはしっかりと目に焼き付ける。

「さて、すぐに食べたいところじゃが、ウサギ肉は熟成が肝要《かんよう》。今日は前に獲った肉を振《ふ》る舞《ま》おう」

「お手伝いさせてもらってもいいですか？」

「いやいや、客人にそんなことをさせるわけにはいかん。部屋に案内するから休んでいなさい」

カナトコは手をきれいに洗ってから、リゼットたちを二階の客室へと案内した。

「他に客はおらんから、どの部屋でも使っていい。風呂は一階。好きに使ってくれ」

言って早々に一階へ戻っていく。

二階には、四人部屋が一つと二人部屋が二つ。どの部屋も床《ゆか》と壁《かべ》、天井《てんじょう》まで無垢《むく》の木材そのままで、優《やさ》しい雰囲気だった。掃除《そうじ》が行き届いていて塵《ちり》ひとつなく、ベッドも立派でシーツも清潔だ。

「驚いたな……彼は完璧《かんぺき》にダンジョンで生活している」

客室のベッドに座《すわ》り、レオンハルトは感心していた。

リゼットも自分のベッドの下で荷物を整理しながら同意する。

「素晴らしいことだと思います」

「オレはゾッとするね。この層は確かに地上みたいな感じだけど、言っても地面の下だろ？　土の中だろ？　モンスターも出るし住みたくはねぇよ」

ベッドに寝転《ねころ》んで天井を見上げながら言うディーの意見が一般《いっぱん》的な感覚だろう。

それでもダンジョンの中にあるこの宿は、砂漠《さばく》のオアシスのように、雪山の山小屋のように、冒《ぼう》険者《けんしゃ》の心身を癒《い》やすだろう。ここで宿を営んでいるカナトコを、リゼットは尊敬せずにはいられない。

「――で、なんで同じ部屋に集合してんだ」

「四人部屋だからでしょう？」

ディーの疑問にリゼットは首を傾《かし》げる。

「この中は安全なようだが、離れるといざというとき危険だ。固まって行動するべきだ」

「……いや、オレ邪魔なら出ていくけど」

「――ディー！　お、俺とリゼットはそういうのじゃない！」

レオンハルトは顔を赤くして焦《あせ》っている。

「邪魔だなんて思うわけがありません。私こそ、ご迷惑《めいわく》をかけると思いますが、おふたりといっしょにいさせてください」

「あー……はいはい。なるほど了解《りょうかい》」

何を納得《なっとく》したのか、ディーはしたり顔だ。

男性同士の暗号めいたやりとりは、リゼットにはよくわからない。なので気にしない。

「それでは私は、料理ができるまでにお風呂に行ってきますね」

「待ってくれ。離れて行動するのはよくない」

レオンハルトに呼び止められ、リゼットはさすがに戸惑《とまど》った。頰《ほお》が熱くなる。

「えっ、でも……いっしょに入るのは少し……」

「ちちち違う！　そういうつもりじゃなく――」

「ムッツリかと思ったら大胆《だいたん》かよ」

「違う‼」

◆　◆　◆

「なんて贅沢《ぜいたく》なのでしょう……」

湯船に浸《つ》かりながらリゼットはうっとりと息を零す。

カナトコの宿の浴場は、一度に六人は入れるぐらい広かった。洗い場と湯船は石造りで、湯船の石は湯の熱でしっかりとあたたまっていて背中を預けても気持ちがいい。

その広さを独《ひと》り占《じ》めしている贅沢。湯はちょうどいい温度で、透《す》き通っていてとろりとしている。

顔を上げると天窓から星が見える。景色まで絶景という贅沢。下方に開いた小さな窓からは涼しい空気が入ってきて、のぼせることもない。

浄化魔法でいつも清潔にはしているが、たっぷりの温かい湯に浸かるのは格別だった。ゆっくりと芯《しん》まであたたまって、心身ともリラックスしてから浴場を出る。外の休憩《きゅうけい》スペースではレオンハルトとディーが武器の手入れをしていた。

「はぁ、いいお湯でした。お次どうぞ」

「んじゃお先」

ディーが入れ替《か》わりで浴場に行く。リゼットは剣の手入れ中のレオンハルトのところへ行った。

武器や防具の手入れを見るのは好きだった。丁寧に汚《よご》れを拭《ふ》き取るところも、傷《いた》んだ場所を手際よく応急処置していくところも。

「この剣もかなり傷んできたな……」

拭き上げた剣を見ながら、レオンハルトは難しい顔で呟く。

「カナトコさんに見てもらってはどうですか？　ここには鍛冶場《かじば》もあるみたいですし」

「そうだな。相談してみるよ」

「レオンの剣も盾も良いものですよね。よく手入れされていますし」

「ありがとう。ドワーフの鍛冶師が打ってくれたものなんだ」

レオンハルトは少し誇《ほこ》らしげに言う。

ドワーフは火と鉄を自在に操《あやつ》ることができ、手先も器用で、名工が多い。伝説の武器防具のほとんどがドワーフ製だ。冒険者も王侯貴族《おうこうきぞく》も、ドワーフの鍛冶仕事を渇望《かつぼう》している。

リゼットもいつかはドワーフ製の包丁が欲しいと思った。カナトコの包丁はとても切れ味が良かった。どんな骨も砕《くだ》き、どんな脂《あぶら》まみれの皮も切る。繊細なのに丈夫な、夢のような包丁だった。

「――リゼット、この星空を見て何か気づかないか」

リゼットは顔を上げ、レオンハルトの視線の先を追う。休憩スペースの窓は大きく、外の景色がよく見える。無数の星が輝く夜空が。

「とてもきれいな空ですよね。どうかしましたか？」

「ディーとも話したんだけど、星の位置が微妙《びみょう》に違うんだ」

「星の位置ですか？」

リゼットはもう一度夜空を見上げる。しかしただの星空にしか見えない。星の位置はいくつか知っているが、正確な位置を覚えているわけではない。北を知るための星もちゃんと同じ場所にある。

だがレオンハルトには違和感があるようだった。

「別の世界か、別の時代の空なのかもしれないな。例えば……そうだな、遥か昔の」

レオンハルトはリゼットには見えないものが見えている。

「不思議な話ですね……」

「ああ。ダンジョンはわからないことだらけだ。だからこそ多くの人を引き付けるんだろうな」

「はい。その気持ちはよくわかります」

知るほどに不思議なことが増えていく。そして同時に魅せられていく。

リゼットはレオンハルトの整った横顔を見つめた。星を見る真剣な表情を見ていると、邪魔をしたくない気持ちと、寂《さび》しさが同時に浮かんでくる。――いま彼は、何を考えているのだろう。

「……でも、どうして気づいたんですか？　星の位置なんて、私にはさっぱりです」

「船旅中によく夜空を見ていたから」

「――レオンは遠い国から来られたのですね」

――海を越えて、遠い異国から。

振り向いたレオンハルトと目が合い、思わず目線を逸《そ》らした。

「う、海は、話には聞いたことがあります。海産物は好きですが、まだ見たことはありません」

言いながら、自分でも何を言っているのかわからなくなる。何の話をしていただろうか。

海の話か。星の話か。思考が、身体が、落ち着かない。うまく話せない。もどかしい。

（お、落ち着いて。そう、星の――いえ、海の――女神《めがみ》が作り出した死の海の――）

女神は始祖の巨人《きょじん》を倒し、それまでの大地を死という海で満たした。巨人が復活しないための封《ふう》印《いん》を施《ほどこ》した。そして、巨人の身体の上に人々を住まわせた。これが世界の始まりだ。

しかしその「死」そのものである海にも生命が息づいているという不思議さと、そこで生きる生命の力強さが、リゼットを引き付ける。

「海は、君の瞳と同じ色をしている」

「え……？」

思わず顔に手を触《ふ》れる。海が青いのは知っているが、自分の瞳の色は自分には見えない。

レオンハルトが笑う。

「きっとリゼットも、海を気に入ると思う。君さえよければ案内するよ。海の旅路も、星の見方も」

レオンハルトの言葉は、リゼットの中で遠い夢の光景だった海を、いつか手の届く現実のものにする。知らないはずの潮騒《しおさい》の音が聞こえた気がした。

「ありがとうございます。とても――とても楽しみです」


全員が入浴を済ませたタイミングで食堂に呼ばれる。テーブルの上にはたくさんの色とりどりの料理が並べられていて、輝いていた。

メインのウサギのローストに、野菜とウサギの細切れ肉を卵でまとめたキッシュ、野菜たっぷりのポタージュスープ、新鮮《しんせん》なサラダに、焼き立てふかふかのパンもある。そして酒まであった。

「おお、すげえ……こんな品数、初めて見たかもしれねぇ」

「とてもおいしそう……いただきます」

あらゆる命と、作ってくれたカナトコに感謝し、席に座って早速《さっそく》食べていく。

「すごくおいしい……！」

大胆ながらも繊細な調理と味付けにあっという間に夢中になる。

「くーっ、うっめえ！　これいい酒だな！」

「ああ、どれもとてもうまい。特にこの肉、いくらでも食べられそうだ」

「おかわりもあるぞ。好きなだけ食べるといい」

そこからは宴《うたげ》だった。料理に舌鼓《したつづみ》を打ち、酒の香りに酔《よ》い、話に花が咲《さ》く。楽しい時間は、すべての料理を食べ終わるまで続いた。

もう入らないほど食べて部屋に戻ると、ディーはすぐに眠《ねむ》ってしまった。

リゼットは念の為《ため》に部屋に結界を張ってベッドに座る。

「おいしかったですね」

「ああ」

「特にデザートのパイが甘苦くてサクサクで……もうずっとここにいたいくらいです」

幸福感で胸がふわふわとする。モンスターの素材も使っているのにあの雑味のなさ、旨味の濃《こ》さ、プロの仕事だ。できることならずっとここで暮らして、教えを請《こ》いたい。

「確かにおいしかった。けれど俺は……」

レオンハルトは何か気にかかることでもあったのか、言葉を濁《にご》す。

「どうしたんですか？」

「――俺は、リゼットの料理にいつも助けられている」

「…………」

レオンハルトははっと息を呑み、首を横に振った。

「ああいや、料理だけじゃなく、君と冒険ができていることは、すごく幸運なことだなって……って、何を言っているんだ俺は。とにかく、いつも感謝しているんだ。おやすみ！」

「はい、おやすみなさい」

就寝《しゅうしん》の挨拶《あいさつ》を返して、リゼットもベッドに横たわり、シーツと毛布を上にかける。

顔が熱い。食事とは別のもので胸の奥《おく》が満たされて、その夜はなかなか眠れなかった。


――そしてリゼットは夢を見た。誰かに見られ、話し続けられる。極彩色《ごくさいしき》の天地が回る夢を。

（頭が……くらくらする……）

朝を迎えてリゼットは絶望した。ベッドから起きようとしても身体が言うことを聞かない。

「少し熱があるな。疲《つか》れが溜まっていたんだろう。今日はゆっくり休むといい」

額に触れていたレオンハルトの手が離れていく。リゼットは反射的にその手を握った。

「お、置いていかないでください……これくらい大丈夫です、から……」

こんな不調、たいしたことではない。何とか起き上がろうとするが、全身が重くて力が入らない。

「俺がリゼットを置いていくわけがない」

エメラルドの瞳がリゼットを覗《のぞ》き込む。

「今日は休暇《きゆうか》にしよう。俺たちは家の中か近くにいるから、何かあったら呼んでくれ」

「……はい」

そっと手を離し、瞼《まぶた》を下ろす。安心したからか、疲れからか、すぐにまた眠ってしまった。今度は夢は見なかった。

それからは何度か目を覚ましては水を飲んで、また眠るを繰《く》り返す。その度《たび》に少しずつ身体が楽になっていく。朝食は食べていないが、昨夜のご馳走《ちそう》がまだ残っていて空腹感はなかった。

夢現《ゆめうつつ》を漂いながら、ぼんやりと考える。ダンジョンに入ってからどれくらいの時間が過ぎたのだろうか。正確な時間はとっくにわからなくなっている。

ダンジョンに入ってからは、常に力が満ちていた。気力も魔力も体力も。なのにこんな風に倒れてしまうなんて情けない。久しぶりにゆっくり休める環境で、自覚していなかった緊張《きんちよう》の糸が緩《ゆる》んでしまったのかもしれない。

再び深い眠りに落ちる。次に目を覚ました時、食欲を刺激《しげき》するいい匂いがした。

目を開くと、レオンハルトが食事を持って部屋に入ってくる姿が見えた。

「リゼット、ウサギ肉のパスタなんだけど、食べられそうかな」

「ありがとうございます。もうお腹《なか》ペコペコで……いただきます」

身体を起こし、トレイを受け取る。

まずはキノコのミルクスープ。少しとろみがあり、喉にやさしい。じんわりと全身があたたまる。次にウサギ肉のショートパスタ。短いパスタは食べやすく、ソースは酸味と肉の脂の甘みとのバランスが絶妙だった。

「やさしい味……とてもおいしいです」

「よかった。カナトコに教えてもらって、俺とディーでつくったんだ」

「おふたりが？　すごい。すごく、すっごくおいしいです！」

「良かった」

眩しい笑顔《えがお》に更《さら》に食事がおいしくなると同時に、胸がいっぱいになる。

不思議な感覚になりながら全部食べ終わると、レオンハルトが片づけまでしてくれた。

ひとりに戻ったリゼットは、ベッドに座ったまますため息をつく。何から何まで世話を焼いてもらって、こんなに甘えていていいのだろうか。

申し訳ない気持ちになっていると、ディーが部屋に戻ってきた。

「よっ、どうだ具合は」

「かなり良くなりました。――あの、私が寝ている間、どうされているんですか」

「オレは畑と家畜《かちく》の世話。知ってるか？　ハーピー飼っているんだぜここ！」

「ええっ？」

「小屋に三羽も小型ハーピーがいたんだ。モンスターを家畜にするなんてどういう神経だかな」

――モンスターの家畜化。

「すごい……」

それができればどれだけ安定的に肉と卵が得られるだろう。

「他は畑の変なマンドラゴラの世話させられたり。あ、レオンは屋根の修理と鍛冶場の掃除させられてたな。あと、ウサギをミンチにして肉ジャムにしたからまた食おうぜ。パンも焼いたしな」

楽しそうな表情を見て、羨ましいと思うと同時にほっとする。

「ありがとうございます。とても楽しみです。もう、私ばかり寝ていて本当申し訳ないです……」

「気にすんなって。体調崩《くず》したのが休める場所でよかったよ。料理も結構楽しかったしな。んじゃオレは続きしてくるから、ゆっくり休んでろよ」

ディーは笑いながら部屋から出ていく。リゼットの様子を見に来ただけらしい。

またひとりになって、リゼットは再びベッドに寝た。いまは体調を整えるのがリゼットの仕事だ。

もうひと眠りし、起きたころには熱も頭痛もなくなっていた。身体の重さもない。ベッドから降りて靴《くつ》を履《は》き、部屋から出て階段を下りていく。すると、食堂の方から話し声が聞こえた。

「お主らには期待以上の働きをしてもらった」

「そりゃどーも」

「どれ、サービスだ。武器の手入れをしてやろう」

「オレはいいや。レオン見てもらえよ」

「いいのか？」

「ああ。オレはたいして戦わねーし」

食堂を覗くと、武器を取りに出てきたレオンハルトと鉢合《はちあ》わせる。

「リゼット、もういいのか」

「はい、もう大丈夫です。――レオン、よかったですね」

「ああ」

リゼットが食堂に入ると、蜂蜜《はちみつ》とミルクがたっぷり入ったお茶が出される。

「カナトコさん、ありがとうございます」

とても甘くて、元気が湧《わ》いてくる味だった。

「うむ。疲れたときはたくさん食べて寝ることが肝要。ここはそのための場所なのじゃからな」

ほどなくレオンハルトが戻ってくる。その剣と盾を見て、カナトコは呆《あき》れ顔になった。

「これはひどい。随分《ずいぶん》無理をさせてきたな。刃こぼれはあるし歪《ゆが》みもある。柄《つか》もガタが来そうじゃ。鞘も……うーむ、研ぎと歪み取り、柄の修理、鞘も新調してやろう」

「よっ、太っ腹！」

「タダとは言っとらん。これほどの修理となるとな。よし、身体で払《はら》ってもらうことにしよう」

「まだ労働させる気かよ……」

「あれは二泊《はく》目の対価じゃ」

「ったく、ちゃっかりしてるぜ」

そのやり取りで、リゼットは自分が寝込んでしまったから二人が働いて宿代を払ったのだという事実を知った。

「わかった。それで、何をすればいい」

「うむ。お主らにはキマイラを退治してもらいたい」

初めて聞くモンスターの名前だ。レオンハルトは知っているのか、表情と雰囲気が険しくなる。

「最近現れるようになったモンスターじゃ。畑や家畜を荒《あ》らされて困っている。ほれ、あれじゃ」

促《うなが》されて窓から外を見ると、丘の上から颯爽《さっそう》と駆《か》け下りてくる一匹の獣《けもの》が見えた。

それは獅子《しし》に見えた。赤の毛並みに立派なたてがみ。そして頭の隣《となり》には山羊《やぎ》の頭。尻尾は太く、緑色をしていた。尻尾の先には竜《りゅう》の頭があった。背にも竜の翼《つばさ》があったが、とても飛ぶことはできなさそうなほど小さい。


【鑑定】キマイラ。獅子と山羊と竜の三つの頭を持つ、屈強《くっきょう》なモンスター。灼熱《しゃくねつ》の炎《ほのお》を吐《は》く。


いびつに混ざり合ったモンスターは、三つの頭で悠々《ゆうゆう》と畑の野菜をかじっている。

「あれと戦えってか……」

巨体に見合わぬ身軽さと俊敏《しゅんびん》さを持ち、更に炎も吐くモンスター。後ろにも頭があるため死角もなさそうだ。遠くから見ているだけでも強敵だとわかる。

「行きましょう！」

「うおっ？　お前病《や》み上がりだろ」

「私はもう大丈夫、万全《ばんぜん》です。行けます。やる気満々です！」

のんびり寝ていた分以上に働いてみせる。

レオンハルトは少し考え込んで、カナトコに顔を向ける。

「――わかった。ただ、ひとつ準備してもらいたいものがある」

準備のためにいったん解散となり、リゼットは素早く支度《したく》を整えて、集合場所である玄関の土間に一番乗りをした。ユニコーンの角杖を祈《いの》るように握り、全身に魔力と気力を巡《めぐ》らせる。何が相手だろうといまは負ける気がしない。

小窓から外を見ると、キマイラはいまだ呑気《のんき》に畑の野菜を食べていた。特に山羊の頭の食欲が旺盛《おうせい》だ。味覚に合うのだろう。

「はぁ……気張ってんなお前」

ディーが大きなため息をつきながら、弓を肩に通してやってくる。背中には矢筒《やづつ》。

「ディーは弓を使うんですか？」

「ん、借りた。扱《あつか》えなくはないからな。ナイフは一本失っちまったし、あれを相手にするなら距離が取れる方がいい。オレは臆病なんでね」

そう言いながらも戦闘《せんとう》を拒否《きよひ》する素振《そぶ》りはない。

そうしていると準備を終えたレオンハルトが鍛冶場の方から戻ってくる。

「簡単な打ち合わせをしておこう」

レオンハルトは土間の土に棒で絵を描《か》き始める。

「キマイラは見たとおり頭が三つある。つまり脳も三つあるわけだが身体は一つだ」

がりがりと、慣れた手つきでキマイラを描《えが》いていく。どこか愛嬌《あいきょう》のある絵だった。

「頭は獅子の頭、山羊の頭、そして尾に竜の頭。炎を吐くのは山羊の頭だ」

「竜じゃなくて山羊？　なんだよその罠《わな》。竜の頭はなんのためにあるんだよ」

「……後ろの警戒かな。竜の頭は近づかなければ問題ない。翼も飾《かざ》りで空は飛べない」

翼を描き足す。大きな身体に対してとても小さいが、竜の頭と比較《ひかく》すると適切なサイズになる。

「一番危険なのは炎を吐く山羊の頭だ。ここは俺が対処する。ディーは後ろの竜の頭の気を引いていて欲しい」

キマイラの後方に弓を持った棒人間が描き加えられる。

「キマイラは前後に気を取られることになるから、自由には動けなくなる」

「前にも後ろにも進みたくなって、どっちにも動けなくなるのな。了解」

「リゼットは、俺が合図をしたら爆発ウサギを凍らせたときの魔法を使って欲しい」

爆発ウサギを凍らせた氷雪の嵐——フリーズストーム。

「わかりました。任せてください」

作戦会議が終わり、ディーは勝手口へ向かう。

小窓からはまだキマイラが見える。のんびりとした姿はいまにも昼寝を始めそうだ。

「それじゃあ行こうか」

「レオン、何を持っているんですか？」

レオンハルトは剣と盾だけではなく、腰《こし》に重そうな袋を吊るしていた。

リゼットの問いに、レオンハルトは不敵に笑う。

「ただの鉄だ」

玄関からゆっくりと外に出て、畑の方に回り込む。キマイラに気づかれないように慎重《しんちょう》に。

ディーも台所の勝手口から出て、気配を殺して忍《しの》び寄る。木の陰《かげ》に身を隠《かく》し、弓矢を構える。

――放つ。

矢が竜の頭に命中する。竜鱗《りゅうりん》と頭蓋骨《ずがいこつ》に撥《は》ね返されたが、気を引くことに成功した。

獅子の頭が上がり、矢が飛んできた方向――ディーの方に行こうとする。

「フレイムバースト！」

獅子の頭の近くで爆発を起こす。キマイラの身体が軽く吹き飛ぶが、倒すまでには至らない。

獅子の目がリゼットを睨《にら》む。

後方に向かいたい竜の頭と、前に行きたい獅子の頭。草を食べたい山羊の頭。縄《なわ》で前後に引っ張られているかのように、どちらにも進めず固まっている。頭が三つで身体は一つ――それぞれの頭からの命令が齟齬《そご》をきたして身体が混乱し、行動に結び付けずにいるのだ。

レオンハルトが駆け出す。山羊の目が光り、口が開く。


【聖盾】

辺り一面を焼き尽《つ》くしそうなほど強い炎を、魔力防壁が防ぐ。

炎の息はしばらく吐かれ続けたが、永遠に続くものではない。レオンハルトは更に距離を詰め、炎を吐き終えた山羊の口の中に腕を突っ込んだ。肩まで押し込み、一気に手を抜く。

獅子の頭がレオンハルトの頭を噛もうと大きく口を開く。レオンハルトはそれを剣で払い、獅子の口内に剣を突き立てた。喉の奥の奥まで。

再び山羊の口が開く。炎の気配を纏《まと》って。

しかし。炎は吐き出されなかった。

苦しそうな息と共に、口の端《はし》からわずかに赤い火が噴き出すが、それだけだ。

「リゼット！」

フリーズストームの合図だ。だがこのままではレオンハルトを巻き込んでしまう。

危惧《きぐ》したリゼットはすぐさま新たなスキルを取得した。

【魔力操作】【水魔法（上級）】【敵味方識別】

「フリーズストーム！」

氷雪の嵐が局地的に吹き荒れる。凍てつく風はキマイラを急速に冷やす。

キマイラはもがき苦しむように四肢《しし》を硬直させてわなわなと震えていたが、ほどなく倒れて動きを止めた。唯一《ゆいいつ》動いていた尻尾の竜も、寒さで凍り付いたように息を引き取る。

あまりにも、呆気《あっけ》なく。

「レオン、大丈夫ですか」

急いでレオンハルトの元に駆け寄る。【敵味方識別】のスキル効果でレオンハルトは氷雪の嵐に巻き込まれてはいなかった。隠れていたディーも危険は去ったと見てこちらにやってくる。

「ああ。軽く怪我をしたけれど、治した」

「よかった……ですが、あまり無理はしないでください。いったいキマイラに何をしたんですか」

「喉の奥に鉄の塊《かたまり》を押し込んだ」

腰に吊るしていた重そうな袋は、中身が空になっていた。

「炎で鉄が溶けて奥に流れ込んで、冷やされて固まって窒息《ちっそく》したんだ」

フリーズストームはキマイラを――そしてキマイラ自身の炎の熱で溶けて喉に流れ込んだ鉄を、急速に冷やした。そして気道に固まった鉄が詰まってキマイラは窒息し、死に至ったのだ。

「よくやるぜ」

ディーが呆れたように言う。リゼットも同感だった。

そうしている内に、倒れていたキマイラの身体がどろどろに溶け始め、山羊の頭、竜頭と翼、獅子の頭と身体に分かれた。無理やり繋《つな》げられていた別々の命が、本来の姿に戻ったかのように。

中央には琥珀色《こはくいろ》の魔石と溶けて固まった黒い鉄、そしてひしゃげた剣が残っていた。

そして、畑の真ん中に、地下への階段と帰還《きかん》ゲートが出現した。

「よくやってくれた。これで安心して畑ができるというもの。しかし、犠牲《ぎせい》は大きかったのう……」

カナトコは哀愁《あいしゅう》を漂わせながら戦闘で荒れた畑を眺め、ひしゃげた剣を両手で持つ。

剣はボロボロどころか熱で溶けてドロドロだ。キマイラの炎で溶けた後、リゼットの魔法で凍ったため元の形も強度も維持していない。

「なあ、約束どおり剣は修理してやってくれよ？」

「無茶言うでないわい。これはもう寿命《じゆみよう》を全《まつと》うした」

修理をすげなく断られディーは口を尖らせる。

「おい、レオンも何か言ってやれよ。一番身体張ってたじゃねぇか。このままじゃタダ働きだぞ」

「いやもう無理だろう、これは」

「何が無理か！　まったく最近の若者は……わしが約束を違《たが》えると思ったか」

レオンハルトの一言が逆鱗《げきりん》に触れたらしい。カナトコは怒りに髭を膨《ふく》らませながら剣をさする。

「んじゃ直せるのか？　さっすがドワーフ！」

「いや、いくらわしでもこれは直せぬ。不純物と混ざって変質しておる。鍛《きた》え直しても無駄じゃろう。金属というのはお主らが思っておるより遥かに繊細なものなのだ」

リゼットは腹を決め、前に進み出た。

「――では、新しい剣を買います。手持ちはあまりないので分割払《ぶんかつばら》いになりますが、私が必ず全額お支払いします」

「リゼット、君にそこまでさせるつもりは――剣ならその辺りに落ちているものを使えばいい」

「ダンジョン甘く見んなよ……普通に使えるような高品質なアイテム、そうそう落ちてねーよ」

「そうです。それにこれはレオンだけの問題ではありません。レオンの剣は私たちの剣です！」

いったいどれくらいの金額になるかはわからないが、必ずそれ以上の価値がある。

「ふむ……ちなみにお主らはどこまで行くつもりじゃ」

「もちろんドラゴン討伐《とうばつ》です！」

リゼットは意気揚々《ようよう》と答えた。ドラゴン討伐とドラゴンステーキという目標はいまも変わっていない。そのためにもレオンハルトの剣は必須《ひっす》だ。

「第六層のドラゴンか……」

カナトコはわずかにうつむき、何かを考え込む。

「お主らがここに来たということは、それが女神の思《おぼ》し召《め》しなのだろう」

ぽつりと呟き、顔を上げる。静かな決意に満ちた表情で。

「――よし。新しく剣を打ってやろう！ドラゴンを倒すための剣を、タダで！」

「む、無償《むしょう》で？ドワーフの方の仕事を、無償でなんてそんなわけには……い、いいのですか？」

「うむ。ただしお主らにも手伝ってもらうぞ」

「ドワーフの鍛冶仕事を間近で見ることができるなんて光栄です！　私は何をすればいいですか？」

「うむ、魔法で火の調整を頼《たの》みたい。火の温度は非常に重要だからな。では、善は急げじゃ」

鍛冶場に移動し、準備を整え、早速鍛冶炉《ろ》に火を入れる。

カナトコは炉の中で赤々と燃える炎の色を見ながらリゼットに指示を出し、リゼットは言われた通りに火を強めたり弱めたりする。

「なんと繊細な火力調整よ……」

「ありがとうございます」

褒《ほ》められてリゼットは嬉しくなる。

「どうだヒューマンの娘《むすめ》。わしと一緒に鍛冶をせんか」

「えっ……」

鍛冶仕事を行ないながらダンジョンの中で自給自足生活。野菜を育て、モンスターを飼い、狩り、ダンジョンと共に生きる――それはリゼットにとって理想的な生き方のひとつに思えた。ありありと想像できる。

「そ、それは、魅力的なお話ですけれど……」

「リゼット……」

「なに口説いてんだよオイ」

「きゃあ！　おふたりとも、いらっしゃったんですか！」

いつの間にか鍛冶場に来ていたレオンハルトとディーがリゼットを見ていた。

「わ、私はもちろん冒険を続けるつもりです。ええもちろん」

リゼットは真っ赤になった頬を隠す。何故《なぜ》だかとても恥《は》ずかしかった。

「ちょうど良いところに来た。弟がいない分、お主たちにも手伝ってもらうぞ」

炉で熱した金属をハンマーで打ち、不純物を飛ばして鍛え上げていく。

三人がハンマーを打ち下ろす度に高い音と火花が散り、折り返しては引き伸ばされて剣の形になっていく。

金属の温度が下がってくると炉に戻し、真っ赤になった金属をハンマーで打つ。その繰り返し。

「うむ。なかなか筋がいい」

「そりゃどーも！　もうオレ無理。レオン任せた」

ディーが息を上げながら離脱《りだつ》する。全身汗《あせ》だくだった。

「ああ、ありがとうディー。後は任せてくれ」

そしてしばらくレオンハルトとカナトコで金属を鍛えていく。

高い音が響《ひび》き、赤い炎がはぜる。美しい光景を、リゼットは炎の調整をしながらずっと見ていた。

熱い。だが、心地いい。きっと素晴らしい剣ができるはずだ。胸が熱くなる。

「ふむ、鍛造《たんぞう》はこのあたりでよいか。休憩するとしよう。ローストキマイラが出来上がるころだ」

「まあ！　あのキマイラが食べられるのですか？」

「あれを食べるのか……」

リゼットは興奮したがレオンハルトの表情は晴れない。

「わしも食べるのは初めてだ。年甲斐《としがい》もなく胸が躍《おど》るのう」

モンスターを食べる。それは勝者の特権だ。

食堂でディーも合流し、全員揃《そろ》ったところでテーブルの上に出てきたのは、獅子の部位を使ったローストキマイラだった。じっくりと湯煎《ゆせん》された後にフライパンで焼き目をつけて、薄く切ったものがきれいに並んでいる。バラ色の肉は見た目にも美しい。

「まずい」

ディーが素直すぎる感想を言う。

「肉が硬すぎる……獣臭《けものしゅう》が……」

レオンハルトも眉根《まゆね》を寄せて言う。リゼットも口には出さないが同意見だった。喋《しゃべ》らないのはいくら噛んでも飲み込むことができないからだ。

「うむ。キマイラの獅子肉はまずい。これもまた新たな知見か」

ローストキマイラを何とか食べ切ったころに、カナトコが次の料理を持ってくる。皿にのって出てきたのは真っ黒に焼かれている山羊の頭だった。見た目のインパクトは強烈《きょうれつ》だ。

「キマイラ山羊の頭の丸焼きじゃ。脳は取っておる。ほれ、ホホ肉とタンじゃ」

「これはうまい！」

レオンハルトが絶賛する。

「柔らかくておいしいです」

「脂が乗っててうまいなこれ。四人で分けると少しずつなのが残念だな」

あっという間に食べ終わると次の料理がやってくる。

「お次は山羊の脳の鍋《なべ》だ」

大きな鍋にたくさんの野菜と脳が浮いていて、それらが赤いスープで煮込まれている。

「これもおいしい！　クリーミーで、甘辛《あまから》いスープとよく合います」

「味も見た目も白子みたいだな」

「酒くれ、酒」

絶賛しながらあっという間に食べ終わる。勝者の特権を充分《じゅうぶん》に味わって。

それからは剣づくりを総出で手伝いながら、モンスター料理と風呂を堪能《たんのう》しつつ、畑で育てている野菜やマンドラゴラの収穫《しゅうかく》を手伝ったり、剣を研ぐ砥石《といし》を洞窟《どうくつ》に取りに行ったりした。

鞘や柄をつくるのを手伝いながら、その合間に飼われているハーピーの世話をしたり、砥石を借りて包丁を研いでその切れ味に驚いたり、隅々まで家の掃除をしたりした。

そして五日後。

「ついに……ついに完成じゃ！　わしの最高傑作《けっさく》が！」

鉱石から打たれ、数日かけて研ぎ上げられた長剣がついに完成し、鍛冶場は拍手《はくしゅ》で満たされる。

カナトコから長剣を受け取ったレオンハルトは、完成した新たな剣を見て目を輝かせた。

「この深い輝き……アダマント合金か！」

「そのとおり！」

アダマント合金とは、非常に高い硬度《こうど》を持った伝説級の金属アダマントと、複数の金属を融合《ゆうごう》させて性能を向上させた合金だ。名だたる武器の中でもアダマント合金製のものは多い。

「本当にいいのか？」

「無論じゃ。久しぶりに満足のいく仕事ができた」

「ありがとう……ふたりも、本当にありがとう」

「どういたしまして。とてもいい経験ができました」

「まー楽しかったぜ。二度とごめんだけどな」

剣を受け取って早速出発することになる。滞在《たいざい》中に保存食をたくさん作ったので、荷物の中は食料でいっぱいだ。あとは道中で遭《あ》うモンスターを料理すれば当分の間は食事に困ることはない。

出発の直前、リゼットはカナトコから声をかけられた。

「これはサービスじゃ。死ぬでないぞ」

そう言って渡されたのは死亡時にダンジョンから脱出できるアイテム『身代わりの心臓』だった。

「カナトコさん……ありがとうございます」

ハート形のアミュレットを握りしめる。――これで、リゼットの持つものと合わせてふたつ。

「それでは宿代九〇〇〇ゴールド。二日目からは色々と手伝ってもらったから、サービスじゃ」

「はい、お世話になりました。それから……お聞きしたいんですが、どうしてカナトコさんはこちらで宿を営んでいらっしゃるのですか？」

宿代を払いながら、ずっと気になっていたことを聞く。

カナトコはふっとやさしい笑みを浮かべる。

「ここは静かで良いところだからな……それに時折お主らのようなおもしろい冒険者に会えるのが楽しみなのだ」

「まあ……とても素敵ですね」

「うむ。だがこの生活もそろそろ……いや、なんでもない。それでは、死ぬでないぞ」

改めてカナトコと別れ、下層へと向かう。いつか再会できることを願いながら。

第六章　賞金首

深く長い階段を、一段ずつ下りていく。第五層に向かって。本当に終わりはあるのだろうかと疑ってしまうほど長い階段だった。出口の光が見えた時には、自然と安堵《あんど》の息が零《こぼ》れた。

「街……」

第五層——そこは滅《ほろ》びた街だった。

住人のいない、砂だけが躍《おど》る城下街。遠くに高くそびえる城の姿が、砂塵《さじん》によって霞《かす》んでいた。黄土色のレンガと赤い屋根で統一された街並みには、かつての栄華《えいが》の名残《なごり》がある。

だが、破壊《はかい》されている場所も多い。破壊の痕跡《こんせき》は古いものも新しいものもある。新しいものは冒《ぼう》険者《けんしゃ》とモンスターとの戦闘《せんとう》で壊《こわ》れたものだろうか。

見上げた空も黄みがかった土の色。鳥の影《かげ》はない。乾《かわ》いた空気の中では、モンスターの影も他の生物の姿もいまは見えなかった。

「この階層は中型モンスターが多い。慎重《しんちょう》に行こう」

早速《さっそく》メインストリートと思わせる石畳《いしだたみ》の路《みち》を進みながら、ディーが地図を描《か》いていく。

「んー……ちょっと上から見たいな。あそこに上ろうぜ」

ディーが指したのは近隣《きんりん》で一番高い建物だった。家の上に見晴らしの良さそうな塔《とう》が伸《の》びている。

全員で建物の中に入って、階段を上っていく。中は傷《いた》みが少なく、すぐには崩壊《ほうかい》しそうになかった。あちこちに朽《く》ちた家具や布などもあり、人が住んでいた名残があった。

もしかしたら最近まで人が生活していたのかもしれない。

だとしたらそれは帰る手段を失ってしまった冒険者か、日の当たるところに出られない犯罪者か。かつての街の住人か。ダンジョンの中に街ができたのか、街がダンジョンになったのか。

「なんか気味悪ぃな。いまにもそこらからモンスターや幽霊《ゆうれい》が出てきそうだ」

ディーが辟易《へきえき》したように言う。だがモンスターが出ることはなく、塔の屋上までトラブルなく到着《とうちゃく》する。

「お、やっぱよく見えるな」

ディーが早速地図に手を入れ始める。四角い屋上からは辺りの地形がよく見えた。元は物見の塔だったのかもしれない。

「何でしょう、あれは」

霞んだ遠景の中で、リゼットはぞろぞろと動く群れの姿を見つける。モンスターではない。人型のモンスターかもしれないが、見える限りでは普通《ふつう》の冒険者だ。

ただ、人数が多い。

「随分《ずいぶん》と大がかりなパーティだな。パーティは六人までと決まっているんだが……」

「見えるだけで十八人もいるぜ。モンスターが出ないのはあいつらが倒《たお》してるからか？」

「ありえるな。モンスターは人数の多い方に集まるから」

リゼットはモンスターにそんな習性があるとは知らなかった。人数が多ければ多いほど安定した探索《たんさく》ができそうだが、そんなデメリットがあるとは。だからこその人数制限なのだろう。

「ギルドで組まれた調査隊か何かでしょうか」

「それか、よほどの利害が一致《いっち》して共に行動しているのか……」

レオンハルトは眉《まゆ》を顰《ひそ》める。

「なんとなく嫌《いや》な感じがする。関《かか》わらないでおこう。ディー、あとどれぐらいかかりそうだ」

「ん。そろそろ終わりだ」

冒険者に見つからない位置に移動しようとしたレオンハルトが、短く息を呑《の》んだ。

「――リゼット！」

腕《うで》をぐいっと引かれて後ろによろける。その刹那《せつな》、リゼットの立っていた場所に投げナイフが突《つ》き刺《さ》さった。

心臓が凍《こお》るような心地《ここち》で顔を上げると、向かいの屋根の上にいる黒い影――黒装束《くろしょうぞく》の小柄《こがら》なリリパット族と目が合う。

「いたぞ！　賞金一〇〇〇万ゴールドの女だ！」

はっきりとリゼットを見て、そう叫《さけ》ぶ。

「ええっ？」

次の瞬間《しゅんかん》、離《はな》れた場所から複数の魔法《まほう》が飛んでくる。炎《ほのお》の矢に氷の矢、そして雷撃《らいげき》。

【聖盾《せいじゅん》】

レオンハルトの魔力防壁《ぼうへき》がそれらの魔法を防ぐ。

魔法を煙幕《えんまく》にしてリリパットが一気に距離《きょり》を詰《つ》めてくる。それも盾《たて》で押《お》し返し、下へ落とす。

「おい逃《に》げるぞ！　こっちだ！」

ディーの先導に従ってその場を逃げ出す。階段を下り、下の階の窓から飛び降り、屋根を走り、別の家に入り、外に出て細い路地を縫《ぬ》うように移動し、追手の目をかいくぐって民家へ。

半地下で、出入口が二つある部屋に飛び込《こ》んで、リゼットはすぐさま結界を張った。

これで仲間以外は出入りすることはできず、内部の音も断《た》つことができる。外の音は通るようにしておいた。モンスターから身を護《まも》るための結界が、こんな風に役に立つときがくるなんて。

「ひとまず振《ふ》り切ったか……身を隠《かく》せる場所が多くてよかった」

安全を確保できて、レオンハルトが一息つく。リゼットも大きく呼吸をして上がった息を整えた。

「賞金をかけられるなんて初めての経験です……」

「普通はねーから」

「ですが、賞金額が少ない気はします」

「自信過剰《かじょう》かッ!?　どんな金銭感覚だ」

ディーは呆《あき》れながら出入口の階段に座《すわ》った。リゼットも壁際《かべぎわ》の段差に座る。元倉庫だったと思われる部屋の中は何もなかったが、休めるだけでもありがたい。

レオンハルトは立ったまま、壁の向こう側を警戒《けいかい》していた。

「これからどーすんだよ。お前たぶんギルド公認《こうにん》の特別賞金首になってるか、大金持ちに賞金かけられてんぞ。あいつらはプロの賞金稼《かせ》ぎだ。簡単に見逃《みのが》してはもらえねえぞ」

「………」

相手はモンスターではなく人間だ。魔法も飛び道具も使う。互《たが》いに協力してこちらを追い詰めてくるだろう。罠《わな》を仕《し》掛《か》けてくるかもしれない。人間同士で戦いたくないと言っている場合ではないのは、リゼットにもわかる。

「なんかとんでもねえルール違反《いはん》したのか？　ダンジョン領域で殺人とか暴行とか」

「いえ……」

「一〇〇〇万ゴールドの賞金首なんてなかなかいねーぞ……本当に心当たりないのか？」

リゼットはもう一度考えてみたが、やはり身に覚えはない。

「嫌がるやつにモンスター食わせたとか」

「いえ。それはありません。皆《みな》さん喜んで食べてくださいました。ですよね、レオン」

「えっ、あ、ああ……俺《おれ》の知る限りでは、一応」

レオンハルトは戸惑《とまど》いながらも肯定《こうてい》する。

「私がモンスター料理を初めて振《ふ》る舞《ま》ったのはレオンです。それ以降はずっとレオンと一緒《いっしょ》でした」

「そうだったのか……それなら、自信を持って言える。リゼットは嫌がる相手に無理やり食べさせたことはないし、誰《だれ》かを傷つけたこともない」

「………」

ディーは何とも言えない顔をしていた。

リゼットは口元に手を当てて考える。自分に賞金をかけそうな相手を。

「もしかすると……教会に納めるべき聖貨を一向に納めないから、反抗《はんこう》の意志ありとみなされたのかもしれません」

「お前も罪人だったのかよ？　……なんで納めてねぇんだよ」

「ノルンに来てからほとんどずっとダンジョンに潜《もぐ》っていたので……そもそもいつまでにいくら納めるのかも言われていませんでしたし」

ノルンに来て最初の神官が説明する段取りだったかもしれないが、リゼットは話をほとんど聞かずにダンジョンに直行した。そのため真実はわからない。

レオンハルトは神妙《しんみよう》な顔で考え込む。

「……故意じゃないなら出頭していくらか払《はら》えば収まる気もするが、納めるのが遅《おく》れているだけで賞金をかけるのも変な話だ」

「オレも聞いたことねぇよ。罪人はダンジョンに放《ほう》り込まれた時点で死刑執行《しけいしつこう》済みのようなもんだ。聖貨だ罰金《ばつきん》だって言って向こうも真剣《しんけん》に回収する気ないだろ。賞金なんざかけたら大赤字だ」

では誰がどんな目的でリゼットに賞金をかけたのだろうか。

（……もしかしてメルディアナが？）

妹が。リゼットから何もかも奪《うば》っていったメルディアナが、今度はリゼットの命まで奪おうとしているのだろうか。

（いえ、まさかそこまで）

リゼットをダンジョン送りにしてメルディアナは満足そうにしていた。その上で更《さら》に賞金をかけてまで殺そうとしてくるだろうか。

「なあ、いったい罰金っていくらなんだ?」

「五〇〇〇万ゴールドです」

「五〇〇〇万ゴールドぉ!? なんだそれ!」

座っていたディーが腰《こし》を浮《う》かせる。

「五〇〇〇万ゴールドって、どんな罪犯《おか》したんだよ! 普通はそんな大事《おおごと》にならねーぞ!」

「そ……それは……」

リゼットは言い淀《よど》んだ。リゼットの罪は聖女への不敬罪。

――聖女の言葉は絶対だ。聖女が侮辱《ぶじょく》されたと言うのならそれが事実となる。証拠《しょうこ》がなくても。

そして聖女への侮辱は、女神《めがみ》への侮辱に等しい。女神への侮辱は世界への反抗だ。

罪の内容を知ったら、ふたりはどんな反応をするだろうか。もしふたりが熱心な女神教徒だったら、リゼットをどんな目で見るだろうか。

考えると怖《こわ》くなって、何も言えなくなる。リゼットは自分の手が震《ふる》えていることに気づき、ふたりに気づかれないように強く握《にぎ》りしめた。

「ディー、リゼットにだって話したくないことはあるだろう」

レオンハルトがディーを落ち着かせ、沈黙《ちんもく》が訪《おとず》れる。

リゼットの身体《からだ》に、心臓の音が激しく響《ひび》く。きっとふたりにも聞こえているだろう。

リゼットは強く目をつぶって、瞼《まぶた》を開き、立ち上がった。

「私はパーティを抜《ぬ》けます」

「リゼット？」

驚《おどろ》くレオンハルトから目を背《そむ》ける。

「おふたりに迷惑《めいわく》をかけるわけにはいきません」

「――勝手に決めないでくれ。リーダー」

怒《おこ》った声が廃屋《はいおく》に響く。リゼットは驚いて思わずレオンハルトの顔を見つめた。

「え？　リーダーはレオンでは？」

「君が俺を誘《さそ》ったんだからリゼットがリーダーだ」

「えええええ！　私がリーダーだったんですか？」

いまさらながらの衝撃《しょうげき》の事実に、リゼットは驚愕《きょうがく》した。いままでずっとリーダーはレオンハルトだと思っていたのに。

だがしかし。それなら。

「――では、ここでパーティを解散します」

「断る」

「オレも反対。ってことで無効だな」

「え？　多数決なんですか……？」

ふたりに反対されリゼットは愕然とした。解散権もないのならリーダーとはなんなのだろう。

「そもそもダンジョン内でパーティ解散はありえない」

「……そ、そうですよね……ごめんなさい」

冷静に諭《さと》され、リゼットはそのまま座った。

――確かにダンジョン内でパーティ解散はありえない。メンバー解雇《かいこ》と同じくらいありえない。レオンハルトもディーもそれで窮地《きゅうち》に陥《おちい》っていたというのに、自分が同じことをしてしまったことにショックを受ける。

(どうすればいいの……)

一人になればなんとかなるかもしれないと、楽観的に考えていた。ダンジョン内でモンスターを食べて、結界内で休んで、賞金稼ぎから身を隠して。なんとかして上の第四層に戻《もど》れば、この階層よりもずっと生活しやすいあの場所で、長期間身を潜《ひそ》められるだろうと。

だがその考えは反対される。

ならばいっそ強行突破《とっぱ》で逃げ出してしまおうか。

(でももし追いかけられたら、私ではレオンとディーから逃げられない)

身体能力の差は大きい。レオンハルトは身体能力が高く、勘《かん》がいい。ディーは動きが速い。逃げられるビジョンが一切《いっさい》思い浮かばない。

「リゼット、変なことを考えていないか」

心の内を言い当てられてどきりとする。

「い、いいえ、何も」

「だったらいい。そうだな……そろそろ食事にしないか」

「い、いまですか？」

「考え事は食事をしながらするのが一番だ」


手分けして肉を焼き、野菜を切り、卵を混ぜて、焼いて。

パンを軽く焼いてから、ウサギ肉を焼いたものとまだ新鮮《しんせん》な葉物野菜、それと卵焼きを挟《はさ》んで、カナトコに教えてもらったソースを塗《ぬ》る。

料理をしながら火の熱に触《ふ》れていると、冷えていた手が少しずつあたたまっていく。強張《こわば》っていた身体が、少しずつ柔《やわ》らかさを取り戻していく。

指の震えはいつの間にか止まっていた。

「……いただきます」

柔らかく焼いたウサギ肉と、野菜と卵焼きがほのかな甘《あま》みのあるパンに包まれてひとつになる。

――ウサギ肉のサンドイッチ。

ソースは少し辛《から》いが卵焼きと混ざることでまろやかさもあった。

（おいしい……）

どんなときでもおいしいものはおいしくて、食べると力が湧《わ》いてくるのだから不思議だ。身体が生きようとするからかもしれない。

「なあ、食べながら聞いてくれよ」

三分の一ほど食べたところでディーが言う。

リゼットもレオンハルトも、食べながらディーに視線を向けた。

「オレはスラム育ちだ」

突然《とつぜん》の身の上話に、サンドイッチが喉《のど》に詰まりそうになる。

なんとか飲み込みディーの顔を見つめると、ディーは少し困ったような、だがどこか吹《ふ》っ切れているような笑《え》みを浮かべて続けた。

「親が誰かも知らねえ。ガキのころからスリと盗《ぬす》みで生きてきた。捕《つか》まってこのダンジョンに放り込まれて、その時の経験がここなら活《い》かせたんだから皮肉なもんだよな」

ディーは大きく口を開けてサンドイッチを食べる。

「うまいなこれ。無事ここから出られたら、まっとうに鍵師《かぎし》にでもなって、毎日こんなうまいもん食うかな——なんてな」

冗談《じょうだん》っぽく笑う。

「レオン、お前はなんだってダンジョンにいるんだよ。これからどうするつもりなんだ?」

「俺は……」

話を振られたレオンハルトは食事の手を止めた。

少しの間考え込み、決意を固めたように顔を上げる。

「——俺はここから遠く離れた国の王族だ」

ディーは大きく咳《せ》き込む。

リゼットはその佇《たたず》まいや装備、元仲間との関係からある程度は予想していたが、身分を明かすとは思っていなかった。

レオンハルトは続ける。

「成人の儀《ぎ》のためにドラゴンを倒しにここに来た。だが国から連れてきた仲間に裏切られて、ダンジョン内で死にかけたところをリゼットに助けられた」

レオンハルトと目が合う。エメラルドの瞳《ひとみ》と。

「もう国に戻るつもりはないが、ドラゴンを倒した後のことはまだ決めていない」

その表情はどこか晴れ晴れとしていて、未練や後悔《こうかい》は見えない。レオンハルトは前を向いている。

過去に囚《とら》われずに、まっすぐに前を。

「……なんつーこと聞かせるんだよぉ……育ちがいいとは思ってたけどよぉ……」

ディーは頭を抱《かか》えて、恨《うら》みがましげに呻《うめ》く。

「自分で聞いておいて……」

「はぁ……まあいーや。王族だのは聞かなかったことにしてやるよ」

顔を上げて残りのサンドイッチを口に入れ、飲み込む。

「――とまあダンジョンに潜るやつなんて全員ワケアリだ。誰にどんな事情があったところで、いまさら誰も引きはしねぇさ」

「…………」

ふたりは、リゼットがダンジョンに来た理由を話しやすいように、自分のことを話してくれた。

過去をさらけ出すのは勇気のいることだ。ふたりはその勇気を示してくれた。

リゼットは、その優《やさ》しさに応《こた》えたいと思った。もしかしたら嫌悪《けんお》されるかもしれない。軽蔑《けいべつ》されるかもしれない。失望されるかもしれない。それでもし、ふたりが敵になることになっても。

（その時は、全力で逃げましょう）

食事をすると前向きな気持ちになれる。だからレオンハルトは食事を提案してくれたのだろうか。

最後のパンを飲み込んで、一息ついて、リゼットはゆっくりと口を開いた。

「――私は元々この国の貴族で、私の身体にはかつて聖女の証《あかし》である聖痕《せいこん》がありました」

聖痕のことを誰かに話す日が来るとは思ってもみなかった。

言葉を失うふたりの前で、リゼットは続ける。

「聖痕は黒魔術師によって妹に移殖《いしょく》されました。その妹が国の当代の聖女、メルディアナです」

リゼットは自分の胸にそっと手を当てる。

かつて聖痕が現れた場所を。その聖痕はいまメルディアナの首の後ろにある。

「……私は聖女を侮辱したという罪で、五〇〇〇万ゴールドの罰金を負わされダンジョン送りにされて、いまここにいます」

話してしまえば呆気《あっけ》ないほど短い。そして言葉にするほど信じがたい話だ。聖女となった妹を羨《うらや》んで、妄言《もうげん》を吐《は》いていると思われても仕方ない。

落ち着いていた指先が再び震えていた。リゼットは強く、強く手を握りしめる。

「ごめんなさい。こんな話……」

「リゼット」

恐《おそ》る恐る瞼を開くと、エメラルドの瞳と目が合った。

「──俺は、君を信じる。話してくれてありがとう」

レオンハルトがリゼットの前に片膝《かたひざ》をつき、そっとリゼットの手を広げた。強く握りすぎたせいで、爪《つめ》が手のひらに食い込んで血が滲《にじ》んでいた。

回復魔法が、その傷を癒《い》やす。

「レオン……」

レオンハルトの雰囲気《ふんいき》はいつもと変わらない。落ち着いた穏《おだ》やかな表情だ。

ディーは両手で耳を押さえてうずくまっていた。この世の重荷すべてを背負い込んだような顔で。

「引かないいんじゃなかったのか」

「お前らの理由が重すぎなんだ！　王族だの聖女だの……はぁ……お前らも苦労してたんだな」

同情するようにレオンハルトとリゼットを交互《こうご》に見る。

ふたりとも変わらない。リゼットの告白を聞いても、何も態度が変わっていない。

張り詰めていた緊張《きんちょう》の糸が切れて、涙《なみだ》が出そうになった。

「それにしても、どうして君の妹はそこまでして聖女になったんだ？」

「…………」

──お姉様ばかり、ずるいわ。

メルディアナの責めるような目を思い出す。

「昔から私のものをなんでも欲《ほ》しがった妹です。聖女という地位も欲しくなったのでしょう」

「そんなことで……？」

「いやぁ、身近な人間の持ってるものは羨ましく見えるもんだぜ。誰もがひれ伏《ふ》すものなら尚更《なおさら》な。オレはごめんだけど」

リゼット自身は聖女の地位には執着《しゅうちゃく》はなかった。聖女は名誉《めいよ》ある役目だが、しがらみも多い。大地に結界を施《ほどこ》す重要性はよくわかっていたが、聖女となれば一切の自由はなくなる。だから聖痕を奪われたときには、痛みはあったが同時に喜びもあった。

その時に思ったのだ。

——ああ、私は聖女失格だ。

——メルディアナが聖女になって良かった、と。

その後、父に告発されて罪人扱《あつか》いされるまでになるのは予想外だったが。

「……黒魔術を使って聖痕を奪ったとなれば、関係者は全員、女神教会に捕《と》らえられる」

「うえっ。そんなにヤバい話なのか？」

「黒魔術は巨人《きょじん》の力を行使する術だ。大地の呪《のろ》いを強め、結界の弱体化を早めると言われている」

レオンハルトの説明に、ディーは辟易した表情になる。

「難しい話だなぁおい」

「まあとにかく禁術だ。そんなもの使ってまで聖女に執着するのは、リスクが高すぎる」

——リゼットは何も知らない。メルディアナがどうしてそこまで聖女にこだわったのか。父がどこから黒魔術師を連れてきたのか。何も知らない。

ただ、黒魔術師の目だけはよく覚えている。この世界のすべてを憎《にく》むかのような、銀色の瞳。もしかしたらあの黒魔術師は、連れてこられたのではなく、何らかの思惑《おもわく》を持って自分からやってきたのかもしれない。

(黒魔術師……)

彼《かれ》さえいなければ、何も起こらなかっただろう。いま彼はどこで何をしているのだろうか。

「リゼット、君はどうしたい」

「えっ……?」

エメラルドの瞳がまっすぐにリゼットを見上げている。

「すべてを取り戻したいのか、聖女に戻りたいのか、復讐《ふくしゅう》をしたいのか、それとも他に何か」

「…………」

「君の気持ちを聞かせてほしい」

「私は……」

リゼットにはわからなかった。本当の気持ちが。望みが。これからどうしたいのかなんて、そんなことはいままで考えたことがなかった。

これから何がしたいのか、いま初めて真剣に考える。

どう生きていきたいのだろう。かつての日々を取り戻したいのか。復讐をしたいのか。

――どちらも違《ちが》う。

「私は……ドラゴンステーキを食べたい」

部屋が静まり返る。

「……お前いま冗談言うところじゃないぞ」

「冗談ではありませんっ。ドラゴンを討伐《とうばつ》して、ステーキを食べたいんです！」

「え、本気？　やべえ」

取り乱すのはみっともないこと。いつでも優雅《ゆうが》でいなければならない——そう躾《しつ》けられてきたのに、一度堰《せき》を切って溢《あふ》れ出した感情は止まらない。

「私は……地上に、妹に、父に、何もかもに嫌気が差してダンジョンに籠《こ》もりました。ただ、逃げたかったんです。誰もいないところに、逃げてしまいたかった……」

それは、自分でも気づかないようにしていた本心だ。

地上にいれば確実にトラブルに巻き込まれる。聖貨を稼げと不本意な仕事に就《つ》かされる可能性がある。だからダンジョンで——憧《あこが》れの地でもあったダンジョンで過ごそう、と。

そう自分を納得《なっとく》させて、ダンジョンで暮らした。誰もいないその場所はとても居心地がよかった。

「でも——でも、ダンジョンの恵《めぐ》みをおいしくいただいているうちに、レオンと会ってドラゴンのお話を聞いて……」

いつの間にか溢れていた涙が、頬《ほお》を伝って落ちていく。いくつも、いくつも。

「ドラゴンステーキを食べたいと思ったんです」

「…………」

ダンジョンの奥《おく》にいる最強のドラゴンと戦い、勝利して、ドラゴンステーキを皆で食べたいと。

「それが、私のやりたいことです」

ダンジョンで見つけた、やりたいこと。

最初は単なる興味だった。口実だった。いつしかそれは前に進むための動機になっていた。目標になっていた。

子どもじみたわがままで、いびつな欲求かもしれない。だが、これこそが本当の気持ちだ。

「――決まりだ」

リゼットの前に膝をついていたレオンハルトが立ち上がる。

「俺はリゼットの望みを叶《かな》える。ディーはどうする？」

ディーは座ったままレオンハルトをじっと睨《にら》んだ。

「ドラゴン殺《や》って、ステーキ食べて、その後はどうするんだよ」

「ドラゴンの素材を売ればまとまった額になるはずだ。それを聖貨として納めれば、賞金首の取り下げぐらいできるだろう」

「無謀《むぼう》だ無謀。お前らは強いがオレは戦力外だ。回復役もいねえし。二人でドラゴン倒すだなんてのはバカの考えだ」

「回復と蘇生《そせい》は使える」

「レオンは盾の仕事があるだろーが」

大きくため息をつき、膝に両肘《りょうひじ》を置いて視線を逸《そ》らす。

「……死ににいくようなもんだ。誰も辿《たど》り着けないところで死んじまったら、本当に死ぬ」

ダンジョン領域では死んでも蘇生魔法で復活できる。しかし復活することなく骨となり灰となれば、ダンジョンの一部となる。それは本当の死だ。

「オレは早々と脱出《だっしゅつ》して出頭するのをオススメするね。賞金首狙《ねら》いのやつらに捕まったらタダじゃすまねーぞ」

「賞金をかけた相手はおそらく女神教会か聖女だろう。おとなしく表に出たところで助かるとは思えない」

ディーもその考えは否定できないらしく黙《だま》る。

「だがダンジョンの奥には、現状を打破する何かがあるかもしれない」

「一発逆転狙いかよ」

失笑《しっしょう》するディーに、レオンハルトは不敵に笑い返す。

「ダンジョンに挑《いど》む理由としては真っ当すぎるだろう?」

ダンジョンを訪れるのは犯罪者だけではない。

危険なダンジョンに人が集まり、深層に挑むのは、その最奥《さいおう》に何があるかわからないからだ。

未知の宝、名声、奇跡《きせき》、謎《なぞ》。つまりは夢。夢が人を引き付ける。

レオンハルトは最奥に眠《ねむ》る何かに、リゼットの希望を見つけようとしている。

「結局最初の目的と同じかよ。オレは無謀だと思うけどな」

「そうとも言い切れない」

レオンハルトは力強く言い、剣の柄《つか》を握る。アダマントの剣を。

「俺はいま、かつてなく力に溢れている。身体は以前よりも数段頑強《がんきょう》になっている。たぶん、リゼットの料理のおかげだ」

「私の、モンスター料理が？」

「ああ。あれにはきっと強力な身体強化効果があるんだろう。いまなら皆の盾になることと、自分の回復ぐらいはできる」

料理の効果にはリゼットにも心当たりがあった。

いくら魔法を使っても魔力切れにまでならなかったのも、食べる度《たび》に力が湧いてくるのも、モンスター料理のおかげかもしれないと思っていた。

ダンジョンの恵みは本当の恵みだった——その事実に胸が熱くなる。

出会い、戦い、料理し、食したモンスターたちは、リゼットの中で力強く息づいている。

「……あのさぁ、もしダンジョンを攻略《こうりゃく》して、リゼットの罰金払えたとしてもだ。聖女がその妹だとこの国では生きられねぇだろ」

ディーはあくまで冷静だ。そしてその指摘《してき》はおそらく正しい。

メルディアナがリゼットを強く憎んでいるのは明らかだ。メルディアナは絶対にリゼットを許さないだろう。

「なんか当てはあんのか」

リゼットは口ごもる。そんなものはない。

リゼットの中にあるのは自由への渇望《かつぼう》だけだ。自由さえあればどんな場所でも生きていける。だがその望みはきっと、いまの場所から一番遠い。

「海を渡《わた》ればいい」

レオンハルトの声に顔を上げる。

「海路は経験がある。任せてくれ」

「レオン……」

その時リゼットには、海が見えた。絵と書物でしか知らない海が、レオンハルトの瞳の向こうに。

きらきらと輝《かがや》く、どこまでも広がる大海原《おおうなばら》が。

海の向こうは未知の世界だ。誰もリゼットを知らない場所にはきっと、リゼットが一番望んでいるものがある。

胸が沸《わ》き立ち、リゼットは勢いよく立ち上がる。

「ありがとうございます。行きたいです！」

「ああ」

「……はあーっ、まあ一回は付き合うって言ったしな。オレもいくよ、ドラゴン。――ただし！　戦闘の役に立たなくても分け前はきっちりもらうぜ」

「ふたりとも……ありがとうございます」

濡《ぬ》れた目許《めもと》を指で拭《ぬぐ》う。

「おふたりに出会えてよかった……そうだ。これを持っていてください」

死亡時にダンジョンから脱出して蘇生できるアイテム『身代わりの心臓』をふたりに渡す。

「カナトコさんからいただきました。三つありますので、それぞれで持っておきましょう」

カナトコから貰《もら》ったものがひとつ。リゼットがエルフの錬金術師《れんきんじゅつし》から貰ったものがひとつ。合計二つ。リゼットの分はない。嘘を悟《さと》られないように振る舞う。

——ふたりを死なせたくはない。

「サンキュー。これで死んでもなんとか繋《つな》がるか」

ディーはハート形のアミュレットをポケットに入れる。レオンハルトにも受け取ってもらえてほっとする。

これで全滅《ぜんめつ》してもふたりは助かる。リゼットに示せる、せめてもの誠意だった。

「とはいえ、賞金稼ぎとは戦いたくねぇな。あいつらモンスターにも対人にも慣れているぜ。地上の復活場所にも見張りがいるだろうから、殺しも遠慮《えんりょ》しねぇし」

「はい。逃げても追いかけてこられそうですし、自主的にお帰りいただくしかないですね」

「食料切れでも狙うかぁ？」

あの大人数なら食料の消費も多い。しばらく身を隠して時間稼ぎをすれば、撤退《てったい》していくのではないだろうか。幸いこちら側には食料がたくさんある。

「でも、モンスター料理が得意な方々かもしれませんし」

「断言するけどそんな変人は滅多にいないぜ」

「そんなっ⁉　手に入れやすくておいしくて身体強化効果もあるのにどうしてですか？」

「知らねぇよ。生理的に嫌なんだろ」

確かに最初は拒否感《きょひかん》があるかもしれない。だが一歩勇気を持って踏《ふ》み出せば新しい世界が拓《ひら》けるかもしれないのに。

（――それは私の役目かもしれない）

モンスター料理の素晴《すば》らしさを広めることは。

「私、いつかモンスター料理を世界中に広めてみせます」

「お、おう……がんばれ？　そ、それはともかくだ。レオンは何か考えとかないのか？」

レオンハルトは先ほどからずっと考え込んでいる。ディーに話を振られ、小さく頷《うなず》き。

「彼らは本当に仲間だろうか」

真剣な表情で言う。

リゼットは首を傾《かし》げた。賞金稼ぎたちは同じ目的を持ち、同じ獲物《えもの》を狙い、集団で行動している。仲間でなくてなんだというのだろうか。

「彼らは二十人近くいる。賞金一〇〇〇万でも割れば一人あたり五〇万。地上にも仲間がいれば更に分け前は減る」

「そう言われるとショボいな。労力に見合わねえ」

「どんな分配方法を取っているかはわからないが……少しでも多く稼ぎたい、出し抜きたいと思っているやつもいるはずだ。仲間割れを誘発《ゆうはつ》して潰《つぶ》し合わせた方が――……」

リゼットとディーの視線に気づいて、言葉を止める。

「……何か変なことを言ったかな」

「いえ、レオンは高い視点から全体を見ているのだなと思って」

「さすが王族。腹が黒い」

「う……」

レオンハルトはふらふらと部屋の隅《すみ》に壁を向いて座り込む。

「……俺は……あいつらと同類だったのか……？」

相当なショックを受けたらしい。壁を相手に何やらぶつぶつと呟《つぶや》く。

「おいおい、うっとうしく落ち込むなよ。いつか王様になるんだろ？」

「ならないよ。帰るつもりはないし王になるのは兄だし」

「ドラゴン倒すんだろ？　なら可能性はあるだろ」

「他人事《ひとごと》だと思って……」

レオンハルトの落ち込みは激しかった。かなりの重症《じゅうしょう》である。

「わ、私はレオンの思慮《しりょ》深いところは長所だと思います」

リゼットは必死でフォローする。

後ろからディーがこっそりと「もっと言ってやれ」と言ってくる。

「頼《たよ》りになりますし、素敵だと思います……！」

「……………っ」

後ろからディーが「もっと！　もっとだ！」と煽《あお》ってくるが、これがいまのリゼットの精いっぱいである。息が上がって、胸がいっぱいで、熱くて、これ以上何かを言えそうにない。

その時レオンハルトが鋭《するど》く息を呑み、力強く立ち上がった。

「――大型モンスターが来る。それも大量に」

リゼットも耳を澄《す》ませる。心臓の音がうるさかったが、集中する。

結界越《ご》しに聞こえてくるのは、遠くの怒号《どごう》に、魔法による破壊音。悲鳴。大地を揺《ゆ》らす、ずしんずしんという重い足音。災厄《さいやく》のようなそれらが、少しずつ近づいてくる。

「このままだとまずくねぇか。どうする？」

「出よう。いまなら向こうもモンスターに気を取られている。戦闘に巻き込まれないうちに、ここを離れよう」

「はい」

モンスターと賞金稼ぎ、両方を同時に相手にするのは避《さ》けたい。

結界を解いて外に出ると、滅びた街は完全に戦場になっていた。

あちこちから黒い煙《けむり》が上がり、その中を単眼の巨人モンスターたちが闊歩《かっぽ》していた。我らこそがこの地の支配者だと言わんばかりに、大きく丸い眼《め》を光らせて。手にはとてつもなく大きな棍棒《こんぼう》を持って。

【鑑定《かんてい》】サイクロプス。単眼の巨人。非常に力強く頑強。人間が好物。

――ダンジョンは、食うか食われるか。

崩《くず》れた屋根や石が降ってくる中を走って移動し、見通しのいい道に出る。

その先では黒い犬のモンスターに追われながら戦っている賞金稼ぎたちがいた。

【鑑定】ガルム。最強の猛犬《もうけん》。複数で狩《か》りを行なう。その追跡《ついせき》からは誰も逃れられない。


「リゼット、行こう」

レオンハルトがリゼットの手を取り、走り出す。

モンスターたちはリゼットたちには関心を示さず、賞金稼ぎの方へ向かっていく。賞金稼ぎたちもモンスターに気を取られていてリゼットを襲《おそ》ってこようとはしない。

「モンスターは人数の多い方に引き寄せられるってのは本当なんだな」

ディーが言い、レオンハルトが頷く。

「あれだけ大人数で行動しているんだから当然だ。まさか知らずに大型パーティを組んでいるわけがない。備えはしているはずだ」

「でもあいつら全員やられちまったら、モンスターの連中まとめてこっちに来るんじゃねーか？」

「賞金稼ぎもここまで来ることができたメンバーだ。早々負けることはないはず――」

そう言う間にもあちこちで脱出の光が打ち上がる。死亡、もしくは逃亡《とうぼう》の証の光が。

「ぼろぼろに負けてんじゃねーか」

「連携《れんけい》が全然取れてないんだ……」

レオンハルトも予想外だったのか、呆れたように呟く。

「個々の強さ頼《だの》みでここまで来たんだろう。敵の数が多い状況《じょうきょう》に対応できてない」

指揮官のいない烏合《うごう》の衆。

レオンハルトの言っていたとおり、本当の仲間ではなかったということだろうか。

「ならあの方々が全滅する前に、モンスターを倒してしまいましょう」

リゼットはあっさりと決断し、走る足を止めた。

「おいおい、他人に気を遣《つか》ってる余裕《よゆう》はねーぞ！」

「分散しているいまの内の方が戦いやすいです。それに、大丈夫《だいじょうぶ》です。いまの私は力が満ち溢れていますから」

心と魔力が相関関係にあるのだとしたら、いまのリゼットはきっと無敵だ。

くるりと踵《きびす》を返して、ガルムの群れを見る。

周囲の賞金稼ぎたちが全滅したためか、真《ま》っ直《す》ぐに向かってくる。


【先制行動】【火魔法（上級）】【魔法座標補正】

魔法の命中率を上げるスキルを獲得《かくとく》し――

「ラヴァフレイム！」

魔法発動の言葉には、意味はさほどない。ただ魔法のイメージを固めるものに過ぎない。リゼットは辺り一面に広がる灼熱《しゃくねつ》の溶岩《ようがん》をイメージし、魔力で具現化させる。

地面が溶《と》け、真っ赤などろどろの溶岩がガルムたちを包み、呑み込み、一掃《いっそう》する。ほどなく溶岩は消えて、元の道に戻る。

モンスターはまだ他にいる。次に迫《せま》ってくるのは巨大な筋骨隆々《きんこつりゅうりゅう》の人型モンスター、サイクロプス。緑の皮膚《ひふ》の一つ目巨人。

その背は辺りの家より高く、足音は地響きを伴《ともな》う。棍棒が打ち下ろされれば、家も道もたやすく砕《くだ》くだろう。黒い単眼が、遥《はる》かな高みからリゼットを見下ろす。

【先制行動】【魔力操作】【水魔法（上級）】

「アイスウォール！」

リゼットは通路の間に巨大な氷の塊《かたまり》をつくり、サイクロプスの進行を阻《はば》む。

氷の壁はサイクロプスの頭のすぐ下まで伸びたが、サイクロプスはそれを乗り越《こ》えようと手を氷にかける。動きが止まったその一瞬を狙って――

【魔力操作】【火魔法（上級）】【魔法座標補正】

「フレイムバースト！」

氷を乗り越えようとして前に突き出された頭の、眼球部分で爆発《ばくはつ》を起こす。力が圧縮された超《ちょう》強力な爆発を。サイクロプスの身体がぐらりと揺れる。

「フレイムバーストッ！」

更に頭を爆発させせ。

「フレイムバーストッッ！」

三連続の爆発で頭部を完全に破壊する。頭を失ったサイクロプスは倒れ、完全に沈黙した。

その直後にまた別のサイクロプスが近づいてきたので、同じように撃破《げきは》する。下半身を氷で包み込んで固め、フレイムバーストで頭部を破壊して。

どれだけ魔力を使っても力が無尽蔵《むじんぞう》に湧いてくる。いまならこの階層のすべてのモンスターを倒せそうだった。

——その時、黒装束のリリパットが上から落ちてくる。リゼットの目の前に。

「や、やんのかこら！　この二人は鬼強《おにつよ》いぜ！」

ディーが叫ぶが、リリパットは既《すで》に死んでいた。首がありえない角度に曲がっている。その身体が光って消える。いくつも見た脱出の光と同じように、空へと。

「上だ！」

レオンハルトの声に弾《はじ》かれるように屋根の上を見る。

そこには人の頭を持つ金毛の獅子《しし》がいた。その口元は鮮血《せんけつ》で濡れている。

「マンティコアか……！」

【鑑定】マンティコア。人の頭と獅子の胴体《どうたい》。サソリの尾《お》を持つ。皮膚は魔法耐性《たいせい》が高い。高度な知性を有し人語を解する。

レオンハルトが素早く剣を抜く。

マンティコアのサソリの尾がゆらりと揺れ、持ち上がる。仮面のような男性的な顔が、動く。

「悪魔……傀儡《かいらい》メ……」

「いま喋《しゃべ》りました⁉」

地の底から響くかのような怨嗟《えんさ》のこもった声に、リゼットは心の底から驚いた。モンスターと意思の疎通《そつう》が可能かもしれないだなんて。

「消《う》エ失セロ……！」

――相互《そうご》理解の道は険しそうだが。

マンティコアが屋根から跳《と》ぶ。獅子のしなやかな跳躍《ちょうやく》と着地、そして瞬発力《しゅんぱつりょく》。鋭い爪とサソリの尾針が、殺意を持って風を切る。

レオンハルトが前に出る。マンティコアの魔法耐性を警戒したのか魔力防壁は張らずに、体さばきと盾使いでマンティコアの爪を防ぎ、尾針を弾く。

普通なら吹き飛ばされるほどの力と体重の差。だがレオンハルトは太さのまるで違う腕で、体格差で、マンティコアと対等以上に渡り合う。

爪が皮膚を引き裂《さ》いても怯《ひる》むことなく、アダマントの剣を振るう。

剣はマンティコアの胴体の皮膚をいとも簡単に斬《き》り裂いた。黄金の毛並みが裂けて、赤い血が滲む。傷自体は浅い。だが。

「フリーズアロー！」

リゼットは傷口を狙って氷の矢を放つ。矢は裂けた皮膚からマンティコアの体内へと入り込む。

その場所を起点として、力の限り魔力を注ぎ込んだ。皮膚は魔法耐性が高くとも、内側は――

「フレイムバーストッ！」

内側からの大爆発で、マンティコアは砕けた。身体の半分を失い、倒れたマンティコアの中から、琥珀色《こはくいろ》の魔石がころころと転がり出てくる。

勝利の後にやってきたのは、束《つか》の間《ま》の静寂《せいじゃく》だった。モンスターはまだ残っている。サイクロプスもガルムもまだ獲物を探してさまよっている。

「行きましょう、レオン、ディー」

近づいてくるモンスターを倒しながら、人気《ひとけ》のない方向へ逃げる。

賞金稼ぎたちは追ってこない。これだけの被害《ひがい》が出てモンスターもまだいる状況では無理はしないだろう。生き残っている者たちも早々に帰還《きかん》するはずだ。

「……お腹《なか》が空《す》きました」

体力が尽《つ》きてふらふらとよろける。倒れる寸前でレオンハルトに受け止められる。

「食べたもん全部魔力になってんのかよ。燃費いいんだか悪いんだか」

リゼットは先ほど倒したサイクロプスをじっと見つめる。

「人型は論外だからな！　喋るやつも絶対に嫌だからな！　なんかの病気になる！」

どんな病気になるのだろう。考える気力もいまは湧かない。

「で、ではガルムを――」

「犬は、その……昔飼っていた犬を思い出すから……」

レオンハルトは悲しそうに顔を歪《ゆが》める。

（おふたりとも繊細《せんさい》ですわね……）

幸い、食材のストックはまだまだある。無理強《むりじ》いはしたくないので諦《あきら》めた。心理的ダメージも立派なダメージだ。引きずって戦闘に支障が出ては命取りになる。

だがもうリゼットも限界だ。一歩も動けなくなったリゼットをレオンハルトが背負う。

「鳥系モンスターや植物系のモンスターとかいたらいいんですが……」

「そんな都合よくいるわけねーよ。落ち着く場所まで我慢《がまん》しろ――って、なんか甘い匂《にお》いがするな」

ディーがぽつりと呟き、匂いの出所を探《さぐ》るように風を嗅《か》ぐ。

「こっちだ」

ディーの誘導《ゆうどう》で辿り着いたのは、緑の庭園だった。草花が鮮《あざ》やかに息づき、白や黄色の可憐《かれん》な花がそよ風に揺れている。

元は貴族の邸宅《ていたく》だったのだろうか。屋敷《やしき》は崩れていたが、かつての権力と栄華が感じられるほどの大きさがあった。

そして庭園にはいささか相応《ふさわ》しくない巨大な倒木《とうぼく》が、無造作に横たわっていた。

「これは……トレントだ。もう死んでいる」

【鑑定】トレント。木の精霊《せいれい》。性格は非常にのんびりしていて動きも遅《おそ》いが、一度怒ると誰にも止めることはできない。すべてを破壊するまで突き進む。


死んでからかなりの時間が経《た》っているようだった。樹皮ははがれて、内側は腐《くさ》り落ちている。かろうじて残っている幹に開いた洞《ほら》は、人が楽に通れるほどの大きさがあった。

そしてそのトレントを棚《たな》にして、爽《さわ》やかな黄緑色の果実——白ブドウがたわわに実っていた。

「甘い匂いの正体はこれだな。食えるのかこれ？」

警戒するディーの横でリゼットはレオンハルトの背中から下りる。

手の届くブドウに手を伸ばし、もぎ取って、一粒《つぶ》食べた。

「躊躇《ちゅうちょ》ねぇな……」

口の中で薄《うす》い皮が破れると、瑞々《みずみず》しい実から酸味のある甘い果汁《かじゅう》が溢れ出す。

「甘い……おいしい」

うっとりと呟き、次々と食べていく。水分が喉を、身体を潤《うるお》していく。

「とってもおいしいです。おふたりもどうぞ」

庭園に座り、三人でブドウを食べる。まるでピクニックのようだ。

「本当においしい……このブドウ、誰かが植えたのでしょうか」

「種を捨てたやつがいるんじゃねーの」

「それがこんなに立派に育つなんて……感動しました」

いくらでも食べられる。このまま凍らせてソルベのようにしてもきっとおいしい。そう思った瞬間には、リゼットはブドウを魔法で凍らせていた。

食べて、首を傾げる。甘みが足りない。もっと砂糖で煮込《にこ》んで、リキュールを入れないと。

(これはそのままの方がおいしいですわね)

結論づけて、何食わぬ顔でブドウを食べる。この爽《さわ》やかなブドウはきっと、このまま食べるのが一番おいしい。

「このブドウもトレント水を飲んで育ったのかもしれない」

レオンハルトが大量に実るブドウとトレントの倒木を眺《なが》めて言う。

「なんですかそれは」

「トレントから溢れ出てくる、生き物の成長を促進《そくしん》する水だ。この水があるからトレントはこんな大樹になると言われている」

「へーっ。この階層に大型モンスターが多いのも、この水を飲んだからかもな」

「ああ、充分《じゅうぶん》ありえる。だが……」

レオンハルトは言葉を濁《にご》し、食べる手を止める。じっとブドウを眺める顔は真剣そのものだった。

「……以前に来たときは、大型のモンスターはこんなにいなかった。おそらく、ダンジョンが成長しているんだ」

「成長？　ダンジョンって成長するんですか？」

それではまるでダンジョンそのものが生命を持っているかのようだ。

驚きと興奮を覚えるリゼットに、レオンハルトは頷いて答える。

「ああ。ダンジョンが成長すると、モンスターも力を増し、凶悪《きょうあく》になっていく。冒険者たちではモンスターが抑《おさ》えきれないほどになると、モンスターは地上にまで這《は》い出してくる」

「そんな……」

そんなことになれば大惨事《だいさんじ》になる。

だがダンジョン領域には結界がある。罪人を逃がさないための結界と城壁《じょうへき》は、モンスターを外に出すこともないはずだ。だが、本当に効果を発揮するかの保証はない。

「地上にいる野生のモンスターは、ダンジョンから出てきたモンスターの子孫だと言われている。ほとんどのモンスターは討伐されるし、ダンジョンとの環境《かんきょう》の違いで地上では生きてはいけないけれど、時折動物と交雑して生き残る種もいる」

地上にもモンスターはいる。しかしその多くは小柄で臆病《おくびょう》だ。

しかし時折巨大で凶暴なものもいる。ジャイアントキリングベアーのように、雑食で肉を好み、人を襲うものも。

このダンジョンも成長しきれば、危険種が地上に溢れ出すだろう。

「ぞっとする話だな。ここのモンスターも、短期間でいきなり強くなってるかもってことか？」

ディーが嫌そうに呻く。

「そうです。第六層のドラゴンもいまごろツインヘッドになっていたりするかもしれません」

「いや、俺の見たドラゴンは最初からツインヘッドだった」

「――なんてことでしょう」

まさかの双頭竜《そうとうりゅう》。きっとドラゴンの中でも格上に違いない。

「ではトリプルとかフォースヘッドとかになっていたりするかもしれません」

「盛るトコそこかよ！　もっと他にあるだろ！　火力とか、体力とか……ってますます絶望的な感じがしてきた……」

「まあ、ここで言っていても始まらない。この目で見ないことには」

「嫌な予感しかしないぜ……」

レオンハルトが立ち上がる。

「そろそろ行こう。エリアボスのマンティコアは倒したから、リゼットが望めば階段はすぐに見つかるはずだ」

「私が望めば……」

階段はトレントの樹の洞の更に奥――地下に伸びる空洞《くうどう》の最奥に、隠れるように存在していた。

「もうすぐドラゴンに会えるのですね」

高まる期待に胸を熱くしながら、リゼットは暗闇《くらやみ》の中の階段を下り始めた。

◆　◆　◆

――第六層。深淵《しんえん》。

「ここにドラゴンがいるんですね……」

岩肌《いわはだ》がむき出しの原初的な洞窟《どうくつ》に、呟きと足音が反響《はんきょう》する。ここでも岩肌には光る苔《こけ》があり、ランプは必要なかった。

第六層は、恐ろしいほどに静かだった。モンスターの気配もない。コウモリやスライムなどの、洞窟にはつきものの生物もいない。

胸を圧迫《あっぱく》するような威圧感《いあつかん》だけが広がっていた。モンスターもこの威圧感から逃げているのではないかと思えるほど、纏《まと》わりつく空気が重い。

レオンハルトとディーも緊張しているのか、口数が少ない。

分岐《ぶんき》のない一本道をひたすら進むと、やがて石の扉《とびら》が現れる。地下に埋《う》もれた神殿《しんでん》のような荘厳《そうごん》な扉には彫刻《ちょうこく》が施されていた。水の流れのような曲線と円の彫刻が。鍵穴は存在しない。

「こいつは魔力を通すタイプだな」

「では私が」

ディーの見立てに従い、扉に両手を当てて魔力を流し込む。ほどなく封印《ふういん》が開く手応《てごた》えがあった。手を添《そ》えたまま軽く押すと、重厚《じゅうこう》な扉は難なく開いていく。

そして――

神殿の至聖所のような広大な空間にいたのは、二つの頭を持つドラゴンだった。

白銀の鱗《うろこ》に覆《おお》われた大きな身体に、二本の長い首。片方は焼けた鉄のように赤く、片方は瑠璃《るり》石が混ざっているかのような蒼銀《そうぎん》。そのどちらも美しく輝いていた。

パタン……

「閉じるなよ！」

「いきなり目の前にいるんですもの！」

激しく脈を打つ胸を押さえて涙目で叫ぶ。あまりにも突然の登場に動悸《どうき》が止まらない。

「とりあえず落ち着いて。作戦をおさらいしておこう」

レオンハルトの提案に賛成し、扉の前で対ドラゴンの作戦会議を行なう。

「まず最初に炎と吹雪《ふぶき》のブレスが来る」

「物騒《ぶっそう》な挨拶《あいさつ》だぜ……」

「一度吐けば次のブレスの充填《じゅうてん》には時間がかかる。吐く前には予備動作があるから、タイミングはわかる。ブレスは俺が防ぐから、あまり離れないようにしてくれ」

レオンハルトは一度このドラゴンと対峙《たいじ》している。その時は準備不足を悟って撤退したと言っていたが、ブレスが【聖盾】のスキルで防げるのは実証済みらしい。

「あと、尾の攻撃《こうげき》も強力だから尾の範囲《はんい》には入らないように」

頷く。ドラゴンは巨体のため動作はやや遅いらしいので、気をつけていれば尾撃《びげき》の範囲に入ることはないだろう。

「強敵だが、物理攻撃も魔法も効く相手だ。体力は多いが、ある程度弱らせると自己回復に入る。最大火力を叩《たた》き込むタイミングはそこだ。——リゼット」

「はい」

「状況を見て、どちらかの頭を集中的に潰してほしい。君の魔法なら通る」

「わかりました。任せてください。全力で成し遂《と》げます！」

ここまで来ればリゼットも自分の魔法には自信があった。信じて頼ってもらえるのなら、あとは全力でドラゴンにぶつかるだけだ。

「ディーは様子を見て、渡したアイテム類を使ってくれ」

「了解《りょうかい》」

答えつつもディーの顔色は優《すぐ》れない。

「なあ……本当にあんなやつに勝てるのか？」

ドラゴンはあらゆるモンスター――否《いな》、あらゆる生命の中で至高の存在だ。

高い知性と強大な力、強靭《きょうじん》な身体。個の人間ではその力には敵《かな》わない。ドラゴンに勝利できるのは、勇者や英雄《えいゆう》という選ばれた人間だけだ。

「このダンジョンのドラゴンを倒したパーティはまだいないらしい」

「私たちが最初ということですね」

――個の人間では勝てなくても、仲間と力を合わせれば勝機はある。

リゼットが笑うと、レオンハルトも笑う。ディーは仕方なさそうにため息をついた。

「まっ、せっかくここまで来たんだから行くか」

リゼットはもう一度扉を開ける。ドラゴンの待つ場所へと、足を踏み入れた。

◆　◆　◆

──ドラゴン。

深淵の神殿で、何かを守るように存在する二つ頭のドラゴンは、侵入者《しんにゅうしゃ》を排除《はいじょ》するため寝《ね》そべっていた身体を起こす。

四つの足で床《ゆか》を踏みしめ、空を飛べそうな二枚の翼《つばさ》を広げ、咆哮《ほうこう》する。二つの叫びがダンジョンを揺るがし、威嚇《いかく》するように叩きつけられた太い尾が地面を揺らす。

二つの長い首が揺れ、炎のブレスと氷のブレスが同時に吐き出された。

レオンハルトの魔力防壁──【聖盾】が発動する。

炎と氷のブレスは相反する属性にもかかわらず互いを打ち消し合うことなく、むしろ双方の威力を増幅《ぞうふく》させて、【聖盾】の上に降りかかる。

ブレスは、いままですべての攻撃を防いできた魔力防壁にヒビを入れた。

（割れる──）

リゼットはとっさに結界を張り、魔力防壁を強化しようとする。

しかし、結界もろとも【聖盾】は割れた。炎の海と氷の嵐《あらし》が混ざりながら迫りくる。

リゼットは魔法を使おうとした。火魔法と水魔法。同時に使って中和し、相殺《そうさい》しようとした。

だが──間に合わない。

その時リゼットは初めて死と直面した。

レオンハルトの身体が燃える。

ディーの身体が氷と化し、砕ける。

『身代わりの心臓』は持ち主の死に反応し、その身体を脱出の光で包み込む。

弾けるような光が天に向かう。流星の如《ごと》く輝いて。


二つの光を見送って、リゼットは正気を取り戻した。部屋の壁にもたれ、座り込んだ状態で。

（生きている……）

とっさの判断でスキルポイントで【結界魔法】を強化し、範囲が狭《せま》いが強固な結界を張って自分を守ったのだ。

——自分だけを。ほとんど無意識に。

死にたくないと、生きたいと思ったから。

自分に失望し、苦笑する。ひとりだけでも生き長らえようとするなんて、自分という人間がよくわかる。

炎の海はまだ燃え続けている。ドラゴンはまだこちらに顔を向けている。

（次のブレスは防げる……？　尾撃は？）

ドラゴンとふたりきり。一対一。状況は絶望的。あと何秒生きていられるだろうか。

しかしドラゴンはふっと顔を逸らすと、侵入者が消えたと判断して休息に戻ろうとしている。

その動きでリゼットは気づいた。ドラゴンがこちらを見失っていることに。

結界がリゼットの姿と気配を遮断《しゃだん》しているからだ。ドラゴンからすれば、ここにはもう誰も存在しない。

選択肢《せんたくし》はふたつ。

――脱出を試みる。

――戦う。

「…………」

リゼットは天を仰《あお》ぐ。高い天井《てんじょう》を見上げ、その先にある地上を想《おも》う。

ふたりはきっと無事に脱出できた。一度も死なせたくなかったのに死なせてしまったが、きっと生き返っている。ダンジョン領域の奇跡のおかげで。

ドラゴンを見つめる。静かな眠りに戻ろうとしている美しい生き物を。

(私は、ここで……)

リゼットはユニコーンの角杖《つのつえ》を固く握り、微笑《ほほえ》んだ。

「ドラゴンさん、私と朝までダンスをしましょうか」

リゼットは、戦うことを決めた。朝も夜もない地の底で、死がふたりを分かつまで。

どれだけ無謀でも。たとえこの身が砕けようとも。

前に進む意志を――戦う意志を失ってしまえば、きっと一歩も動けなくなるから。

地上から深層へ　【Side　レオンハルト】

レオンハルトが意識を取り戻《もど》すと、そこは暗い石室だった。乾《かわ》いた石の匂《にお》いと、床《ゆか》の冷たさ。丸い天井《てんじょう》に吸い込《こ》まれるように重なり響《ひび》く、神官たちの祈《いの》りの声。

そして、顔を覗《のぞ》き込んでくる誰《だれ》か。

「おい、レオン」

ディーの焦《あせ》ったような声で正気を取り戻す。

重い身体《からだ》を起こし、周囲を見る。

奥《おく》の祭壇《さいだん》では神官たちが祈りの詩を唱え続け、床には倒《たお》れた人間が何人もいる。先ほどまで誰もいなかった場所にも、次々と冒険者《ぼうけんしゃ》が出現していっている。

ここは帰還所《きかんじょ》。ダンジョンの一部でありながら地上に存在し、脱出《だっしゅつ》してきた人間が現れる場所だ。

「俺《おれ》は死んだのか……」

「ああ、そうみたいだぜ」

回らない頭を必死に働かせる。身体と頭を占有《せんゆう》する、死後特有の倦怠感《けんたいかん》に抗《あらが》いながら。

（そうだ……ドラゴンのブレスで俺は……）

死の間際《まぎわ》に見た光景を思い出す。【聖盾《せいじゅん》】が割れ、炎《ほのお》のブレスで焼かれる感覚がまざまざと蘇《よみがえ》ってきた。その熱さも、息苦しさも。

（リゼット……？）

レオンハルトは気づいた。

リゼットがいないことに。

いくら見回しても、部屋のどこにもいない。ぞっと全身から血の気が引く。

ディーの顔を見ると、ディーは無言で首を横に振《ふ》る。レオンハルトは足元が崩《くず》れ落ちるような感覚に襲《おそ》われながらも、なんとか立ち上がった。

「……すまなかった……早く出よう」

帰還所から外に出る。光に目がくらみ、空の高さと世界の広さに足元が揺《ゆ》れた。

久しぶりの地上。ダンジョンにいた時にはあんなに恋《こい》しかった地上世界。だがいまは何もかもが霞《かす》んで、色褪《いろあ》せて見える。

帰還所の周辺にはたくさんの冒険者がいて、中から出てきたレオンハルトの顔を一斉《いっせい》に見てくる。

(賞金稼《かせ》ぎか……？　まさか、リゼットは先に連れていかれた？　いや、そんな感じじゃない)

冒険者たちの目はギラギラとしている。獲物《えもの》を待ち構える獣《けもの》の目だ。既《すで》に獲物が捕《つか》まっていたとしたらとっくにこの場にはいないだろう。

――ではどこにいるのか。

「おい、レオン。しっかりしろよ」

ディーに肩《かた》を借りながら歩く。人混みからようやく離《はな》れたところで、足元がふらついて地面に崩れ落ちた。

死からの復活後は体力と魔力《まりょく》が大幅《おおはば》に削《けず》られている。身体がまったく言うことを聞かない。

（――リゼットは……どこに……）

まさかまだダンジョンの中にいるのか。もしかして一人でドラゴンと戦っているのか。

それとも脱出アイテムを持っていないため、あの場所で死んだままでいるのか。

リゼットはレオンハルトとディーにそれぞれ『身代わりの心臓』を渡《わた》した。だがリゼットが自分の分を持っていたところは見ていない。

「……くそっ！」

行き場のない感情を乗せた拳《こぶし》を地面に叩《たた》きつける。

自分が情けない。大口を叩いて守れなかったことも。呆気《あっけ》なく死んでしまったことも。リゼット一人を取り残してしまったことも。何もかもが腹立たしい。悔《くや》しい。不甲斐《ふがい》ない。情けない。

「……助けに行かないと」

レオンハルトは立ち上がり、ダンジョンの入口を見つめた。

白銀の岩山。そこに開いた暗い穴を。

「待て待て――ってなんで目が金色⁉」

「体質だ」

感情が昂《たかぶ》ると瞳《ひとみ》が金色に変わるらしい。レオンハルト自身は見たことがなかったが。

「体質かよ――って待てってたら！　オレたち二人だけじゃどうにもなんないだろ！」

強く腕《うで》を引っ張られる。レオンハルトにとっては制止にならない程度の力だったが、振り払《はら》うことはできなかった。

「このまま行ってもまーた同じオチだ。そもそもオレたちだけであそこまで辿《たど》り着けるかだって怪《あや》しい。仲間を雇《やと》おうぜ」

「……無理だ。地下で賞金稼ぎに顔を見られている。まともな仲間は期待できない」

賞金首であるリゼットの仲間だということは既に気づかれているだろう。仲間を集めても賞金狙《ねら》いの冒険者が引っかかるに違《ちが》いない。そんな相手と深層には向かえない。

「あ……くそ、そうか……」

「無理しなくていい。俺ひとりでも……」

ディーは最初から、一回だけ付き合うと言っていた。地上への帰還を果たしたいま、レオンハルトはディーをこれ以上巻き込むつもりはなかった。

次の瞬間《しゅんかん》、頬《ほお》に鈍《にぶ》い衝撃《しょうげき》が走る。

「バッカやろう！」

怒声《どせい》が痛む頭に響く。

「オレの拳ですらよろけてるくせに、いま潜《もぐ》っても間違いなく死ぬぞ！」

言われてやっとレオンハルトは殴《なぐ》られたことに気づいた。

呆然《ぼうぜん》とするレオンハルトの胸倉《むなぐら》をディーが乱暴につかむ。

「あいつが大事なのはわかる。でもオレは、お前だって大事だよ。どっちも死なせたくねぇよ！　助けたいなら、ちゃんと考えろ‼」

「ディー……」

そのとおりだった。このままではドラゴンの元に辿り着く前に死ぬだろう。死ねば、リゼットを助けることができない。

危険を冒《おか》して仲間を雇うべきか。

金はなんとかなる。ダンジョン内で手に入れた魔石をレオンハルトもいくつか持っている。荷物整理のときにリゼットに渡された。これを換金《かんきん》すればそれなりの額になる。

だが、信頼《しんらい》に足る仲間を雇えるかどうかは――……

考え込むレオンハルトの元に、一人の教会騎士《きし》が近づいてきた。胸元の勲章《くんしょう》が眩《まぶ》しく輝《かがや》いていた。

「お久しぶりです。またお会いできるとは」

「誰あんた」

ディーが警戒心《けいかいしん》をあらわにしながら聞く。

「これは失礼しました。私はダグラス。教会騎士です。以前、ダンジョン内でレオンハルトさんとリゼットさんに助けられたものです」

――教会騎士ダグラス。

リゼットを捜《さが》してダンジョンにやってきて、第三層でミミックに食べられかけていた教会騎士。

「それで、リゼットさんはどちらに？　……もしやまだダンジョン内にいらっしゃるのですか？」

「………」

レオンハルトは答えなかった。

だが教会騎士は随分《ずいぶん》と勘《かん》がいいようだった。

「これから迎《むか》えに行かれるのですね。私も同行させてください。少しはお役に立てるはずです」

「いやあんた、女神《めがみ》教会の騎士なんだろ……？」

教会騎士は困ったような顔をして、静かに胸元の勲章に手を当てた。

「信用できないのは当然です。ですが私はもう聖女を妄信《もうしん》はしておりません」

「でもあいつに賞金かけたのは教会だろ？」

「いいえ。リゼットさんに賞金をかけたのが誰かはわかっていませんが、教会が表立ってしていることではないのは確かです」

教会騎士ダグラスの言葉に嘘《うそ》は見えない。彼《かれ》は彼なりに思うところがあるようだった。

「賞金がかけられる直前に、ノルンに高位貴族がやってきました。私は、その貴族が冒険者ギルドに依頼《いらい》をしたと思っています」

「貴族……」

「素性《すじよう》を隠《かく》しているので確証はありませんが、クラウディス侯爵《こうしやく》——聖女とリゼットさんの実父が関《かか》わっていると見ています」

それが本当ならば、やはり聖女がリゼットに賞金をかけたのだろう。

聖女の権力は絶対だ。所属する自国内だけではなく、他国にすら影響《えいきよう》を与《あた》えるほどその力は強い。

聖女がリゼットの抹殺《まつさつ》を目論《もくろ》んでいるのなら、事態は相当に悪い。

自然な解決は期待できない。家族というものは近すぎるゆえに、こじれたときの修復は困難だ。

「お願いします。私はあの時の恩を返したいのです。進むべき道を思い出させてくれた彼女《かのじよ》に！」

ダグラスの意志は強かった。表情も声も燃え上がるほどに熱意に溢《あふ》れていた。

だがレオンハルトは頷《うなず》けない。やはり教会騎士であることが——

「前回の失敗を踏《ふ》まえ、大量の復活アイテムをかき集めていますから！」

「採用‼」

「アイテムに釣《つ》られてんじゃねーよ‼」

背中に軽い衝撃が走る。

「ディーの言うとおりだ」

「はあっ？」

振り返ると、蹴《け》った反動でか地面に倒れたディーが立ち上がっている途中《とちゅう》だった。

「失敗はできない。使えるものはなんでも使う。復活アイテムは重要だ」

リゼット救出には時間がない。時間がかかるほど状況《じょうきょう》は悪化していく。一秒でも早くリゼットの元に行く必要があり、絶対に失敗はできない。となれば復活アイテムは非常に重要だ。

そしてダグラスは腕が立つ。単身で第三層まで下りた経験がある。前衛戦力としても貴重だ。その上リゼットへの心酔《しんすい》ぶりを見れば、裏切ることはないだろう。

「ありがとうございます。命を尽《つ》くして戦いましょう」

差し出された手をレオンハルトは固く握《にぎ》り返した。

「ああ、よろしく頼《たの》む。リゼットがいるのは六層のドラゴンの場所だ」

「六層……そんなところまで」

「補給を整えたらすぐに出発しよう。とにかく時間が惜《お》しい」

早速《さっそく》ダンジョン内で使うアイテムや調理道具、調味料、食材を集めに商店の方へ行こうとしたレオンハルトの前にディーが割り込んでくる。

「おい、もちろんオレも行くからな。お前らだけだと罠《わな》や仕《し》掛《か》けが解けねーだろうし」

「ディー、ありがとう。心強いよ」

「ふん……」

ディーはふいっと顔を逸《そ》らす。どこか怒《おこ》っているような表情で。

これで三人になったが、いままで以上に危険極《きわ》まりない冒険になるのは間違いない。準備を万全《ばんぜん》にするため大通りに向かおうとしたとき、こちらに駆《か》け寄ってくるふたつの人影《ひとかげ》が見えた。

「レオンハルト！」

「レオンハルト様！」

間違えることのないほど、何度も聞いた声。

「ギュンター、ヒルデ……」

元仲間の戦士ギュンターと回復術士のヒルデが、涙《なみだ》ぐみながらレオンハルトの前にやってくる。

「良かった……ご無事で……」

ダンジョン内でレオンハルトは二人に国に帰るように言った。どうしてまだノルンにいるのか。

だがそんなことはいまはどうでもよかった。レオンハルトは二人に頭を下げる。

「頼む！　力を貸してくれ！」

「えっ……？」

「仲間が、一人でドラゴンのところにいる。助けに行きたいんだ。お前たちの力を貸してほしい……！」

親族以外に頭を下げるのは初めてだ。それだけ必死だった。

二人は冒険者として優秀《ゆうしゅう》だ。ギュンターはやや迂闊《うかつ》なところがあるが戦闘《せんとう》能力に長《た》けている。

ヒルデの回復術は国でもトップクラスだ。レオンハルトでは蘇生《そせい》できない死体も復活させられる。

深層に向かう上で、これ以上頼もしいメンバーはいない。

「――顔を上げてくれ、レオンハルト」

「リゼットさんのことですよね。彼女の手配書を見ました。リゼットさんは私たちにとっても恩人です……どうか、一緒《いっしょ》に行かせてください」

「すまない……本当に、ありがとう」

「感謝するのはおれたちの方だ。元から、お前が気になってここから離れられなかったんだ。また誘《さそ》ってもらえるなんて……」

涙を堪《こら》えようとしている表情は、小さいころから変わらない。

「ギュンター……相変わらず涙もろいな」

そうして前衛三人、後衛二人の五人パーティができあがる。

物理主体のパーティで魔法が足りないことがやや心もとないが、ダグラスが付与《ふよ》魔法を使えるらしく、ヒルデも補助魔法が使える。継戦《けいせん》能力の高い、安定したパーティ編成だ。

できる限りの補給も整えた。これからダンジョンに入り、最速で第六層を目指す。

（リゼット……今度は俺が君を助ける）

絶望の中で死にかけていたレオンハルトを救ってくれたのはリゼットだった。

道を踏み外しかけていたレオンハルトを導いてくれたのはリゼットだった。

彼女を深い暗闇《くらやみ》の奥に取り残したりはしない。必ず助け出す。

そう決意して、レオンハルトは残っていたスキルポイントのすべてで【聖盾】の強化を行なった。

そして再びダンジョンに向かう。仲間と共に。

第一層の森エリアは最速で駆け抜《ぬ》けた。

第二層の水エリアはヒルデの浮遊《ふゆう》魔法で移動しながら、いったん休息を取って焼いたウォーターリーパーを食べる。

食事と休息はきちんと取る。それが鉄則だった。わずかな時間も惜しいが今回は失敗できない。

リゼットがもし死んでいたとしてもヒルデの回復術なら骨の状態でも蘇生できる。しかし死体のまま時間が経過しすぎると、いずれダンジョンと同化する。そうなれば蘇生は不可能だ。

レオンハルトはウォーターリーパーを食べながら、懐《なつ》かしい気持ちで海水の満ちるエリアを眺《なが》める。このエリアで仲間に裏切られ、このエリアでリゼットと出会った。

最初は、最初の一瞬だけは、リゼットのことを女神の使いかと思った。食べたスープにユニコーンが入っていたと知るまでは。

——ユニコーン。

レオンハルトは馬とも関わりが深かったため、馬系モンスターのユニコーンを食べるのは拒否感《きよひかん》が強かったが、空腹には勝てなかった。

そしてそれはとてもおいしかった。生きる力を思い出させてくれたほどに。

――あのとき。

復讐心《ふくしゆうしん》に囚《とら》われて、ダンジョン内で再会したギュンターとヒルデを見捨ててしまっていれば、いま再び二人とダンジョンに潜ることはなかっただろう。

（リゼットのおかげだな……）

彼女にどれだけ自分を、そして運命を変えられたかわからない。その変化はレオンハルトにとって何物にも代えがたい喜びだった。

第二層を通過して、第三層。また構造が変わっていたので地図を描《か》きながら迷宮《めいきゆう》を攻略《こうりやく》していく。

見つけたミミックは物理で倒した。どれだけ硬《かた》いモンスターでも前衛三人がかりで殴れば砕《くだ》ける。

「ミミックに同情したのは初めてだぜ……」

ミミックを解体しながらディーが呟《つぶや》く。

「レオンハルト様。もしかしてずっとモンスターを食べながらダンジョンを……？」

料理中、ヒルデが泣きそうな顔で聞いてくる。疲労《ひろう》が溜《た》まっているのかもしれない。そろそろ長い休憩《きゆうけい》をとった方が良いだろう。今日はこのまま探索《たんさく》を休止しようと思いながら、答える。

「ああ。俺も随分料理に慣れたよ。さあ、ミミックがころ合《あ》いだ。そろそろ食べよう」

茹《ゆ》でられて赤くなったミミックを見て仲間を呼ぶ。今晩はミミック鍋《なべ》だ。

「――レオン」

澄《す》んだ柔《やわ》らかい声に呼ばれて、レオンハルトは顔を上げる。

白くぼやけた視界で、月のような白銀の髪《かみ》が揺れる。ずっと求めていた姿が――リゼットが走ってくるのが見えた。

「リゼット……？」

視界がはっきりとしてくる。リゼットは青い瞳を潤《うる》ませて、嬉《うれ》しそうに笑いながらレオンハルトの腕の中に飛び込んでくる。

「レオン、よかった。会いたかった」

「リゼット！　無事で、よかった……」

細い身体を抱《だ》きしめる。

リゼットは以前と何も変わらず美しく、怪《け》我《が》もしていなかった。最後に見たときと同じ姿のまま、レオンハルトの腕の中にいる。

「会えてよかった……レオン、もう離さないでください」

「ああ……ずっと君を守る」

「嬉しい……」

リゼットは青い瞳でまっすぐにレオンハルトを見上げる。届かない星に思い焦《こ》がれるような、切ない眼差《まなざ》しで。

そっと伸《の》ばされた手が、頬に触《ふ》れた。

「誰も私たちを知らない場所に連れていって。ずっと、私のことを守ってください」

「リゼット……」

それが叶《かな》うのならどれだけいいだろう。

「君のためなら、俺はなんだってする」

「レオン……」

「――だが、いまの君は、俺にとって都合が良すぎる！」

リゼットの身体を引きはがす。驚《おどろ》き、悲しそうな顔をしていたリゼットは、霧《きり》のように消滅《しょうめつ》した。

「サキュバス……いや、夢魔《むま》か……くそっ、卑怯《ひきょう》な精神攻撃《こうげき》を……」

誰もいなくなった白い空間に向けて毒づく。人の弱みに付け込んで都合のいい夢を見せてくるとは度し難《がた》い。

――そう。これは夢の中だ。

あのままでは夢に囚われて、目覚めることはなかっただろう。だが夢と気づけばこちらのものだ。自力で目覚めようと精神を集中させるが、うまくいかない。まだ夢魔の術中ということか。まだ何かを仕掛けてくるつもりだろうか。しかしこの夢はレオンハルトの夢だ。たとえ相手が夢魔でも、主導権はこちらにある。

警戒《けいかい》していると、背後で気配が生まれる。

振り返った先には、豊かな赤い髪の女性が立っていた。不機嫌《ふきげん》そうな表情で。

「イレーネ……」

かつてのパーティの魔術士であり、かつての婚約者《こんやくしゃ》。

「レオンハルト様。まだこんなところで頑張《がんば》るつもりなの？」

気だるげな表情も。赤い唇《くちびる》も。甘《あま》い声も。鋭《するど》い瞳も。すべて記憶《きおく》のままだ。ため息のつき方すら。

「無理しないで、――様のようにドラゴンの子を買って血を浴びればいいじゃない。わざわざダンジョンに潜ってドラゴンを倒しに行くだなんて。しかも一回失敗しても諦《あきら》めないだなんて……」

イレーネは髪を揺らして、呆《あき》れたようにレオンハルトを見る。

「わたくしを殺す気？　自己満足に付き合わせないでくださいな」

「…………」

夢魔の幻影《げんえい》だと、夢だとわかっていても、その言葉は容赦《ようしゃ》なくレオンハルトに突《つ》き刺《さ》さる。それはかつて実際に言われた言葉だ。

あのころのレオンハルトは無謀《むぼう》そのものだった。仲間の心の内など気にもしていなかった。ドラゴンを倒すことに囚われて、周りがまったく見えていなかった。

「もういいじゃないですか。ドラゴンのことも、成人の儀《ぎ》のことも、忘れましょう？　全部忘れて国に帰って、臣下として平和に暮らしましょう？」

「……そんなことも言われたな」

別離《べつり》寸前に。

レオンハルトはその誘いを断り、結果ダンジョンに一人閉じ込められ、死に瀕《ひん》することとなった。

だが、たとえもう一度あの瞬間に戻れるとしても、その手を取ることはないだろう。

剣《けん》を抜く。これはレオンハルトの夢だ。ここに剣があると思えば剣は手の中に現れる。

「消えろ」


肩を揺さぶられて目を覚ます。瞼《まぶた》を開くとディーの心配そうな顔が見えた。

「レオン、おいレオン。大丈夫《だいじょうぶ》か？」

「ディー……？」

「やっと起きたな。かなりうなされてたぞ。悪夢でも見たか」

周りを見ると、他の仲間は眠《ねむ》っている。見張りのディーがレオンハルトを起こしてくれたようだ。

「……忘れた。夢魔の仕業《しわざ》だったのかな」

「マジかよ。忘れたなんてもったいねえなぁ。夢魔ってイイ夢見せてくれるんだろ？」

「他人事《ひとごと》だと思って……そろそろ交替するよ。ディーは休んでくれ」

「おう、サンキュー。んじゃおやすみ」

ディーはすぐに寝袋《ねぶくろ》に入って、早々に眠りにつく。

レオンハルトはひとりでロウソクの番をし、ダンジョンの暗闇を眺めながら、夢のことを考える。

リゼットの夢を見た気がした。ほとんど何も覚えていなかったが。

（リゼット……）

早く会いたい。声が聞きたい。無事でいてほしい。

――本当は、休憩なんて必要なかった。

食事も最低限でいい。脇目《わきめ》も振らず深層に進みたい。焦燥感《しょうそうかん》に駆られる心を理性で制する。

（我慢《がまん》だ……）

焦って失敗するわけにはいかない。

ダンジョン攻略には豊かな食事としっかりとした睡眠《すいみん》が必要なことを、レオンハルトはもう知っていた。リゼットが教えてくれた。


それからは、急ぎながらも着実に第三層を通過し、第四層、第五層を駆け抜けて第六層へ。そしてドラゴンのいる部屋の前まで一気に辿り着く。

レオンハルトはいままで経験したことのない緊張感《きんちょうかん》と焦燥感に襲われながら、扉《とびら》の前に立った。

この向こう側にきっと、リゼットがいる。

どんなことがあっても、どんな姿になっていても、必ず助け出す。

そう決意して、レオンハルトは扉を開けた。

（そろそろ限界かしら）

ドラゴンの部屋の隅《すみ》につくった結界ハウス――気配を完全に断《た》つ小さな空間からドラゴンを眺《なが》めながら、リゼットは思う。ここで寝泊《ねと》まりをしながらヒットアンドアウェイ戦法でドラゴンと戦ってきたが、そろそろ限界が近いかもしれない、と。

持ち込《こ》んだ食料はほぼすべて食べ切り、魔力《まりょく》回復用のエーテルポーションもなくなった。

それでもドラゴンはまだ生きている。

炎《ほのお》のブレスを吐《は》く赤い頭は魔法《まほう》で潰《つぶ》したとはいえ、氷のブレスを吐く青い頭はまだまだ健在だ。しかも自己回復モードに入ってしまっていて、攻撃《こうげき》しても攻撃しても治癒《ちゆ》してしまう。残念ながらいまのリゼットではドラゴンを削《けず》り切れない。完全に手詰《てづ》まり状態だ。

（ドラゴンさんはいったい何を食べているのかしら）

座《すわ》って水を飲みながら、眠《ねむ》っているドラゴンを眺める。

結局一度もドラゴンの食事風景は見ていない。

食事の回数が少ないのか、そもそも食事というものを必要としていないのか。だとしたらあの無《む》尽蔵《じんぞう》の生命力はどこから湧《わ》いてきているのか。

ダンジョン全体から受け取っているのか、それとも体内にあるだろう魔石からか。エリアボスが必ず体内に持っていた琥珀色《こはくいろ》の石。あれがドラゴンを支えているのだとしたら――

やはりダンジョンは不思議に満ちている。

「そろそろお暇《いとま》しますわね、ドラゴンさん。また来ますので、その時はよろしくお願いします」

リゼットは立ち上がり、強固な結界で道を作りながら出口に向かう。

外と中を繋《つな》ぐ唯一《ゆいいつ》の扉《とびら》に手を当てて、魔力を通す。

「ん～……重い……」

いくら魔力を注ぎ込んでもまったく動かない。入るときはあっさりと開いたのに。

もしかしたら内側からは開かないのかもしれない——軽く絶望的な気分になってきて、魔力が完全に枯渇《こかつ》する前に一旦《いったん》扉から離《はな》れた。その途端《とたん》、外側から扉が開き始める。

心臓が口から飛び出してきそうになる。

外に、誰《だれ》か、いる。

（えっ？　誰？　新しい挑戦者《ちょうせんしゃ》の方？　ちょっと待って、まだ戦闘《せんとう》中ですから——！）

思わず扉を押《お》し戻《もど》そうとしたとき。

「——リゼット！」

名前を呼ぶ声が、心臓を強く叩《たた》く。

硬直《こうちょく》したリゼットの腕《うで》を、外から伸《の》びてきた手がつかむ。その手は力強く、わずかに開いた隙間《すきま》からリゼットを外へと引っ張り出した。

「えっ、ええ？」

気がつけばレオンハルトの顔がすぐそこにあった。

「レオン……？」

ひとりの時は口にしないようにしていた名前。考えないようにしていた姿。その顔は記憶《きおく》よりもずっと憔悴《しょうすい》していたが、その瞳《ひとみ》の輝《かがや》きは記憶よりもずっとずっと深かった。

「あ、あの――」

これは夢だろうか。現実だろうか。

「無事で、よかった……」

レオンハルトの緊張《きんちょう》が解ける。耳の近くで響《ひび》いたのはいまにも泣きそうな声だった。

そして外にいたのはレオンハルトだけではない。

「ディー……え？　教会騎士《きし》様も？　ギュンターさんとヒルデさんも？　どうしてここに――」

「お前を助けに来たんだよ‼」

ディーの叫《さけ》びが洞窟《どうくつ》内に反響《はんきょう》する。懐《なつ》かしい声に、胸がいっぱいになった。

「わ、私を……？」

――自分を助けるために、この人数でここまで？

リゼットは俄《にわか》には信じられなかった。だが教会騎士のダグラスも、そしてレオンハルトの仲間だった戦士のギュンター、回復術士のヒルデも、ほっとした顔でリゼットを見ていた。

その瞬間《しゅんかん》、リゼットの緊張の糸がふっと切れた。ずっと張り詰《つ》めていたものがやさしく解かれて、目元にじわりと涙《なみだ》が浮《う》かぶ。

「……皆《みな》さん、ありがとうございます」

深々と頭を下げると、足元がふらりと揺《ゆ》れた。すぐにレオンハルトに支えられる。

「ごめんなさい、お腹《なか》が空《す》いてしまって……」

「うん。食事にしよう」

すぐに料理が始まり、レオンハルトが手持ちの食材を次から次へと両手鍋《りょうてなべ》の中に入れて煮込《にこ》んでいく。何かの肉にミミックの足らしきもの、毒消し草に、麻痺《まひ》消し草に、赤い海藻《かいそう》に白っぽい海藻。

「まあ。お鍋ですね」

久しぶりの手の込んだ食事にときめきが止まらない。ソロ中でも食事には気を遣《つか》っていたが、やはり一人分の食事と大人数での食事ではまったく違《ちが》ってくる。手のかけ方も。

「ここまでほとんど鍋だったんだぜ。こいつ焼くか煮《に》るしか知らねえから。そのくせ作りたがるし」

ディーが呆《あき》れたように言う。

「何も言わず食べていたじゃないか……」

「言える雰囲気《ふんいき》ってもんがあんだろ。なーリゼット、レオンに料理を教えてやってくれよ」

「それは……俺《おれ》からも頼《たの》みたい」

「はい、私でよければよろこんで」

鍋に火が通るまでの間、貰《もら》ったブドウを食べながら話す。トレント水で育った瑞々《みずみず》しい白ブドウの甘《あま》さが、ここしばらく水しか飲んでいなかったリゼットの頭と身体《からだ》に染《し》み入っていく。

「で、お前いままであの中でどうしてたんだ？」

ディーに問われ、ブドウを食べる手を止めて答える。

「結界にこもりながら地道にドラゴンさんと戦っていました」

「ええっ？　おひとりでずっとあのドラゴンと戦っていたんですか？」

ヒルデに聞かれてリゼットは頷《うなず》く。

「はい。ちゃんと食事も睡眠《すいみん》も取りながら戦いましたよ」

「リゼットらしいな」

レオンハルトにも感心される。リゼットは気恥《きは》ずかしさを感じながら続けた。

「結構いい感じに戦えていたと自負していたんですが、ドラゴンさんが自己回復モードに入ってしまって膠着《こうちゃく》状態になってしまいまして……私の食料も尽《つ》きてしまったので、一度上の階層に戻ろうと思っていたところなんです」

「……ったく、緊張感ねぇなあ。お前らしいぜ」

ディーが感心したように言い、ダグラスもギュンターもヒルデも尊敬の眼差《まなざ》しでリゼットを見つめていた。

いよいよ恥ずかしくなってきてリゼットは視線を逸《そ》らし鍋を見た。

「あ、そろそろいいんじゃないですか？」

肉にも野菜にもすっかり火が通って、おいしそうに煮えていた。

全員で一つの鍋を囲んで、皆で一緒《いっしょ》に食べる。

「いただきます。まあ……とってもおいしいです」

様々な食材から旨味《うまみ》が出ていて、複雑な味を作り出している。肉は脂《あぶら》が乗っていて、ミミックはぷりぷりだった。薬草はシャキシャキとした歯応《はごた》えで、海藻はしっとりと詰まっている。こんな豪《ごう》勢《せい》な食事はいつぶりだろう。

そしてリゼットは思い出したのだ。一人で食べていた食事がとても味気なかったことを。

大勢で食べる鍋は信じられないほどに香《かお》りが豊かで、あたたかく身体に染み渡《わた》っていった。

「食べ終わったら地上へ帰ろう。ヒルデ、帰還《きかん》魔法の準備をしてもらえるか」

「――待ってください！　もう少しでドラゴンさんを倒《たお》せそうなんです！」

リゼットは器《うつわ》を持ったまま立ち上がり、激しく主張した。

「ここで帰るのはあまりにももったいないです！　私だけでは火力不足でしたが、皆さんの力があればきっと勝てます！」

リゼットは一時撤退《てったい》の判断をしたが、本当にあと少しなのだ。食事で魔力も体力も回復した。そしてこのメンバーが揃《そろ》っていれば、必ず勝てる。そう確信できた。

「リゼット……」

「……まー確かに、このまま地上に戻ってもこいつの抱《かか》えている問題は解決しないんだよな」

「それだけではなくて……これは、そう――ロマンです！」

ダンジョンの深層に行き、ドラゴンを倒し、宝を得ること。誰も知らない秘密に触《ふ》れること。

理屈《りくつ》ではない。冒険者《ぼうけんしゃ》としての心が燃えるのだ。ここまで来て諦《あきら》めたくはない。

「それに……ここで地上に戻ってしまえば、きっと二度とこのメンバーでこの場所には来られません。私は、皆さんと、ドラゴンステーキが食べたいんです！」

リゼットはレオンハルトを見る。このパーティのリーダーはレオンハルトだ。最終的には彼《かれ》の判断に委《ゆだ》ねられる。

短い沈黙《ちんもく》の後、レオンハルトは顔を上げた。

「――俺は、ドラゴンに挑《いど》みたい」

エメラルドの瞳の奥《おく》には、金色の光が灯《とも》っている。彼の決意はいまだ変わっていない。

「だがこのパーティの目的はリゼットを助けることだ。それが果たされたいま、これ以上無理をするわけにはいかない」

レオンハルトはメンバーの顔をひとりひとり見る。

「だからここからは、それぞれ自分で判断してほしい」

「ダンジョンの真相に挑むおつもりでしたら、お付き合いいたしますよ」

真っ先にそう言ったのは教会騎士のダグラスだった。

「ダンジョンの謎《なぞ》はいまだ解明されていません。真相の究明は騎士の聖務のひとつでもあります」

続けてギュンターも手を挙げる。

「もちろんおれも参加する。せっかくここまで来たんだ。ドラゴンで今度こそ自分の力を試《ため》したい。何より、レオンハルトの旅を見届けたい」

「私もギュンターと同じ気持ちです。私の持っている力のすべてで皆さんを回復させていただきます。ご安心ください」

ヒルデの表情は穏《おだ》やかだが、柔《やわ》らかな笑《え》みの奥では揺るぎない覚悟《かくご》を持っていた。

「オレに戦闘は期待すんなよ」

ディーはいつもと同じく素直《すなお》ではない。

反対する仲間はいなかった。

リゼットはレオンハルトを再び見る。彼は力強く頷く。

「――わかった。行こう。今度こそ必ず守り抜《ぬ》く」

「はい。勝って、みんなでドラゴンステーキを食べましょう！　おーっ！」

掛《か》け声と共に腕を高く突《つ》き上げる。

「おうっ！」

「……お、おおー？」

「はい！」

「おーっ！」

「おー……って、バラバラじゃねーか」

「気持ちはひとつです！」

リゼットは自分が幸せ者だと思った。

妹にすべてを奪《うば》われ、何もかもを失ってこのダンジョン領域に来て。モンスターや多くの人々と出会いながら、ひたすら前に進み続けた。

そしていまは、ダンジョンの深層――地の底に取り残されても、助けに来てくれる仲間がいる。

何物にも代えがたい宝を胸に抱《だ》いて、リゼットは再び扉の前に立つ。

この扉の奥で、部屋の片隅に結界を張って、隠《かく》れながら食事と睡眠を取ってひとりで戦ってきた。

だがいまはひとりではない。そして気力も体力も満ち足りている。もう負けはしない。

食事で回復した魔力を扉に注ぎ、開く。ドラゴンを倒すために。

侵入者《しんにゅうしゃ》に気づいた片首のツインヘッドドラゴンが吼《ほ》える。

炎のブレスを吐く赤い首は既《すで》に潰している。力なくだらりと垂れるそれは、もう叫ぶこともない。

残るは氷のブレスを吐く蒼銀《そうぎん》の首のみ。

温度が下がり、氷の粒《つぶ》が舞《ま》う。長い時間をかけて充填《じゅうてん》されていた氷のブレスが吐き出される。身体の芯《しん》まで凍《い》てつかせ、命を奪う氷の嵐《あらし》が。


【聖盾《せいじゅん》】

レオンハルトの強固な魔力防壁《ぼうへき》が氷のブレスを完璧《かんぺき》に防ぎ切る。以前見た時よりも力強い、守りの盾《たて》が。

ブレスの余韻《よいん》が消えゆく中、リゼットは火魔法で温度を上げる。ドラゴンの首と地面の間に、白い霧《きり》が立ち込める。

ダグラスとギュンターが武器を手にして一気に距離《きょり》を詰める。

霧のヴェールの下での足への物理攻撃。前両足を同時にやられてドラゴンが苦しげに鳴いた。

ドラゴンの巨大《きょだい》な尾《お》が動く。邪魔者《じゃまもの》をすべて薙《な》ぎ払《はら》うように。

城壁《じょうへき》をも破壊《はかい》しそうな尾撃《びげき》を、レオンハルトの【聖盾】が受けて撥《は》ね返す。

それからは肉弾戦《にくだんせん》だった。苛烈《かれつ》なまでの暴力の応酬《おうしゆう》。誰かが傷つけば、ヒルデの回復がすぐに飛んでくる。癒《い》やし手は的確に、戦士たちを治していく。

ディーの矢がドラゴンの右目を撃《う》つ。深々と矢が刺《さ》さっても、ドラゴンは倒れない。

氷の軋《きし》むような音と共に、空気が急激に冷えていく。

（――氷のブレスが来る）

リゼットはイメージする。すべてを貫《つらぬ》く、純然たる白い炎を。

【火魔法（上級）】【敵味方識別】【魔法座標補正】

「ブレイズランス！」

炎の槍《やり》がドラゴンの首を貫く。それでもドラゴンは倒れなかった。焼けただれた姿でも最後の力を振《ふ》り絞《しぼ》り、ブレスを吐こうとする。

その瞬間、レオンハルトがドラゴンの懐《ふところ》にまで飛び込んだ。鋭《するど》く振るわれたアダマントの剣《けん》は、ドラゴンの喉《のど》を斬《き》り裂《さ》いた。

真っ赤な血が勢いよく噴《ふ》き出し、ドラゴンの身体がゆっくりと傾《かたむ》いていく。

巨体が倒れ、衝撃《しようげき》で部屋が揺れる。床《ゆか》も天井《てんじよう》も深く長く揺れが響き、床は亀裂《きれつ》が入り、上からはパラパラと石の欠片《かけら》が降ってくる。それもやがて止《や》み――

静けさが、戦いの終わりを告げた。

「勝った……？」

血を浴びたレオンハルトが剣を構えたまま信じられなそうに呟《つぶや》く。

ドラゴンは動かない。白銀の鱗《うろこ》は輝きを失ってはいないが、そこにはもう生命は存在しない。

「勝った……？　え、マジで……？」

ディーの呆《ほう》けた声が響く。

「勝った――勝ちましたわ！　やったぁ！　皆さんすごい！　すごいです！」

リゼットは飛び跳ねるようにドラゴンの元へ駆《か》ける。

勝利した。ノルンダンジョン第六層――ツインヘッドドラゴンに。六人の力を合わせて。

ひとりではどんなに時間をかけても成し得なかったことが。

「皆さんが来てくださって本当に良かったです」

倒れたドラゴンを見つめ、リゼットは喜びを噛《か》みしめる。

竜《りゅう》は宝の山。牙《きば》も爪《つめ》もウロコも骨も高額で取引される。六人もいれば戦利品をたくさん持ち帰ることができる。

だがそれよりまずは――

「さあ、ステーキを焼きましょう！」

早速《さっそく》ドラゴンの肉を切り出していく。腹の部分の、硬《かた》いウロコに覆《おお》われた皮をレオンハルトがアダマントの剣で切る。氷のブレスを吐き出す直前に仕留めたおかげか、肉はよく冷えている。

「皮が厚いな……肉も筋っぽい。奥の方を取ろう」

レオンハルトとダグラスとギュンターで解体が進められ、奥の方の赤身肉が取り出される。

それを受け取り、ステーキ用に厚めに切っていく。ディーが興味深そうに覗《のぞ》き込んでくる。

「いまいち脂が少ねえな。おーい、脂の塊《かたまり》あるか？」

「これぐらいでいいかな」

「はい、ありがとうございます」

レオンハルトから白い脂の塊を受け取る。竜脂《りゅうし》は既に表面からとろとろと溶《と》け出してきていた。

上質な油になりそうだ。

「まさか、ドラゴンのステーキを食べる日が来るなんて思ってもいませんでした」

ヒルデはリゼットを手伝いながら、少し困ったように笑っていた。

「よかったなぁヒルデ。きっとうまいぞ、これは――うわっ？」

解体作業中のギュンターが驚《おどろ》きの声を上げて後ずさる。

「ギュンター、どうした」

「なんだこれ、ドラゴンの胃の中から炎の塊が出てきた！」

リゼットも急いでドラゴンの方へ戻る。

ヒビの入った床の上で、鮮《あざ》やかに燃え上がる炎があった。赤や金色に揺らめく炎が。

「ドラゴンの炎でしょうか」

レオンハルトは首を傾《かし》げた。

「胃の中で炎が燃え続けているなんて聞いたことがない……火精霊《せいれい》でも食べたんだろうか」

「私が見ていた限りでは何も食べていませんでしたが……——そうだ！　これでステーキを焼きましょう！　ドラゴンの炎でドラゴンの肉を焼く。なんて素敵《すてき》なんでしょう」

素晴らしいアイデアに心が躍《おど》る。リゼットは躊躇《ためら》わずに火の上にフライパンをどんと置いた。大きな火なのでレオンハルトから借りた両手鍋もどどんと置く。

『うぐっ？　な、なんだこれは』

かすかに変な声が聞こえた気がして辺りを見回すが、それらしき人物はいない。リゼットは気にせず調理を進めた。

相手はドラゴン。調理方法と味付けは極《きわ》めてシンプルにして、素材の味を堪能《たんのう》するべきだろう。

切り分けた肉の筋を切り、包丁の背で叩いて柔らかくする。塩と香辛料《こうしんりょう》を振って、たっぷりと熱した鉄板の上にドラゴンの脂を溶かし、焼く。

『ちょっ……おい……』

火を通し過ぎないように注意して——

「出来ました！　ドラゴンステーキです！」

赤いドラゴン肉のステーキが。

「さあ、どんどん焼いていきますので冷めないうちにどうぞ」

「ほらレオン、お前から食え」

ディーに勧《すす》められ、レオンハルトは少し戸惑《とまど》った顔をする。

「俺が一番でいいのか？　仕留められたのは皆の力があってこそだ」

「いいんだよ。成人祝いだ」

「あはは……ありがとう。それじゃあ遠慮《えんりょ》なくいただくよ」

リゼットは肉を焼いては盛り付けるのを続けながらレオンハルトを見る。

彼が本当に助けに来てくれるなんて思ってもいなかった。しかも仲間を連れて、こんなにも早く。

どれだけ大変な道のりだっただろう。きっと多くの苦労があったはずだ。いったいどうやってこの恩を返せばいいのか思いもつかない。

そして、レオンハルトの成人の儀《ぎ》が果たせて本当によかったと思った。

「うん、ミノタウロスの肉に似てるかな。こっちはもっと硬質《こうしつ》な感じだけど」

「ミノタウロス……ですか？」

「牛系のモンスターだ。あれはうまかったなぁ」

「オレは二度と食いたくないね……思い出したくもねーよ」

ふたりの表情は対照的だ。一体どんな味なのだろう。牛なら絶対においしいはずだ。

「……わ、私も食べたかった……」

「さっきの鍋にも少しだけ入っていたと思う」

「勝手に入れるな」

「なんてこと……もっと味わって食べればよかったです……」

「ああ、もちろんこのドラゴンも最高だ。なんというか……血湧き肉躍る。身体の奥から、いままでにない力が溢《あふ》れてくる感覚だ……いまならなんだってできそうな気がしてくる」

「これ以上何するんだよ。ドラゴンも倒したってのに」

レオンハルトの様子を見て安全だと判断したらしく、ディーもドラゴンステーキを食べる。

「うおぉ、こいつは、なかなか歯応えあるな……まあ、オレは好き」

そう言うディーの表情はすっかり緩《ゆる》んでいた。

ディーは一度きりの付き合いだと何度も言っていたのに、ここまで来てくれた。その勇気と優《やさ》しさに、何度助けられてきただろう。このパーティでもさりげなく皆を支えてきたのだろう。皆のディーを見る表情と雰囲気でわかる。

「ヒルデさんはどうですか」

「ご、ごめんなひゃい。硬くて、なかなか」

ヒルデは口元を押さえて一生懸命《いっしょうけんめい》肉を噛んでいる。飲み込むのに苦労しているようだ。

「いえ、無理なさらないでくださいね。もっと薄《うす》く切っておけばよかったですね」

その隣《となり》でギュンターは力強く肉を噛みしめている。長年の思いを遂《と》げ、とても嬉《うれ》しそうに。

「これはうまいな！　滴《したた》り落ちる血がジューシーでいい……さすがドラゴンだな！」

レオンハルトの元仲間の二人が、再びレオンハルトと冒険をしていることを、リゼットは心から嬉しく思った。彼らの間に流れている親しげな空気が心地《ここち》よかった。

「これがドラゴン……粗野《そや》でありながら気品のある——鉄の味がしますね」

教会騎士ダグラスは、品のある所作で、興味深そうにドラゴンを味わっていた。

教会の騎士である彼が罪人であるリゼットを何故《なぜ》助けに来てくれたのか、嬉しく思いながらも不思議に思い、そして心配になる。教会での立場が悪くなりはしないだろうかと。リゼットにできることがあればいいのだが。

「ほら、リゼットもドラゴン食べろよ。ずっと食べたかったんだろ」

ディーに促《うなが》され、リゼットもドラゴンステーキを一口食べる。

じわりと広がる肉汁《にくじゅう》と、強い歯応え。

強すぎる肉を噛みしめる度《たび》、ドラゴンとの日々が鮮やかに思い出される。痛みも喜びも苦しさも、熱さも寒さも、眠さも乾《かわ》きも。

これはひとりでは決して得られなかった味。しっかりと味わって、飲み込んで、リゼットは笑う。

「勝利の味がします」

次の一切れを口にしたその時、肉を焼いていた炎が突然爆発《とつぜんばくはつ》したように激しく燃え上がり、フライパンと両手鍋を吹《ふ》き飛ばした。

『女神《めがみ》の遺物で肉を焼くなあぁぁ‼』

火山の噴火《ふんか》のような怒《いか》りと共に、炎に包まれた少女が現れる。

その赤い髪《かみ》はゆらゆらと波打ち、赤金の瞳は苛烈さを秘《ひ》めていた。煌々《こうこう》と燃える少女の身体は、実体がないのか薄《うす》らと透《す》けて、空中に浮いている。

あまりにも突然の出現に呆気《あっけ》にとられる一同を見下ろしながら、炎の少女は得意げに胸を張った。

『我はルルドゥ。火の女神である』

（女神……様？）

『よくぞここまで来た。そしてよくぞドラゴンの腹から我を救出してくれた。礼を言うぞ』

「ははーっ！　もったいないお言葉です！」

教会騎士であるダグラスが勢いよく地面に伏《ふ》して頭をこすりつける。ルルドゥと名乗った炎の少女は満足げに頷いた。

——それにしてもこのドラゴンステーキの硬いこと。噛み続けているが、なかなか飲み込めない。

少女は燃える瞳でリゼットを見る。

『汝《なんじ》には夢を通して何度も声をかけたであろう』

（確かに夢で見たような……？　あれも女神様でしたのね）

ダンジョン内で見た極彩色《ごくさいしき》の夢の中で。悪夢としか呼びようのなかった夢の中で、彼女《かのじょ》の姿を見た気がした。内容はまったく覚えていなかったが。

それにしても肉が硬い。

『——肉を！　食べるな‼』

ようやくごくんと飲み込んで、口元をナプキンで拭《ぬぐ》う。

「失礼しました。どのようなご用件でしょうか」

『汝には我が遺物を地上へ戻してもらう。この炎は我の髪の一部。そして元々地上にあったものだ』

火の女神ルルドゥの足元には、先ほどまでステーキを焼いていた炎が燃えている。ドラゴンの腹の中から出てきた炎が。よく見ればそれは確かに髪の束だ。

「こちらを地上へ運べばよろしいのですね」

『ただ運ぶだけではない』

ルルドゥは含《ふく》みのある言い方をする。リゼットは嫌《いや》な予感がして炎から離れた。

『そもそもなぜ我がここにいるのか、教えてやろう』

「いえ、結構です」

厄介《やっかい》そうな話は聞かないに限る。聞けば、否応《いやおう》なく巻き込まれる。しかも相手は女神を名乗る存在。絶対にとてつもない厄介ごとに巻き込まれる。聞かずに済むのならその方がいい。

しかしルルドゥは静かな声で語り始めた。

『地上には至るところに我らの身体の一部が遺《のこ》されている』

声は耳ではなく頭の中に直接流れ込んでくる。聞かないという選択肢《せんたくし》はない。

（――女神の聖遺物……）

女神の神体の一部がそう呼ばれ、それらは女神教会が厳重に保管している――とされている。もちろんリゼットは実際に見たことはない。神の姿は衆目に晒《さら》されるべきではないからだ。

『それは杭《くい》である。巨人に死の封印《ふういん》を施《ほどこ》すためのもの。しかし時折、遺物が地下深くに潜《もぐ》ってしまうことがある。我らの力が強すぎて触れている部分の巨人の肉が溶けてしまうのかもしれぬな……』

ルルドゥは物憂《ものう》げなため息をつく。

『巨人は体内に入り込んだ遺物を核《かく》に、古き世界を復元しようとする。それが世に点在するダンジョンである』

リゼットはずっとダンジョンに興味を抱いていた。いったい誰がダンジョンをつくったのかと。

まさか巨人が女神の神体を使って構築していたとは。

『汝らが見てきたダンジョンの姿は、古き時代の光景。戦ってきたのは古き時代の生物たちだ』

「……………」

女神が現れる前の、巨人が支配していた時代。

あの滅《ほろ》びた街も。平原も。森も。迷宮《めいきゅう》も。洞窟も。

そしてかつての世界で生きていた住人たちが、いまはモンスターと呼ばれている。

『このままダンジョンが成長を続ければ、古き時代が地上に溢れ出す。それは許されない』

レオンハルトも言っていた。このダンジョンは成長していると。いずれモンスターが外に溢れ出すだろうと。

『ゆえに汝に我が神体を与《あた》える。我、火女神ルルドゥの一部を』

「……申し訳ありません。話の流れがわかりません」

『汝はこれより女神の器となるのである。まったく、光栄なことであるなあ?』

「あの……」

『地上に戻り次第《しだい》、他のダンジョンにも赴《おもむ》いて聖遺物を回収せよ。でなければいずれ巨人が目覚めるであろう』

大地である巨人が目覚めれば、天地はひっくり返るだろう。大地の上に築かれた世界も文明も、すべて死の海に落ちて消える。

『さあ、神を受け入れ、地上へ帰れ。元より聖女はそのために母神がおつくりになられた器である』

「――私は聖女ではありません。私の聖痕《せいこん》はもうありませんので、受け入れられません」

『聖女は魂《たましい》のかたちだ。証《あかし》を剥《は》ぎ取ったところで、魂のかたちは変わらぬ。さあ、受け入れよ』

「お断りします」

リゼットはきっぱり断った。

『なんだと』

断られることなど微塵《みじん》も思っていなかったのか、火女神ルルドゥは怒りをあらわにした。

「私が女神の器になるのは了承《りようしよう》できません。そちらが私の一部になるのでしたら考えてみましょう」

たとえ女神相手にも譲《ゆず》らない。リゼットが望むのは特別な力でも名声でも神の恩寵《おんちよう》でもない。

――自由だ。

『世界が滅びても構わぬと？』

「今日明日の話ではないでしょう？　偉大《いだい》なる女神のつくられたこの世界は、そんなに脆《もろ》いとは思えません。聖遺物を地上へ運ぶだけでしたらついでですので承《うけたまわ》りましょう」

『……なんという、傲慢《ごうまん》……女神に対してなんたる不遜《ふそん》……』

赤金の瞳が燃えている。炎が凄《すさ》まじい速さで激しさを増していく。

神の怒りに触れている。

「お、おい。早く謝ったほうがいいんじゃねーか？」

ディーが不安げにルルドゥとリゼットを交互《こうご》に見る。

ルルドゥは燃える瞳でリゼットを睨《にら》みつけ、そして――笑った。

『気に入った。それくらいの気概《きがい》がなくては務まらぬ』

ふふんと鼻を鳴らして満足そうに言い、リゼットに向けて右手を突き出す。

『決まった。汝はこれより女神の遺物の使い手となり、世界の均衡《きんこう》を守るのだ』

「勝手に決めないでください」

『これは母神の意志である』

その言葉が胸に響いた瞬間、新たなスキル【聖遺物の使い手】が勝手に取得された。

火女神ルルドゥの姿が消滅《しょうめつ》する。足元にあった燃える毛髪《もうはつ》だけを残して。

（話を、聞かない……）

神の性質か、彼女の性格か。こちらの都合などお構いなしである。そういえば、極彩色の悪夢の中でも同じような口振《くちぶ》りで話しかけられていた覚えがある。

リゼットは大きくため息をつき、燃える毛髪に手を伸ばす。

肉を焼いていた時は熱かったのに、いまはこの神の炎が熱くも痛くもない。触れても、持ち上げても、神の炎がリゼットを焼くことはなかった。

「お、おい熱くねぇのか」

「はい。まったく」

「どれどれ……って、熱いぞこれ！」

ディーが炎に触れかけて逃《に》げる。

熱を感じないのはリゼットだけのようだ。これが【聖遺物の使い手】の効果なのだろうか。

リゼットは自身の手の上にある燃える毛髪をじっと見つめる。

これを地上に戻せばダンジョンはどうなるのだろうか。成長が止まるのか。もしくは緩やかに崩《ほう》壊《かい》していくのか。考えたところで、実際にやってみなければわからない。

「……これ、いくらぐらいで売れるでしょう」

「売る気なのか？」

レオンハルトが驚きの声を上げる。

「はい。地上へ戻せとしか言われていませんし。使えと言われてもどう使うかわかりません」

赤く燃える毛髪が、きらきらと輝いて見えてきた。

「女神の聖遺物ですもの。女神教会に高値で買っていただけそうな気がします！」

「君は本当にたくましいな……」

リゼットは微笑《ほほえ》む。それは最上の褒《ほ》め言葉だ。

「とにかく一度出よう。女神の託宣《たくせん》を受け、聖遺物を所持する君を害することはできないだろう」

「――いいえ、まだやることがあります」

リゼットはドラゴンの身体を指差す。宝の山であるドラゴンを。

「ドラゴン素材をめいっぱい回収して、現金化しましょう。そして山分けです！」

◆　◆　◆

第六層には下への階段はなく、青い光球——帰還ゲートが現れるのみだった。

全員で全身とアイテム鞄《かばん》に持てるだけのドラゴン素材を持って帰還ゲートを通ると、そこは丸い部屋だった。あるのは上に向かって伸びる階段のみだった。眩《まばゆ》い光に向かって階段を上っていく。

ダンジョンから、外に出る。

リゼットにとっては随分《ずいぶん》と懐かしい光と空気だった。しかし、抱いたのは郷愁《きょうしゅう》ではなく違和《いわ》感。

目に映る世界はリゼットの知るものと大きく異なっていた。

結界が。世界を覆う女神の結界が、いまにも綻《ほころ》びそうなタペストリーのようになっていた。

(何をやっているのメルディアナ……)

あまりの惨状《さんじょう》に眩暈《めまい》がする。結界の修復は聖女の仕事。結界が破綻《はたん》しかかっているということは、聖女が仕事をしていないということだ。

「リゼット」

レオンハルトに頭から布をかけられる。顔が見えないように。

「ありがとうございます」

賞金首になっていることをすっかり忘れていた。手配書を知っているらしき冒険者たちの疑惑《ぎわく》の目を受けながら、リゼットたちは予定通り教会へ向かう。

教会騎士ダグラスに取り次いでもらい、ノルンの女神教会内に入る。

少し待たされて、通された先は聖堂だった。祈《いの》りの場には一般《いっぱん》信者の姿はなく、いるのはダンジョン領域の治安を守る教会騎士とその見習いばかりだった。扉や窓の前で、険しい顔で立っている。

それにしても人数が多い。

「ノルンにこれだけの騎士様たちがいらっしゃるなんて、何かあったのでしょうか」

教会騎士ダグラスにこっそりと聞いてみる。

「要人が来られているため、近場の騎士が招集されているようです」

「なるほど……」

そしてその騎士たちがいまはリゼットの警戒《けいかい》に当たっている。教会のリゼットに対する心証はあまりよくないらしい。

母神とその娘《むすめ》たちを描《えが》いたステンドグラスを眺めながら待っていると、三人の神官が聖堂に入ってくる。先頭に立つのはリゼットがノルンに来て最初に会った若い神官だった。彼の説明から逃げるようにしてダンジョンに向かったことをなんとなく覚えていた。

リゼットは被《かぶ》っていた布を外すと、挨拶《あいさつ》もせずに本題に入る。

「女神教会に買っていただきたいものがあります。最下層で見つかった、女神の聖遺物です」

「聖遺物ですと……?」

向けられたのは疑惑の目。聖遺物は女神の身体の一部。簡単に信じられる話ではないのはリゼットもわかっている。リゼットはアイテム鞄の中から燃える炎を取り出した。

「はい。こちらが火の女神の毛髪です」

見た目はただの炎。しかしよく見ればそれが燃える髪の束だとわかるはずだ。その炎の性質も、教会関係者なら感じ取れるはずである。聖堂の中が俄にざわめく。

「一億ゴールドでいかがでしょうか」

「い、一億ですと……？」

「女神の聖遺物ですもの。むしろ安いと思いますが。無理なら他にも換金《かんきん》ルートがありますので」

「お待ちください。いま鑑定師《かんていし》を呼びますので」

神官が冷静さを崩《くず》さずそう言ったとき、聖堂の扉が開いた。

「はいはーい、いつもご贔屓《ひいき》ありがとうございます！　錬金術師《れんきんじゅつし》兼鑑定師《けん》ラニアル・マドールですよー。こんなこともあろうかと教会に来ていて正解でした！」

黒いローブを着た黒髪緑眼のエルフ――『黒猫《くろねこ》の錬金釜《れんきんがま》』の錬金術師ラニアルが、にこにこと笑って入ってくる。神官たちはラニアルの突然の登場に驚いていたが、追い出そうとはしない。本当に教会付きのようだ。

ラニアルはざわめきの中を跳ねるように歩いてリゼットの元へやってくる。

「やっぱりやっちゃったねー、リゼット。君は他の人とは違うと思ってたよ。ラニアル・マドールの眼《め》に狂《くる》いなし」

「ありがとうございます。ラニアルさんと皆さんのおかげです」

最初にダンジョンの前で声をかけられていなければ、こうした再会もなかっただろう。

ラニアルは照れくさそうに笑い、早速燃える髪を【鑑定】する。

「こちらが女神様の御髪《おぐし》ですね――……」

聖堂内にはいつの間にかギャラリーが増えていた。

聖遺物の話が教会内で駆け巡《めぐ》っているのか、教会で働く人々や、神官になるための修行《しゅぎょう》をしている修道者たちまで集まりつつあった。

彼らの前でラニアルは大仰《おおぎょう》に両手を開いて、天を称《たた》えるようにステンドグラスの女神を見上げた。

「これは本物です！　間違いなく火の女神ルルドゥ様の御髪です‼」

声を震《ふる》わせ、涙を滲《にじ》ませ、深い感動を露《あら》わにして。

「ええっ？　これが一億でっ？　なんてお買い得！　教会が買わないんならあたしが買いますよー」

「し、しばしお待ちください」

ざわめきと動揺《どうよう》が聖堂内に広がる。神官たちは冷静に努めようとしているものの、戸惑いを隠せていない。

――その時、聖堂の最も大きな扉が開かれた。聖堂内の空気が変わる。畏《おそ》れと緊張で。

堂々とした足取りで入ってきたのは、身なりのいい貴族男性と、宵闇《よいやみ》のように黒いヴェールを身に着けた小柄《こがら》な女性だった。

二人は集まる視線を気にもせず聖堂内を闊歩《かっぽ》し、リゼットの前までやってくる。

「あらこれは、クラウディス侯爵《こうしゃく》代行。お久しぶりです」

リゼットは恭《うやうや》しく一礼した。

実の父親であり、リゼットに懸賞金《けんしょうきん》をかけた疑いがあるクラウディス侯爵代行に。

この地に要人が来ていると教会騎士のダグラスが言っていたが、まさか父がこの場に乗り込んでくるとはリゼットも思っていなかった。

そして、一瞬だけ期待してしまう。もしかするとほんの少しでもリゼットへの関心が残っていて、心配をしてきてくれたのではないかと。

しかしそんな期待は、忌々《いまいま》しいものを見る青い目を見た瞬間に消える。

「我が娘よ。その聖遺物とやらをこちらに渡しなさい。お前には過ぎたものだ」

娘と呼びながら、愛情なんて欠片も存在しない。昔と同じように高圧的に踏《ふ》みつけてくる。

だからリゼットも安心して最後の未練を断ち切った。顔を上げ、にっこりと笑う。

「おっしゃられる意味がわかりませんわ。私と侯爵代行とはなんの繋がりもないはずですが」

「父親に向かってなんだその態度は！」

「侯爵代行。親子の縁《えん》を切るとおっしゃられたのはそちらですのに」

リゼットが聖女侮辱《ぶじょく》の罪で捕《と》らえられた時、リゼットを告発しながら確かにそう言った。

「都合のいい時だけ親子に戻るおつもりですか？」

「なんだその態度は――！」

振り上げられた手を、レオンハルトが受け止める。

「レオン……」

「は、放さないか無礼者……ぐっ」

侯爵代行の顔が一瞬苦痛に歪《ゆが》む。

レオンハルトが手を放すと、侯爵代行は青ざめた顔で腕を下ろす。

「……無法者どもめ……お前に似合いだな」

吐き捨てながらも目はまだぎらぎらと燃えていて、リゼットの持つ聖遺物を諦めていない。

何故そこまで聖遺物に執着《しゅうちゃく》するのだろうか。

その時、侯爵代行たちが入ってきたのとは逆側の、聖堂奥の扉が荒々《あらあら》しく開いた。

「話は聞かせてもらった！　そのあたりにしておくんだ、リゼット」

どこか軽薄《けいはく》な、そして芝居《しばい》がかった若い男の声。

颯爽《さっそう》と現れたのは、切り揃えられた青銀の髪に豪奢《ごうしゃ》なコートの貴公子だった。ふたりの護衛を連れて、肩《かた》で風を切って入ってくる。

「まあ、次から次へと……今度はベルン次期公爵《こうしゃく》様まで。いったいいかがなされました」

リゼットは呆れながらかつての婚約者《こんやくしゃ》ベルナール・ベルン次期公爵を見つめる。

メルディアナに聖痕が移った直後に真実の愛に目覚めたと言って、更《さら》には聖女をいじめていたリゼットは公爵家の妻に相応《ふさわ》しくないと婚約破棄《はき》してきた相手を。

「メルディアナから手紙ですべて聞いている。君がいまも聖女を憎《にく》み、呪《のろ》おうとしていることを。私は君の悪意からメルディアナを守るためにここに来たのだ！」

「………」

「だが、その聖遺物をメルディアナにおとなしく渡すのなら、今回は大目に見てやってもよい」

聞く価値もない妄言《もうげん》だった。リゼットは視線を逸らし、侯爵代行と次期公爵を交互に見る。

「それで、どちらが一億ゴールドで買っていただけるのですか？」

「リゼット。私の助言が聞けないのか！　君は昔から――」

「話を逸らさないでくださいませ。無償《むしょう》で奪うおつもりですか？」

「なっ……」

口ごもる。公爵家嫡男《ちゃくなん》とはいえ、惜《お》しみなく使えるゴールドはないようだ。クラウディス侯爵代行も、リゼットには一ゴールドも払いたくないのだろう。プライドや、後々《あとあと》の醜聞《しゅうぶん》を警戒して。

「買ってくださる気がないのでしたらお話は終わりです。お二人ともお引き取りください」

「――教会が買いましょう。一億ゴールドで」

そう言ったのは神官ではなく、侯爵代行の後ろにいたヴェールの女性だった。

いままで一言も話さなかった彼女が誰なのか、リゼットは最初からわかっていた。顔と髪を隠し、肌《はだ》の一片も出さず、黙《だま》って父親の陰《かげ》に隠れていた彼女が誰なのか。

この場にいる教会騎士たちも、彼女を守るために集められたのだろう。

「聖女メルディアナ様……」

教会騎士であるダグラスが聖女の名前を呼ぶ。

メルディアナはヴェールを脱《ぬ》ぐことなく、神官たちに向けて声を発した。

「何をしているのです。冒険者がダンジョンから得たものの権利は冒険者にあります。そしてそれが女神の聖遺物なのでしたら、教会が保有する以外ありえません。さあ、早く用意なさい」

凛《りん》とした振る舞いで命じられて、リゼットの担当神官以外の二人が奥に下がる。

聖女は教会の至宝だが、権力構造からは離れた場所に置かれているはずだ。命令をしたりはできないはずだが、誰も逆らったりはしない。

（……まさか本当に一億ゴールドで買うつもりなのかしら）

ダンジョン脱出《だっしゅつ》前の話し合いで、聖遺物とドラゴン素材を売って、リゼットとディーの罰金《ばっきん》を払って残りを山分けすることに決まっていた。

さすがに取り分が大きすぎるとリゼットは主張したが、多数決で押し切られた。

皆への分配金を増やすために少しでも高く売るつもりはあったが、価格交渉《こうしょう》もなしで通るとは。

「おめでとうございます、お姉様。これで自由の身ですのね」

メルディアナはにこやかにリゼットを祝福する。

その真意は見えない。宵闇のヴェールのせいだけではなく。

メルディアナの振る舞いはどこか危《あや》うく、虚《うつ》ろだ。焦《あせ》っているようにも、自暴自棄《じぼうじき》なようにも見える。この地の結界が綻びかけていることといい、メルディアナに何があったのか。

「お姉様、聖遺物を近くで見させていただいてもよろしいかしら」

「……ええ、もちろん」

リゼットは燃える毛髪をメルディアナに差し出した。

黒絹の手袋《てぶくろ》をしたメルディアナの指先が、炎に触れる。

「――熱っ、熱いぃ‼」

炎が手袋を燃やし、それは瞬《またた》く間にヴェールを伝ってメルディアナを包み込む。

「水よ！」

悲鳴を上げて床に転がるメルディアナに向けて、リゼットは水魔法を唱える。

すぐに大量の水がメルディアナの上から降り注ぎ、炎は消えた。

「す、すぐに回復術を――」

ヒルデがメルディアナの火傷《やけど》を癒やそうと駆け寄る。

「いやぁ！　見ないで！」

悲痛な叫びが聖堂に響く。

ヴェールが焼け落ちて見えた姿は、リゼットが知っているものとは異なっていた。

美しかった若草色の髪は褪《あ》せて艶《つや》がなくなり、身体は枯《か》れ枝のように痩《や》せ細り、瑞々しかった白い肌には深い皺《しわ》が刻まれていた。

回復術により火傷はすぐに治療《ちりょう》されるが、その姿は変わらない。

「メ、メルディアナ？　その姿はいったい……？」

ベルン次期公爵が顔を引きつらせながら、しかしなんとか落ち着こうとしながら、老婆《ろうば》の姿となったメルディアナに心配の声をかける。

メルディアナはわなわなと震えながら、父親から上着を借りて顔を隠した。

「……お姉様……ひどい……」

小さく小さく縮こまって、弱々しい声でぽつりと零《こぼ》す。

「なんだって⁉　リゼットの仕業《しわざ》なのか？」

メルディアナはそれ以上は語らず、儚《はかな》くすすり泣く。

ベルン次期公爵は怒りに燃える目でリゼットを睨んだ。

「リゼット、君はなんて愚《おろ》かなことを……自分の妹をこのような姿にするなんて、神罰が下るぞ！」

「いえ、私は何もしていません」

「嘘《うそ》をつくな！　メルディアナが泣いているんだぞ！　君は昔からそうだ！　己《おのれ》の過《あやま》ちを認めようとせず、人を平気で傷つける。今度はこのようなむごいことを――」

派手な身振り手振りを加えてリゼットを糾弾《きゆうだん》してくる。

否定しても彼がリゼットを信じることはないだろう。彼にとってはメルディアナの涙がすべてだ。

「……さっきからなんなんだ、あいつ」

声を潜《ひそ》めてディーが聞いてくる。同じく声を潜めてこっそり答える。

「……公爵家の跡取《あとと》りで、私の元婚約者で、妹の現婚約者です」

「節操ねえやつ……」

心底呆れたように呟く。

「ふんっ、どうせ聖遺物と言っているそれも偽物《にせもの》だろう。聖女であるメルディアナを傷つけるものが女神の聖遺物なわけがない！」

その時、ずっと黙っていたレオンハルトが前に出る。

「――女神はリゼットを認め、その身体の一部をリゼットに下賜《かし》された。証人は俺たちだ。偽物などという妄言は控《ひか》えてもらおう」

静かな声には怒りがこもっていた。リゼットとディーさえ息を呑《の》むような。

「どこの馬の骨ともわからぬ冒険者ごときが口を挟《はさ》むな！」

「俺はレオンハルト・ヴィルフリート。ヴィル国の第二王子だ」

レオンハルトの名乗りに、ベルン次期公爵はあんぐりと口を開ける。

クラウディス侯爵代行も息を詰まらせ、座り込んでいたメルディアナも顔を上げた。

「あ、はい。海向こうの大陸の、竜殺しの英雄《えいゆう》の末裔《まつえい》様ですねー。王族の証の【竜の血（覚醒《かくせい》）】もありますから、立派な王位継承権《けいしょうけん》を持つ王子様です」

錬金術師ラニアルがにこにこと鑑定結果を告げる。

「俺たちの証言で足りないのなら、教会騎士も証人だ」

「はい。教会騎士ダグラス、女神に誓《ちか》ってここに事実を述べます」

ダグラスがリゼットに――リゼットが持つ女神の聖遺物に敬礼をする。

「火の女神はリゼット様を女神の使徒に命じ、聖遺物を託されました。私はダンジョンの第六層でそのやり取りのすべてを見ておりました」

「う……ぐ……だが、本物だというのなら、どうして女神の娘であるメルディアナを傷つけるのだ」

「その聖女が偽者だからだろう」

多くの観衆が薄らと抱いていた疑念を、レオンハルトはあっさりと口にする。

さすがにリゼットも慌《あわ》てた。ディーも冷や汗《あせ》を垂らしている。

「お、おいおい……本気《マジ》で教会とやり合う気かよ……」

「間違いが力ずくで通されようとしているのなら、それは悪だ」

――悪。レオンハルトは迷いなくそう言い切り、戦おうとしている。己の信念に従って。

悪意、たくらみ、野心。いままでリゼットが正面から向き合おうとしてこなかったものに。

（私は……）

いままでリゼットは諦めていた。このダンジョン領域に来るまでずっと。

「いくら他国の王族といえども、聖女への侮辱は許さん‼　この不届き者たちを捕らえろ‼」

ベルン次期公爵の命令には誰も従わない。そもそも彼に教会内での命令権はない。

レオンハルトがさらに一歩前に踏み出す。

「メルディアナ。あなたは真の聖女であるリゼットから聖痕を奪って聖女を騙《かた》った上に、無実の罪でリゼットをダンジョン送りにし、更には懸賞金までかけて命を奪おうとした」

「そ、そん、な……」

「違うというのなら、あなたこそが聖女であるという証拠《しょうこ》を見せてほしい」

冷静な声と表情で語りかける。威厳《いげん》さえ感じられる佇《たたず》まいで。

静かな圧に、メルディアナは言葉を詰まらせ顔を伏せた。その肩は震えている。

――沈黙。

時が止まったかのような長い沈黙。周囲の視線はメルディアナに集中する。疑惑の眼差しが。

この地上の壊《こわ》れそうな結界を見れば、いまにも溢れ出しそうな大地の呪いを見ていれば、メルデイアナが聖女の仕事を果たしていないことは明白だった。

「無礼者」

メルディアナはどこか甘い響きのある声で、レオンハルトを嘲笑《ちょうしょう》する。

「わたしを偽者だと言うのなら、そちらの罪人こそが聖女だと言うのなら、証拠を見せてください」

「……いま証明するのはあなたの方――」

「大丈夫《だいじょうぶ》です、レオン。自分がするべきことはわかります」

リゼットは振り返ったレオンハルトに微笑み、聖堂のステンドグラスを見上げる。そこに描かれた女神の姿を。

まずは【結界魔法】でこの地の結界を修復する。構造は見えている。あとは綻びかけているものを修復し、より強固にするだけだ。それでひとまずこの地は安定するはずだ。

心を落ち着け、魔法を使おうとしたその時。

――光が。

教会の屋根を貫いて、光がリゼットに降ってくる。あたたかな光が。

リゼットは天を仰《あお》いだ。光は、教会の天井の更に上――母神の存在する天空から降りてきている。見えずともわかる。天に坐《ざ》する光が、柱となって地上のリゼットと繋がっているのだと。

胸に熱が灯る。かつて聖痕が現れた場所に。

力が降りてくる。天から。力が湧いてくる。己の内から。魂の底から。

「この大地に、女神の祝福と安らぎを――」

【結界魔法】

リゼットは瞼《まぶた》を下ろし、力に導かれるままに結界魔法を展開する。

壊れかけていた大地の結界を修復しながら、更にその周囲まで結界を広げていく。見えなくても、見える。世界の姿が、大地の姿が、遥《はる》か遠くまで。

水面に水滴《すいてき》が落ちるように、この場所を中心に広く、円《まる》く、広がっていく。地の果てまで。

瞼を開くと、地面から光が浮かび上がっていくのが見えた。小さな小さな光の粒が、奇跡《きせき》を称えるように、喜びを歌うように。

「結界は修復されました。これで当分の間、この地に呪いが噴き出すことはないでしょう」

リゼットが言うと、神官や教会騎士たち、修道士たちが、次々とリゼットに膝《ひざ》をつく。

「聖女様……」

「……やはり真の聖女様は――」

崇拝《すうはい》の眼差しと声、そして滂沱《ぼうだ》の涙を向けられ、リゼットは戸惑った。結界を修復しただけなのに、これでは自分が真の聖女ということになってしまっている。

「ち、違います。いまのはただ結界を直しただけです！」

「いやそれは通らねえだろ。なんかすげー光ってたぜ」

ディーが呆れたように言う。

「……なによ、それ……」

大地の底から響くような、恨《うら》みのこもった低い声が、メルディアナの口から零れた。

「いままでわたしのことを崇《あが》めていたくせに……利用してきたくせに、なんなのよその態度は……」

よろめきながら立ち上がり、食いしばった歯を軋ませ、リゼットを睨む。

「どうしてあんたばっかり……いつもいつも、いつも、あんたばっかり！　どうしてわたしだけ、こんな姿にならなくちゃいけないの！　ずるい、ずるいぃ！　ずるいずるいずるい！」

髪を振り乱し、泣き、叫び、幼子のように癇癪《かんしゃく》を起こす。

「あんたはずっと幸せだったじゃない！　これからはわたしの方が幸せでなくちゃいけないのに、こんなの不公平よ！　――返してよ！　わたしの力を、美しさを、幸せを！　うわあああああん！」

「メルディアナ……」

激しい剣幕《けんまく》に、誰も近づくことはできなかった。

しかし唯一、メルディアナの慟哭《どうこく》に応《こた》えるかのように、彼女の首の後ろから深い闇《やみ》が立ち上る。

聖痕を移した場所から、ふわりと人の影《かげ》が現れる。闇から生まれたように唐突《とうとつ》に。

褐色《かっしょく》の肌と銀色の髪の青年は、メルディアナを背中から愛《いと》しげに抱きしめた。

「素敵だ……なんて欲深いんだメル。その欲深さこそ、僕《ぼく》が見たかったものだ」

蜜飴《みつあめ》のように甘い声。メルディアナの聖痕を見つめる、恍惚《こうこつ》とした銀色の瞳。長く尖《とが》った耳に、端《たん》整《せい》な顔立ち。

リゼットは彼が誰なのか知っていた。

「――黒魔術師……！」

【鑑定】ダークエルフ。女神に忠誠を誓わなかった古代種。

過去にリゼットからメルディアナに聖痕を移した黒魔術師は、長い指でメルディアナの顎《あご》に触れ、うっとりとなぞる。

「さあ、もっと欲《ほ》しがれ。我らが父祖の力を。そうすれば、全部君のものだ。力も若さも美しさも――愛も」

「う、ああ……ああああああッ‼」

風が吹く。

閉じられた聖堂で、黒い風が荒《あ》れ狂い、メルディアナに向かって渦《うず》を巻く。

それと同時に、窓の外から恐怖《きょうふ》に引きつった悲鳴が無数に響いてくる。

祭壇《さいだん》奥のステンドグラスが割れる。降り注ぐ色とりどりのガラスをレオンハルトの防壁が防ぐ。

――そして、割れたステンドグラスの向こう側から、二羽のハーピーがけたたましく笑いながら飛び込んできた。

「フリーズアロー！」

リゼットはとっさに魔法でハーピーを撃ち落とす。

身体を氷の矢で貫かれて死んだモンスターが、落ちてくる。クラウディス侯爵代行のすぐ前に。侯爵代行はその場で失神し、ベルン次期公爵はすぐさまどこかへ逃げ出した。

モンスター乱入による混乱がいったん収まった時には黒い風も止んでいて、メルディアナと黒魔術師の姿も消えていた。

「いったいどこへ――」

「なんだよいまの！　モンスターがなんでこんなとこに！」

ディーが皆が抱いている疑問を叫ぶ。その時、ひとりの修道士が聖堂に駆け込んでくる。

「――大変です！　ダンジョンからモンスターが次々と湧き出しています！」

外から入ってきた緑色のスライムが、修道士の背中を突き飛ばす。

そこからは混乱を極めた。モンスターに不慣れな人々が逃げ惑う中、レオンハルトがスライムを真正面から薙ぎ払う。

「モンスターを外で迎《むか》え撃つ！　戦えない者は教会内へ。教会騎士は人々を守ってくれ！」

よく通る声での指示。それに従い、教会騎士たちが非戦闘民を守るべく動き出す。

「フリーズアロー！」

リゼットは氷の矢を増やして、モンスターの数を減らす。スライムに、大ガエル。マイコニド。

スキル【敵味方識別】を使っているためモンスター以外には魔法は当たらないとはいえ、建物内での魔法の使用は制約が多い。下手に火魔法を使えば火事となる。

『ふん、ダークエルフめ。あの娘の強欲《ごうよく》を利用して、ダンジョンを地上へ引きずり出したか。人の欲とは底がないものよ』

ずっと黙っていたルルドゥが苛立《いらだ》たしげに呟く。どういうことかと聞きたいが、時間がない。

教会から外に出ると、ストーンゴーレムやコカトリスが大通りを我が物顔で歩いていた。

空にはハーピーが飛び、冒険者ギルドの屋根には翼《つばさ》を持つ小型の竜が何匹《びき》も止まっている。モンスターたちは誰かに命じられているかのように、等しく街を、人を襲《おそ》っていた。

平和だった街並みはもうどこにも残っていない。あちこちで戦闘音が、黒煙《こくえん》が、悲鳴が上がっていた。この街には戦える者も大勢いるが、敵の数があまりにも多すぎる。

ダンジョンがあった方角を見れば、白銀の岩山があった場所に巨大な塔《とう》がそびえたっていた。骨を集めてつくられたような塔は、天に向けられた牙のようにも見える。

「……ダンジョンが地上に……小さくありません？」

リゼットの見たダンジョンはもっと広大だった。いくつもの世界が広がっていた。あれではあの世界の広さは入らない。

『実際の大きさはあんなものだ。だがあの中には幾千幾万《いくせんいくまん》の世界があり、それ以上のモンスターが存在する。――さあ、どうする。聖遺物の使い手よ』

「どうするも何も、戦うしか――」

「本気でこれだけの量のモンスター相手にするのかよ、クソ。オレは役に立たねーぞ」

ディーが悪態をつく。

「それでもやるしかない。覚悟を決めろ」

レオンハルトが剣と盾を構えてモンスターに向かっていく。ギュンターとヒルデもそれに続き、ダグラスも逃げ遅《おく》れた人々を守りながらモンスターと戦っている。

皆、強い。リゼットは全員の強さを知っている。だがモンスターは無限に湧き出し続けている。このままではいつか力尽きる。

リゼットは自分の手を強く握《にぎ》りしめ、燃える毛髪を見つめた。

人知の及《およ》ぶ範囲《はんい》を超《こ》えた異常を打破できるのは、同じく人知を超えた力しかない。

「ルルドゥ。ひとつだけお願いを聞いてください」

『言ってみよ』

「私を聖女ではないものにしてください。そしてこの土地に新たな聖女が生まれ、女神の祝福が訪《おとず》れるように」

これは単なるわがままだ。聖女は土地に、国に、教会に縛《しば》られる。リゼットは束縛《そくばく》を望まない。

それに何より、聖女の力は慈《いつく》しみの心を持つ存在に託すべきだ。誇《ほこ》りと使命感を持ってやり遂げられる存在に。

『案ずるな。母神はいつでも我らを見守って下さっている』

「ありがとうございます」

それはなんの担保《たんぽ》にもならない返答だったが、言質《げんち》は取った。

「――ルルドゥ、あなたの力を私のものとします！」

聖遺物が燃え上がる。歓喜《かんき》したようにリゼットを抱擁《ほうよう》し、身体の中に入っていく。

目が熱い。髪が赤く燃えている。まるで自分の身体ではないようだ。魔力の高まりを感じる。特に火の魔法が強化されたのを感じる。いままで以上に、女神の力を近くに感じる。

リゼットは気を強く持った。力に支配されてはいけない。飲み込まれてはいけない。飲み込むのは自分。魂の奥から指の先まで、血の一滴まで。

（私がこの力を支配する）

【火魔法（神級）】【敵味方識別】【魔法座標補正】

「アルティメットブレイズ‼」

女神の炎を呼ぶ。天の母神を、地の女神を。

空が白く燃え、その炎を矢が切り裂く。火矢は天上から地へと降り注ぐ。

無数の炎は地上のモンスターを貫き、焼き尽くす。その存在を一片たりとも許さないという苛烈さで。閃《ひらめ》きと共に、這《は》い出てきたモンスターたちは灰も残さず消え去った。

「なんて力だ……リゼット、大丈夫なのか」

レオンハルトの声に、リゼットは微笑んで応える。

「ありがとうございます。私は大丈夫です」

髪は一房《ひとふさ》赤く燃えているが、熱くはない。服に触れても炎が燃え広がることもない。この部分だけ火の女神ルルドゥの髪のようだった。だが、リゼットの髪だ。

「行きましょう。あのダンジョンをなんとかしないと、またモンスターが出てきてしまいます」

「――ああ、行こう」

新たに溢れてくるモンスターを倒しながら、地上に現れたダンジョン――白い骨の塔へ向かう。

近づく度《たび》にその全貌《ぜんぼう》が見えてきて、リゼットは息を呑んだ。

天に向けてそびえる塔の壁《かべ》に、メルディアナが磔《はりつけ》となっていた。その隣にはダークエルフがいて、メルディアナを両腕で固く抱きしめていた。愛しそうに頬《ほお》を寄せて。


【火魔法（神級）】【敵味方識別】【魔法座標補正】

「アルティメットブレイズ‼」

再び女神の火矢を落とす。白い炎は容赦《ようしゃ》なくダンジョンを貫き、苛烈なまでに焼き尽くした。

雪のような灰を散らして、ダンジョンが崩れ落ちていく。あっという間の出来事だった。

降り積もった灰の中から、取り残されていたと思《おぼ》しき冒険者たちの姿が出てくる。気絶しているだけのようだったが、誰も起き上がらない。

立ち上がったのは、ダークエルフただひとりだった。

そして彼だけが、顔や身体に酷《ひど》い火傷を負っていた。

「……ああ、ここまでか。この地に消えない穴を刻んでやろうと思っていたのに……」

口の中のものを吐き捨てる。血と灰が混ざったものを。

ダークエルフはすっと胸を張り、リゼットを見て優雅《ゆうが》に笑った。

「完敗だよリゼット。君を見誤っていた。まさか神の寵愛を受けるほどの器だったなんて」

銀色の瞳に親愛と憎悪《ぞうお》を込めて、賞賛を述べる。

「僕はここで終わりのようだけれど、君もここで終わらせておこう。我らが父祖たる巨人のために。

さすがの君も魔力切れだろう？　無限の魔力があったとしても、しょせんはヒューマン」

「……あなたは何者なのですか」

「エルクド・ドゥメル。我らが父祖たる巨人の忠実な下僕《げぼく》であり、このダンジョンのすべて」

ダークエルフは誇らしげに己を語る。リゼットへの勝利を確信した表情で。

そして実際に、リゼットの魔力は枯渇寸前だ。いまも立っているのが精いっぱいだった。

「何故私たちの前に現れたのですか」

リゼットは早鐘《はやがね》を打つ胸を押さえ、深く息を吸い、聞いた。少しでも時間を稼《かせ》ぐために。

「メルが望んだからさ。強欲を刺激《しげき》して、欲しいものを手に入れさせて、喪失《そうしつ》させて、渇望させせる……ああ、楽しかったな」

ダンジョンの灰を見つめる。その中に気絶したまま横たわるメルディアナを、愛しそうに。

「この場所から世界を崩壊させるつもりだったのに、どうやらそれは無理なようだ。だが、何も知らずに悪魔を妄信している哀《あわ》れなものたちを放ってはおけない」

銀色の目が悲しげに細められる。慈愛《じあい》すら感じさせる眼差しで、世界を見つめる。

焼けただれた身体から黒い炎が立ち昇《のぼ》り、ダークエルフの身を焼いていく。

「この地に、君の血で刻んであげよう。この世界は貴様らが踏みつけてよいものではないのだと」

黒い炎は空を焼かんばかりの勢いで燃え上がり、大きく広がった炎はそのままドラゴンの姿に変わる。巨大な黒竜の姿に。

「――人が、モンスターに⁉」

レオンハルトが驚愕《きょうがく》の声を上げる。

黒竜の身体は鉄でできているかのように重厚《じゅうこう》で、全身からは腐《くさ》った卵のような刺激臭《しげきしゅう》がした。鱗のひとつひとつは剣のように鋭く尖っていた。幻《まぼろし》ではない。そこに生命として存在している。

高い声で鳴き、産声《うぶごえ》を世界に響かせる。

喜びと悲しみの歌と共に、黒竜の周囲にいくつもの魔方陣《まほうじん》が展開する。そこに生まれた魔力の塊が、大蛇《だいじゃ》のように牙を剥《む》いてリゼットに向かってくる。あの日と同じように。

――あの日。聖痕を奪われたときと同じ黒魔術が、今度はリゼットのすべてを喰《く》らい尽くそうとしている。


【聖盾】

強固な魔法防壁がリゼットを守る。

ずっとリゼットを守ってきてくれた光の盾が、黒魔術を防いだ。魔術の牙が、盾によって砕《くだ》ける。

リゼットは安心して前を向き、黒竜をまっすぐに見つめる。

強大な力を持つ最強の生物――ドラゴン。その身体からは膨大《ぼうだい》な魔力が溢れ、黒い炎のように揺らめいている。

対するリゼットの魔力は枯渇寸前で、まだ回復しきっていない。

――それでも。

力が湧いてくる。

リゼットはもうひとりではない。仲間が。女神が。そしてあのドラゴンステーキが。ダンジョンでのすべての出会いと恵《めぐ》みが、リゼットの血となり肉となり力になっている。

それは前に進む意志となる。

【魔力操作】【火魔法（神級）】【魔法座標補正】

「ブレイズランス‼」

身体の端《はし》から、血の一滴に至るまで。集められるすべての魔力を集めて、神炎《しんえん》の槍でただ一点を貫く。研《と》ぎ澄《す》ませた神炎は黒竜を白く燃やし、灰と化させる。

灰は空に舞い、ダンジョンだったそれと混ざりながら空の青に溶けていく。

黒竜の身体の奥にあった琥珀色の魔石が、地上に落ちた。

すべての終わりを告げる合図のように。
◆　◆　◆

ヒルデが広範囲に回復魔法をかけると、気絶していた冒険者たちが灰の中から次々と起き上がっていく。その表情は一様に呆然《ぼうぜん》としていて、何が起こっているかわかっていないようだった。

リゼットは倒れたままのメルディアナの傍《そば》に立つ。ヒルデがメルディアナの様子を見ながら何度か回復魔法をかけるが、目は固く閉じられたままだった。

「命に別状はありません。ただ、この姿はもう戻らないでしょう……でも、身体の内側は若いままですので、身体機能には問題はありません」

「ヒルデさん、ありがとうございます」

リゼットはそっとメルディアナの首に触れる。

――生きている。

伝わってくる体温に安堵《あんど》しながら、首の後ろを確認《かくにん》する。聖女の証である聖痕は消えていた。

ほどなく教会騎士たちがやってきて、負傷者を運んでいく。教会へ運ばれていくメルディアナを、リゼットは複雑な気持ちで見送った。メルディアナは妹であり他人であり家族だ。心配でないと言えば嘘になる。

だがいまはそれよりも重大な問題がリゼットの前に立ちふさがっていた。

ダンジョンの跡地《あとち》を見つめる。冷たい風が髪を揺らし、ダンジョンの灰を舞い上げる。

ノルンのダンジョンは消えた。灰が風に飛ばされれば、後に残るのは深い穴だけだろう。

「リゼット……」

レオンハルトに声をかけられ、リゼットは痛む胸を押さえながら顔を上げた。

「レオン……どうしましょう。聖遺物と一体化してしまって、ダンジョン領域が消えてしまっては、これからどうやって稼げばいいのか見当もつきません！」

聖遺物を取り込んだときに赤い燃えた髪は既に元通りになっているが、聖遺物はもう取り出せそうにない。売ることができなくなってしまったのなら、罰金の支払いのためのゴールドは別の方法で調達しなければならない。

ダンジョンがなくなったいまとなっては、五〇〇〇万ゴールドは途方《とほう》もない金額だ。

「――いや、あるじゃないか。ドラゴンの素材が」

レオンハルトの言葉にディーが頷く。

「そーそー。根こそぎ持ってきたアレで全員アイテム鞄パンパンだぜ。五〇〇〇万くらい軽い軽い」

「いえ、ですがそれは……皆さんで山分けするためのドラゴン素材ですので」

「そんなこと気にしなくていい。皆、そんなつもりでダンジョンに潜ったわけじゃない。リゼット、君を助けるためだ。だから君の自由のために使ってくれ」

「そんなわけには……」

リゼットは断ろうとしたが、周りにいたギュンターもヒルデもダグラスも、にこやかに頷いていた。最初からそのつもりだったかのように。

「皆さん……」

「ダンジョンクリアおめでとー‼　さっすが、あっという間に解決しちゃったねー！」

錬金術師ラニアル・マドールが輪の中にいきなり飛び込んでくる。

「くふふ。まあリゼットたちならできると思ってたよ。本当におめでとう！」

ラニアルは明るく笑いながら、エルフ特有の尖った耳をダンジョンのあった場所――灰の残る方向へ一度だけ向ける。

「……ホント、バカなやつ」

ぽつりと寂《さび》しげな声を零す。それが独り言だとわかっていても、リゼットは聞かずにいられなかった。

「彼のことをご存じなのですか」

「エルフは長生きだからねー。大抵《たいてい》は知り合いさ」

エルフはかなりの長命種だ。古代種とも呼ばれ、世界がいまの姿になる前から生きている個体も多いという。ラニアルも見た目は少女だが、実際にどれだけの時を生きているのかはわからない。

「ダンジョンマスターに選ばれたからって張り切っちゃってさ。死んだらそこまでだよね」

「ダンジョン、マスター……？　選ばれたとは誰にですか」

ラニアルは泣きそうな、嬉しそうな、複雑な表情で微笑むと、いきなりリゼットに抱きついた。

耳元で、声を潜めて囁《ささや》く。

「始祖の巨人は、自分の中に入った聖遺物を気に入ったモンスターに授《さず》ける。そのモンスターがダンジョンの王になり、王はダンジョンマスターを選ぶ。そしてダンジョンマスターがダンジョンをつくっていくんだ」

抱きしめる力が強くなる。

「リゼットはダンジョンでどんな景色を見た？　あれが、あいつの見てきた世界だよ」

「……そうですね。とても、きれいな世界でした」

どの階層も。どのモンスターも。すべての命も時間も、大地も空も星も。

「そう言ってもらえたら、ダンジョンマスター冥利《みょうり》にも尽きるだろうねー」

自分のことのように嬉しそうに笑い、身体を離す。

緑色の目はきらきらと輝いていた。

「ところで聞こえたよ。ドラゴン素材一式とかあるんだって？　なら五〇〇〇万で買うよー」

「ああ、頼む。これで無意味な罰金も全部解決だ」

レオンハルトが答え、皆もドラゴン素材を取り出していく。ラニアルはそれを鑑定しながらひょいひょいと鞄の中に入れていく。皆どこか楽しそうに。

胸が熱いもので満たされる。リゼットは零れ出た涙をぐっと拭って、顔を上げた。

「――ラニアルさん、もう少し高くなりません？　ダンジョンが消えて、ドラゴン素材はますます入手しにくくなりますから、価値も上がるはずです！」

「あっはははは！　さっすがリゼット！　あのバカの魔石くれるならいーよ！」

「商談成立ですね。よろしくお願いします」

魔石とドラゴン素材をラニアルに渡し、白大金貨で六〇〇〇万ゴールドを受け取る。

そしてまずは聖貨の支払いのため教会に向かった。


「いえ、受け取れません」

一人で教会を訪れたリゼットに、担当神官はきっぱりと聖貨の受け取りを拒否《きょひ》した。

「そんなことをおっしゃらないでください。けじめはちゃんと付けないと――」

「そもそも私たちは貴女様《あなたさま》に謝らなければなりません。聖女である貴女様に非道な仕打ちと数々の無礼を――」

「いえそれは仕方なかったことですから」

聖痕という確かな証がメルディアナにあった以上、教会がメルディアナを聖女と認定するのは当然のことだ。

「しかし……」

神官は頑《かたく》なだ。完全にリゼットを神聖視してしまって、これまでの教会からのリゼットへの行ないを悔《く》いている。罪の証である聖貨は絶対に受け取らないだろう。

「わかりました。では、未来のことを考えましょう」

部屋の隅を見る。

そこには気を失ったままのメルディアナとクラウディス侯爵代行が並んで寝《ね》かされていた。

「お二人のことはどうなさるおつもりですか」

「…………」

このまま放置して去れば二人はきっと処刑《しょけい》される。教会には死刑はないが、重い罰を受ける可能性は高い。黒魔術と深く関《かか》わり、聖女と女神を貶《おとし》めたという罪状で。

かと言って下手に恩情を出せば、聖遺物の使い手となったリゼットの身内としての地位を利用したり、他の権力者に利用されたりするかもしれない。

リゼットは過去のことはもうどうでもよかった。過去の父やメルディアナの仕打ちも。元婚約者の仕打ちも。失った以上のものを、このダンジョン領域で得ることができたから。

それでも生まれ育った家の名前は守りたい。母や祖父祖母、先祖、一族の名誉《めいよ》は守りたい。

「私の意思を聞いてくださるのなら、身分剥奪《はくだつ》の上で、下働きから始めさせてあげてください」

「教会の修道者にということですか……なるほど、わかりました。必ずやそのとおりに」

神官の表情を見れば、任せても安心と思える。

「はい。しっかりと働かせてあげてください。ではこれで、貸し借りなしということで」

教会の権力は王より上だ。これで二人は教会に監視《かんし》されながら保護されることとなるだろう。クラウディス家は侯爵代行を失うことになるが、後のことは従兄《いとこ》と親戚《しんせき》がなんとかしてくれるはずだ。

聖女と貴族として贅沢《ぜいたく》に過ごしてきた二人には、耐《た》え難《がた》い日々が待っているかもしれないが。

(人間なんとかなるものです。命さえあれば)

生きてさえいれば、きっと。

「うっ……」

かすかなうめき声が聞こえて、リゼットはメルディアナを見る。

「……どうしてお姉様ばかり……」

いまにも泣きそうな幼い表情で、消え入りそうな声で呟く。意識を取り戻したのではなく、ただのうわごとだった。

取り繕《つくろ》われていない本当の言葉を聞いて、リゼットはようやくわかった。メルディアナはリゼット本人ではなく、すべてに恵まれた姉という幻影《げんえい》を見ているのだと。

そしてそれはリゼットも同じだ。リゼットから見たメルディアナは誰からも愛されていて、満たされていた。だが彼女自身は満たされない飢《う》えに苦しんでいる。

お互《たが》いに相手の幻影だけを見ていた。

「――これからは、自分自身を見つめてあげてください」

自分と、メルディアナに向けて言う。

気絶しているメルディアナにリゼットの言葉は届いていないだろう。聞こえていたとしても聞き入れてはもらえないだろう。

それでもいつか、幻影から解き放たれて自由になってほしいと思った。

それには教会での修道は最適な環《かん》境《きよう》だろう。

「教会の方の被害《ひがい》はどれくらい出ているのでしょう」

「ご安心ください。聖女様の奇跡と、冒険者の方や騎士が善戦してくださいましたので、街にも被害はさほど出ていません。怪我人《けがにん》の治療も進んでいるようです」

「それは良かったです」

あれだけのモンスターが現れてもほとんど被害がなかったことに、この街と冒険者の強さを実感する。ダンジョンがなくなったことでノルンも廃《すた》れていくかもしれないが、もしかしたらすぐに別の生き方や新しい産業を見つけるのかもしれない。

人間は強い。変化していける強さがある。

「それでは、私はこれで失礼します。神官様もお元気で」

「お待ちください、聖女様――」

リゼットは首を横に振る。

「私はもう聖女ではありません。この国にはまた新しく聖女が誕生していると女神様がお約束してくださっていますので、ご心配なく」

微笑み、胸を張る。

「いまの私はただの冒険者。そしてモンスター料理愛好家です！」

「モ、モンスター料理……？　ま、まさか……」

「神官様も機会があればぜひ一度お試しください。きっと世界が変わりますから！」

リゼットは深く一礼し、教会から出た。

外の世界は目が眩《くら》むほどに輝いていた。

エピローグ　ノルンダンジョン領域クリア

ドラゴン素材を換金《かんきん》した六〇〇〇万ゴールドは無事パーティメンバーで山分けとなった。

ダグラスは教会騎士《きし》として教会に戻《もど》り、ゴールドは教会に納めるらしい。

「あなた方とお会いできてよかった。何かあればいつでも声をかけてください。馳《は》せ参じます。あの御二方《おふたかた》のことには私も気を配っておきますので、ご安心を」

最後に爽《さわ》やかにそう言って去っていく。

ギュンターとヒルデは国には戻らず二人で生きていくようだ。幸せそうな笑顔《えがお》を見てリゼットも嬉《うれ》しくなった。

分配金の受け取りをかなり渋《しぶ》っていたが「約束ですので」とほとんど無理やり押《お》し付けるようなかたちになってしまったが。

「皆《みな》さまの無事をいつでも祈《いの》っています」

「何かあったらいつでも呼んでくれ」

ヒルデは微笑《ほほえ》み、ギュンターは快活に笑う。二人もノルンから去り、あっという間に三人パーティに戻る。

「ディーはこれからどうするのですか」

「そうだなー。罰金《ばっきん》もなくなったし、まとまった金も手に入ったし。少しのんびりして、普通《ふつう》に働くかな」

楽しそうに未来を語る。

「だろ？　まあ鍵師《かぎし》か傭兵《ようへい》が必要になったらいつでも呼べよ。じゃあな、楽しかったぜ」

「素敵《すてき》ですね」

そう言ってディーもあっさり去っていき、リゼットとレオンハルトのふたりきりに戻った。

一人でダンジョン領域に来て、二人になり、三人になり、六人になり。そうしてまた二人へ。冒《ぼう》険者《けんしゃ》の別れは一瞬《いっしゅん》だ。

ふたりきりに戻ってからは、ほとんど言葉も交《か》わすことなく、人の行き来が盛《さか》んな街中を並んで歩く。

ダンジョンがなくなったことで、一攫千金《いっかくせんきん》を夢みる冒険者たちも、ダンジョンの恵《めぐ》みを受け取っていた商売人や職人も、この街を去ろうとしている。

冒険者が去れば冒険者ギルドも早々に閉鎖《へいさ》されるだろう。ダンジョン送りになった罪人たちは、恩《おん》赦《しゃ》が出るかもしれないし、また別の聖務を与《あた》えられるかもしれない。

そうやって世界や時流は変わっていく。

リゼットもここからどこへ向かうのか決めなければいけない。

（どうしましょう……このまま黙《だま》っているわけにもいきませんわよね）

だが、レオンハルトにこれからどうするのか聞いたら、あっさり行き先を言われて解散になるかもしれない。

そうしたらまたひとりきりになる。

それは、少しだけ寂《さび》しい。

「リゼット、君はこれからどうするんだ」

黙っているとレオンハルトから話を切り出される。

結局いつまでも黙ったままではいられない。リゼットはうまく答えられず、思わず空を仰《あお》ぐ。青い空は平和そのものだった。

(自由とは、手にしてしまうとその身軽さに眩暈《めまい》がしてしまいますわね)

どこにでも飛んでいけそうで、どこに向かえばいいかわからなくなる。海を渡《わた》る必要も、もうなくなってしまった。

「実は決めていません。レオンは?」

「俺《おれ》は……」

すぐに答えが返ってくると思ったが、レオンハルトも言葉を濁《にご》す。

レオンハルトはドラゴンを倒《たお》すという成人の儀《ぎ》を終えた。国に帰るつもりはないと言っていたが、心とは変わるものだ。どんな道を進むのだとしても、リゼットには見送ることしかできない。

(……そんなことはないのかも)

思い直す。

同じ場所を目指したいと、一緒《いっしょ》に行きたいと言っても構わないだろうか。断られたらそのときはそのとき。どこに向かうとしても、一人よりも二人の方が安全だ。だから。

「……俺は、君と――」

レオンハルトの顔を見ようとするが、目を逸《そ》らされて瞳《ひとみ》の奥《おく》が見えない。

「待て！　リゼット！」

聞き覚えのある声に呼び止められて、何事かと振《ふ》り返る。そこにいたのは埃《ほこり》まみれになったベルナール・ベルン次期公爵《こうしやく》だった。モンスターが溢《あふ》れている間、物置にでも隠《かく》れていたのだろう。

「まだいらっしゃったのですか？」

「私が間違《まちが》っていた」

「……なんのお話でしょうか？」

「私が愛しているのは君だけだ。どうか私のところに戻ってきておくれ」

リゼットは目を瞬《またた》かせた。

メルディアナと真実の愛を育《はぐく》んだと言って婚約破棄《こんやくはき》をしてきたというのに、この心変わり。

(頭でもぶつけたのかしら)

一瞬そう思うが、彼《かれ》の意図は明らかだ。リゼットが真の聖女になったと思って、自分の地盤《じばん》を強固にするために妻にしたいだけだ。彼自身は真剣《しんけん》そのものなのだろうが。

リゼットはそんな未来は望んでいない。

「私にはもう愛する方がいます」

リゼットは手を伸《の》ばし、そばに立つレオンハルトの腕《うで》に抱《だ》きつく。

「リ、リゼット？」

驚《おどろ》くレオンハルトに微笑みかける。

「行きましょうレオン」

「頼《たの》むリゼット！　君がいなければ私は破滅《はめつ》する……！」

ベルン次期公爵は地面に手と膝《ひざ》をついて懇願《こんがん》してくる。

自分の将来がかかっているためか必死だった。聖女と婚約破棄して偽《にせ》聖女と結婚しようとしたと広まれば、次期公爵ではなくなるかもしれないのだから必死にもなるだろう。破滅は決して大げさではない。

彼もある意味では被害者《ひがいしゃ》だ。だが命はあるのだから、きっとなんとかなるだろう。

どうしたら穏便《おんびん》に諦《あきら》めてくれるだろうかと言葉に迷っていると、隣《となり》にいたレオンハルトが口を開いた。

「先に手を離《はな》したのはそちらの方だろう」

「そ、それはやむを得ず……」

「俺はリゼットを愛している。誰《だれ》にも渡すつもりはない」

リゼットの頬《ほお》が熱くなる。

その場しのぎの演技だとわかっていても。

固まってしまったリゼットの手を取って、レオンハルトが歩き出す。

リゼットは手を引かれるままついていく。後ろは振り返らなかった。

そうして無言で歩いている内に、もうすぐノルンの城壁《じょうへき》の外に出るところまでくる。そこでようやくリゼットは足を止め、手を解《ほど》いた。

「レオン、恋人《こいびと》のふりをしていただいてありがとうございます」

「あ、ああ……」

「――私、決めました。とりあえずこの国を出ます。あとは自由を満喫《まんきつ》しながら考えます。だから
レオンもこれからどうするのか、教えていただけますか」

レオンハルトの顔を見上げて決意を語ると、エメラルドグリーンの瞳と目が合った。

美しい緑の瞳の奥に、金色の光が揺《ゆ》らめいて見える。

神秘的な輝《かがや》きに、リゼットは見惚《みと》れてしまった。

「リゼット、俺は――」

「はい」

真剣な表情で見つめられて、心臓の鼓動《こどう》が速くなる。

「俺は……」

「………」

「俺は……君と共に生きていきたい」

「レオン……」

胸が喜びに震《ふる》えて、身体《からだ》が熱くなる。

リゼットはレオンハルトの手を、両手でぎゅっと包み込《こ》んだ。

「うれしい。私もそう思っていたんです」

「リゼット――」

「私のモンスター料理をそんなに気に入っていただけたなんて」

「……料理？　あ、ああ。それも好きだけれど、俺は……」

「レオンとなら、更《さら》に極《きわ》めていけそうな気がします。もしよかったら、これからも私の料理を食べていただけますか？」

「あ――ああ！　もちろん！」

どさっと、物陰《ものかげ》で何かが勢いよく倒れる。

音のした方向を見ると、どこかへ旅立ったはずのディーが地面に突《つ》っ伏《ぷ》していた。

「ディー？　どうしたんですかそんなところで倒れて」

「いや、うん、お前らがいいならそれでいーけどよ……」

「なんの話ですか？」

「なんでもねーよ。ったく、人がせっかく……」

ディーは何故《なぜ》か怒《おこ》りながら立ち上がり、土埃《つちぼこり》を払《はら》いながらリゼットとレオンハルトを交互《こうご》に見て、大きな大きなため息をつく。

そうしていると、ガラガラと大きな荷車を引いて街の外に向かう二人のドワーフがやってくる。

ダンジョン行商人のカナツチと、鍛冶《かじ》師でありダンジョン内で宿を経営していたカナトコのドワーフ兄弟が。

「カナトコさん、カナツチさん！　ご無事だったんですね」

「何が無事なものか！　やれやれ、また一からやり直しじゃわい」

「まいったまいった」

再会を喜ぶリゼットに、ドワーフ兄弟はまったく同じ表情で言う。どちらがどちらなのかは、リゼットにはまったく区別がつかない。

「ふたりはどこへ向かうんだ？」

レオンハルトが聞く。

「うむ。ここから西に新しいダンジョンができたらしいからのう。そっちに移るわい」

「新しいダンジョン……」

その言葉にリゼットの胸がときめいた。

「……新しいダンジョン、新しいモンスター……新しい料理……」

言葉にする度《たび》に、夢が、世界が、ものすごい速さで色づいていく。果てしなく広がっていく。

もう、止まらない。

「嫌《いや》な予感が……おいレオン止めろよ」

「俺はリゼットが望むならなんでも」

「こいつ……」

リゼットは力強く西の空を指差した。

「行きましょう、レオン、ディー。新しい冒険へ！」

目も眩《くら》むほどの自由と、無限に広がる夢を抱《いだ》いて。

三人での新しい冒険が始まる。

あとがき

こんにちは、朝月《あさずき》アサです。

このあとがきを読んでくださっているあなたは、ダンジョンが好きだと思います。はい、もちろん私もダンジョンが大好きです。特にダンジョン系ゲームが大好物です。

一瞬《いっしゅん》の判断ミスや一手の間違《まちが》いで、死んだり大切な装備を失ったりする、あの絶望感。蘇生《そせい》に失敗して仲間を失って涙《なみだ》したこと。強敵モンスターを倒《たお》すために一晩中対策を考えて眠《ねむ》れなかったこと。トラップや操作ミス、あるいは空腹で死んでしまった悔《くや》しさ。地下深くで死んでしまった仲間を助けるために決死隊を組んで、いつも以上に苦しい探索《たんさく》をしたこと。ピリピリとした緊張感《きんちょうかん》に溢《あふ》れるダンジョンを、努力と閃《ひらめ》きと運でクリアした、あの達成感。

私はダンジョンが大好きです！

そして生きるためには食べることが何より大事。食べて寝《ね》ていれば人生なんとかなる。そんな思いを詰《つ》め込《こ》んでこの物語を書きました。それがこうやって一冊の本になるなんて、感無量です。

この物語を素敵《すてき》なイラストで彩《いろど》っていただいたChibi様。本書が発売に至るまでの関係各所の皆様《みなさま》。そして何よりいまこの物語を読んでくださったあなたに、深く感謝します。本当にありがとうございました。

それではまたどこかでお会いできると嬉《うれ》しいです。

DRAGON NOVELS
ドラゴンノベルス

捨てられた聖女はダンジョンで覚醒しました
真の聖女？　いいえモンスター料理愛好家です！

2023年2月5日　初版発行

著　　者　朝月《あさずき》アサ

発 行 者　山下直久

発　　行　株式会社 KADOKAWA
〒102-8177　東京都千代田区富士見 2-13-3
電話 0570-002-301（ナビダイヤル）

編　　集　ゲーム・企画書籍編集部

装　　丁　杉本臣希

D　T　P　株式会社スタジオ205 プラス

印 刷 所　大日本印刷株式会社

製 本 所　大日本印刷株式会社

DRAGON NOVELS ロゴデザイン　久留一郎デザイン室+YAZIRI

●お問い合わせ
https://www.kadokawa.co.jp/（「お問い合わせ」へお進みください）
※内容によっては、お答えできない場合があります。
※サポートは日本国内のみとさせていただきます。
※ Japanese text only

定価（または価格）はカバーに表示してあります。

ISBN978-4-04-074823-8　C0093